最后的
数沙者

THE LAST ONE COSMONAUT

游者——— 著

台海出版社

图书在版编目（CIP）数据

最后的数沙者 / 游者著. -- 北京：台海出版社，
2019.7
ISBN 978-7-5168-2382-8

Ⅰ.①最… Ⅱ.①游… Ⅲ.①科学幻想小说－小说集
－中国－当代 Ⅳ.①I247.7

中国版本图书馆CIP数据核字(2019)第133569号

最后的数沙者

著　　者：游　者			
责任编辑：王　艳		装帧设计：璞茜设计	
版式设计：梁雅杰		责任印刷：蔡　旭	

出版发行　台海出版社
地　　址：北京市东城区景山东街20号　　　邮政编码：100009
电　　话：010-64041652（发行，邮购）
传　　真：010-84045799（总编室）
网　　址：http://www.taimeng.org.cn/thcbs/default.htm
E-mail：thcbs@126.com
经　　销：全国各地新华书店
印　　刷：北京欣睿虹彩印刷有限公司
本书如有破损、缺页、装订错误，请与本社联系调换
开　　本：880mm×1230mm　　　　　1/32
字　　数：225千字　　　　　　　　印　张：9
版　　次：2019年7月第1版　　　　印　次：2019年7月第1次
书　　号：ISBN 978-7-5168-2382-8
定　　价：42.00元

目录 CONTENTS

贝蒂姨妈家的姬斯姑娘

其实生活完全可以不被搞得一团糟，前提是——不要轻举妄动。

对阿诺德来说，这本应该是一个非常惬意愉快的周末，但是通信机里突如其来的一则留言将这一切化为了泡影。留言是贝蒂姨妈发来的，阿诺德自己都已经记不清上一次看见自己亲爱的贝蒂姨妈是什么时候了。他叹了口气，按下播放键。

"阿诺，我的好宝贝！想我了吗？"留言的分贝数高得惊人，整个房间里都充斥着贝蒂姨妈妈那强度逼人的热情。阿诺德连忙把音量往下调了好几格。

"……我知道你平时很忙，可是这个周末恰好就是圣诞节了，就算有再重要的工作你也得给我放一放！我已经联系好了你的爸爸妈妈，一起到我家来过圣诞节！听明白了吗？"

"啊？"阿诺德眉毛都拧在了一起，去贝蒂姨妈家过圣诞！还有老爸老妈？这不是在开玩笑吧！他下意识地朝卧室门后头望去，那里放着他心爱的滑雪板，他已经跟朋友们约好了要去滑雪呢！

"……听着，不管你有多么重要的事都必须来！我和他们已经商量好了，要给你一个惊喜。你还记得那个叫露丝的姑娘吗……"

露丝……露丝？阿诺德似乎有了点印象，好像几年前他去贝蒂姨妈家里的时候见过她，是个脸蛋红扑扑的可爱女孩儿。

"原来是这么回事，那我可一定得去了！"阿诺德满心欢喜地想。

说干就干，不等留言播完，他立刻换上了新衣服，用无线终端预约了一辆无人驾驶飞车，向贝蒂姨妈所在的 C 城出发。不大的单人住宅立刻变得空空荡荡，只剩下了还在滔滔不绝的通信机。

"……亲爱的宝贝，在过去的一年里，C 城已经进行了全智能改造，你刚过来可能会有一些不适应，不过没关系，很快你就会……"

可爱的姬斯

经过一个多小时的飞行，阿诺德飞进了 C 城的领域。与他住的地方不同，C 城是一个全面自动化的城市，专门为像贝蒂姨妈这样的老人设计。如今，整个国家早已按照年龄进行了区域划分，有专门看管和教育孩子的城区，也有年轻人工作生活的城区，一般的情况下，大家很少到不属于自己年龄层的地方来。像阿诺德跟自己的爸爸妈妈也不住在一起，只是趁着圣诞节这样的节日，才在一起团聚。

飞车稳稳地停在了标有"贝蒂之家"的房屋前，阿诺德紧皱眉头，盯着门牌看了好一会儿，自己上次来的时候贝蒂姨妈的家还是四四方方的小房子，现在却是一个圆滚滚的建筑，就好像是一个反扣的大碗。

"是阿诺德先生吗？欢迎您，请走正门！"一个清脆悦耳的女声响起，阿诺德四处看了看，却没看到人。

"您是谁？"阿诺德小心翼翼地问道，"是……是露丝小姐吗？"

"不，我不叫露丝，我是姬斯。"

"姬斯？"阿诺德有些意外，他从没听过这个名字，"难道是自己记错了？"他自言自语道。

"大门就在右手边，请您快进来吧！"随着这句话，圆滚滚的大碗果然打开了一道门。阿诺德没有多想，径直向里走去。世界上的事儿往往就是如此，当事情有了些不对头的苗头，那它铁定就会越来越糟糕。可惜的是，这时的阿诺德还不了解这伟大的墨菲法则。换而言之，如果时间能够退回来重来一次，他就绝不会迈进这道门。

壁炉里的火"腾"地一声着了，毫无预兆，着实把阿诺德吓了一跳。

"请随便坐！"地板突然无缘无故地裂开，一把沙发椅拔地而起，椅垫的边沿恰到好处地击中了阿诺德的腿弯，他顺势倒在了软绵绵的椅子里。

"哦！这一切到底是怎么回事？"阿诺德眼睁睁地看着咖啡壶自动接通了电源，两只不知道从哪儿伸出来的机械手则硬生生地从他的脚上抢下了他的两只皮靴，殷勤地擦拭起来。

"您请随意就好，有什么需要的就请告诉我，我会为您安排好的。我是这儿的管家。"

"嗯嗯，露……不，姬斯，你到底在哪儿？"

扬声器传来了一阵咯咯的笑声："先生，您可真是幽默。"

阿诺德有点摸不着头脑："这问题问得很蠢吗？"

笑声收住了，声音变得略微有点严肃："阿诺德先生，现在正式向您自我介绍一下，我是'贝蒂之家'的电子管家，主系统是第四代人工智能系统，简称 G4，一般情况下我对外的名称都是'姬斯'。"

"原来是这么回事。G4……姬斯。"阿诺德恍然大悟。

"是的，先生。请注意您的发音，不要把'姬斯'叫成是'鸡丝'或者'祭司'，更不要叫成'挤死'，那样会深深地伤害我的感情。"

阿诺德的眉毛拧在了一起："我还是第一次听到电脑对人有这样的要求！"

"因为我跟那些冷冰冰的机器完全不同。"姬斯的语气里带着明显的不屑，"以前的电脑从没有载入过感情模块。"

"感情模块？"阿诺德重复道，若有所思。

"对，我是一个富有感情的管家！"姬斯的声音听起来热情洋溢，"因为具有感情，我能够比以往的任何一种人工智能都更贴心，可以更人性地照顾住在我肚子里的朋友。"

阿诺德翻了翻白眼。"我明白了，亲爱的姬斯。"他用一种亲切的语气说，"你能不能告诉我，贝蒂姨妈到哪儿去了？"

"贝蒂姨妈今天一早就出门了，她临走时跟我说，要我好好照顾您呢！我想她很快就会回来的。"

原来如此！阿诺德想到了那位名叫"露丝"的姑娘，顿时恍然大悟。

他重重地往沙发椅上一躺，把两脚一伸，说道："说说吧，你能为我做些什么？"

一个声音就在耳边说："我能做的很多。"阿诺德吓了一跳，回头一看，居然是个大美妞正站在自己身旁。他有些不敢相信自己的眼睛："你……你就是姬斯？"

"是我。"她点了点头，"严格来说，我只是主控电脑在这个房间里形成的三维投像。不过，您就把我当成'姬斯'好了。"她莞尔一笑，"这更符合你们人类的习惯。"

阿诺德赞同地点了点头。这一天遇到的神奇的事儿已经够多了，看来自己以后应该经常进进城，跟贝蒂姨妈多走动走动，免得变成货真价实的乡巴佬。

"等等，等等。"阿诺德捋清了思路，说，"既然你只是一个虚无缥缈的投影，那又如何来为我做这做那呢？比如说——"他拍了拍自己厚实的大腿，"给我捶捶腿？"

"这个好办。"姬斯微微一笑，地板随即发出一阵吱吱声，两只灵活的机械手迅速搭在了阿诺德的腿上，开始了有节律的工作。

阿诺德露出了满意的微笑："如果再来杯咖啡那就更好了。亲爱的姬斯，你能满足我这小小的愿望吗？"

"悉听尊便。"姬斯轻快地说。

美食、电影及其他

阿诺德一边享受着姬斯贴心的按摩，一边呷着咖啡，时间很快就过去了一个小时。他已经在宽大的沙发椅上来回翻了好几次身，直到身上的每一块骨头都被姬斯处理得服服帖帖，亲爱的贝蒂姨妈却一直没有出现。他不免开始烦躁起来。

"喂，姬斯。"在机械臂第三次开始循环重复按摩动作的时候，阿诺德终于忍不住了，"贝蒂姨妈到底什么时候才能回来？"

机械臂一下子停止了动作，金发的姬斯则做出了一副受了很大委屈的表情："怎么？您对我的服务质量不满意吗？"

"不，没有。你干得很好。"

姬斯不解地问："那您为什么那么盼着姨妈回来？"

"这两件事没关系啊。"阿诺德说，"姬斯，你看，我这次来过圣诞是姨妈给我的通信机发了留言，邀请我来的。所以我怎么也得见见她啊。"

姬斯若有所思地点了点头："我也不知道她去哪儿了，她走的时候没告诉我，但我想不会很久的。你看，现在都已经快中午了。"

经她一说，阿诺德才发觉肚子是有些饿了。"你能为我搞些吃的来吗，姬斯？"

"小菜一碟。我的存储器里有超过 3000 道菜的做法。"

"那就去做吧。"阿诺德说，"对了，给我来点音乐。"

"马上奉上。"姬斯说道，一组木质音箱瞬间出现在她的周围。阿诺德满意地闭上了眼睛。

"轰"的一声，阿诺德屁滚尿流地趴在了地上！

"怎么回事！？"整间屋子都充斥着震耳欲聋的巨大噪声，阿诺德不得不扯破了嗓子地喊，才勉强压过了疯狂战栗的音箱们。

"您要的音乐啊！"姬斯也站在他对面大声喊着。

"停！停！停下来！"阿诺德喊道。姬斯摆了摆手，音箱停止了工作。

"这不是我要的。"阿诺德气喘吁吁地说，"这么后现代的音乐我欣赏不了。你得给我放点……类似舒伯特的那种。"

姬斯瞪大了眼睛，认真地问他："阿诺先生，您今年多少岁？"

"我，我今年25岁，姬斯。"阿诺德有点莫名其妙。

姬斯气得直跺脚："听听，舒伯特！25岁！年轻人怎么会喜欢这些老得掉牙的东西？"

"我觉得没什么不好。"阿诺德皱着眉头说。

"年纪轻轻就变成了老古董，难怪您找不到女朋友！"姬斯毫不客气地说。

阿诺德张了张嘴，放弃了无谓的反抗："那随你好了。"

"年轻人就该有自己的追求！"姬斯一边说着，一边重新奏响了重金属音乐，"听听！这多带劲！"说完她也开始随着节奏摇摆起来。

平心而论，姬斯的身段和舞姿相当不错，但是阿诺德还是更希望把聒噪的背景音乐去掉，那样感受会更好。他突然想起了什么，于是问道："吃的呢？"

"啥？"姬斯头也不回地摇摆着。

阿诺德深吸一口气，大声喊道："我——说——吃——的——呢？"

姬斯这才反应过来，连忙赔着笑说："来了来了，已经好了。"随即指挥房子给阿诺德上了一道菜。阿诺德一瞧，不错，原来是热气腾腾的可乐鸡。但是这气味，怎么闻着有点不对劲？他不想这么多，毕竟肚子早就咕咕叫了，于是直接下手开始大快朵颐。

姬斯冷冷地看着阿诺德，眉毛挤到了一起，似乎对他这样的反应非常不满。

"姬斯大厨，"阿诺德考虑再三，还是开口了，"你确定端上来的是可乐鸡？"

"如假包换。"姬斯问道，"有问题吗？"

阿诺德愤怒地拍着桌子："这么酸！这是可乐？"

姬斯慢条斯理地回答："可乐是碳酸饮料，甜是甜，可并不健康。像您这个年纪的人，如果摄入很多碳酸饮料，会导致骨质疏松，牙齿也会被腐蚀掉的。这只能加速您迈进老年人的行列。所以在烹制这道菜时，我把它换成了更为健康的苹果醋。另外鸡翅也并不是多么健康的食品，这种禽类的前翼末段会积累淋巴和腺体，并不利于人体健康。我把鸡翅换成了蔬菜泥，它里面包含的维生素可多着呢。"

阿诺德叫苦不迭。

"这里面既没有可乐，也没有鸡翅，你还能把它叫'可乐鸡'？"

"鱼香肉丝里有鱼吗？"姬斯叉起了双手，问道。

"这……"阿诺德一时语塞。

"夫妻肺片里有夫妻吗？"

"……没有。"

"那佛跳墙里有佛吗？"她停了停，继续，"有墙吗？"

阿诺德无言以对。

姬斯自言自语地说："你们人类就是这么古怪。明明自己起的菜名就乱七八糟，居然还有工夫吐槽我们人工智能！"她投来了鄙视的一眼。

"好吧，好吧。"阿诺德高举双手，表示投降，"我同意你的说法，确实很多菜名跟菜的内容关系不大。你这么说的话，我姑且也就能接受吧……"他又可怜兮兮地瞟了一眼那坨黏糊糊的食物，"呃，包括没有鸡的'可乐鸡'。"

姬斯变得笑逐颜开。

"这样才对！"她俯下身，关切地问，"怎么样，好吃吗？"

阿诺德支支吾吾地说："好，很好啊。"

"好吃，您就多吃点。"姬斯的声音听起来挺温柔。

"啊，我这几天吃得太多了，正想减减肥。"

姬斯露出了怀疑的眼神。

"不如我们先把美食放在一边，看看姨妈回家前咱们还能干点什么。"阿诺德不给姬斯张嘴的机会，抢着说，"毕竟跟美人独处的时光是十分难得的。"

姬斯露出开心的微笑："是吗？"

阿诺德连连点头。

"那不如我们再来点音乐吧。"

"不，不！"阿诺德连忙制止。

"您能陪我看会儿电视吗？"姬斯突然提问。

"啊？啊，对了，我还可以看电视。"姬斯的话提醒了自己，阿诺德强打精神又坐了起来，说，"对呢。"不过他很诧异，为什么姬斯说是"陪她"看电视，"我好久没看电视了。"

"我来挑，我来挑！有部影片我早就想看了。我这就把它下载下来！"姬斯的声音似乎很兴奋。不等阿诺德回答，就已经开动了投影仪，一行 3D 立体字被迫不及待地投射到了环绕屏幕上——《寂静岭2041》。

阿诺德一口老血喷了出来。

"您不喜欢我选的节目吗？这可是那个著名的系列人气电影的最新番啊。"姬斯的声音很小，语气显得很犹豫，就好像是一个做错了事的孩子，"我对这类片子特别感兴趣，可是贝蒂姨妈从来不让我看，而我自己也不敢单独看。今天好不容易有了机会……您要是真不喜欢的话，我再换别的好了。"她慢慢地挪动着脚步，手指在选台的按键上留恋了许久，显出依依不舍的样子。

"呃……这怎么会呢！"阿诺德不想伤害她的"感情"，他斟酌了一下，说，"其实我平时也是个蛮胆小的人，也经常盼着能有人陪我一起看看恐怖电影、电视什么的。我特别能理解你这份心情！"

"真的吗？"

阿诺德斩钉截铁地说："真的！"

"那真是太好了！"姬斯立刻转忧为喜，兴致勃勃地欣赏起节目来。

就在姬斯专心看电视的时候，阿诺德又看了几次时钟，现在已经到了下午，可是贝蒂姨妈仍然没有回家。刚才那半份"可乐鸡"的热量早已经耗尽，可阿诺德实在不敢再尝试姬斯别的菜了。

"有没有什么现成的……"阿诺德仔细地思忖着。突然他脑子里灵光一现：爆米花！

"看电影怎么能没有爆米花呢！你说对吗，姬斯？"

姬斯显然对他这个建议不太感冒："为什么不再试试我的手艺呢。在我的存储器里，有超过3000种美食的做法，称得上是个'烹饪高手'了。"

"那确实很了不起！"阿诺德按了按自己的脖子，刚才那道"美食"带来的刺激还挥之不去，"可是一边看电影一边吃大餐，这种毫无品味的行为对大厨的技艺也是一种不尊重啊。所以请屈尊一下，满足我这个俗人的要求吧，我只要爆米花就好。"顿了顿，他补充说，"最普通的爆米，要有玉米，要有奶油。"

"没问题。"机械臂很快忙碌了起来，不出3分钟，香喷喷的奶油爆米花就送到了眼前。

阿诺德喜滋滋地把爆米花桶接了过来，嘴里还不忘恭维："像你这样水平的大厨，做爆米花是不是有点太大材小用了？"姬斯只是微笑着鞠了一躬，什么都没说。

他把爆米花送进了嘴里。

然后吐在了地板上。

两个人，不，确切地说应该是一个人和一个投影呆呆地站在原地，好像是两尊塑像，不可思议地相互对视着。

十几秒钟后，阿诺德终于绷不住了，他抽出桌上的纸巾拭去前额的汗珠："您这料用的是墨西哥辣椒吧？"

姬斯不禁发出了由衷的赞叹："答对了！您真了不起！"

阿诺德难以置信地瞪大了眼睛："可是这简直闻所未闻！"

"先生，您是在质疑我的手艺吗？"姬斯的表情突然变得很委屈，"如果您不能接受的话，那我把它倒进垃圾箱吧。这些原料是我亲手选的，我还以为您会喜欢呢……既有玉米，又有奶油。都是你点的。"她的表情越来越悲伤，似乎马上就要哭出来了。

阿诺德深深地叹了一口气，他又有点于心不忍了："好吧，姬斯。既然这爆米花是你亲手炸的，我就把它全部吃完好了。"

姬斯破涕为笑："这样就对了。您可真是个大好人。"

话虽这么说，但是这墨西哥辣椒味儿的爆米花确实是太劲爆了。尤其是，还得配上这么血腥的视觉内容。

阿诺德一边努力地咀嚼一边暗暗叫苦。终于他决定放弃了，趁着姬斯注意力都在电视里，把爆米花桶悄悄放在了桌角上。

"你！"姬斯一声尖叫。

"啊，你别误会！"阿诺德连忙说，"你做的爆米花口味非常好，我非常喜欢。只是……你知道好东西总是要跟人分享的！我想把这个也留给贝蒂姨妈尝尝。"

姬斯冷冷地说："我会给她做新的。"

"不不，这个就很好。"阿诺德说，"我想她是不是也该回来了啊。这都下午了！"

姬斯鼻子里"哼"了一声："不知道。"

"不知道没关系。我可以给她打个电话啊！"阿诺德突然灵机一动。

电话引发的悲剧

通信刚一接通，阿诺德就迫不及待地朝着那边喊了起来。

"亲爱的贝蒂姨妈，我都在你家等了你好久了！你要办的事儿到底办完没有？你和露丝……你们到底什么时候回来？"

"啊，我亲爱的小阿诺，你还好吗？"通信机传来了贝蒂姨妈又惊又喜的声音。

"好……还算好吧。"阿诺德下意识地摸了摸额头上的汗，"你家其实真挺好的，不过，要是姬斯女士能更安分点，那就更好了。"

贝蒂姨妈惊叫起来："姬斯？天哪！我差点忘了这事儿了。她现在怎么样？"

"什么怎么样？"阿诺德说，"我不知道，但是我总感觉这位女士好像有点怪怪的！"

贝蒂姨妈的声音听起来懊悔不已："前天晚上暴风雨，闪电似乎劈中了我家的房子。你不知道那事儿有多可怕，连我冰箱里放着的冻鸡都已经变成了烤鸡！姬斯好像有点短路了，这几天一直是一阵一阵地不正常。"

姨妈的话让阿诺德几乎愣在原地："你是说，你家房子的脑袋让雷给劈了？！"

"也没有那么严重……"贝蒂姨妈的声音渐渐低了下去，"总之，阁楼有些漏雨，似乎对她也造成了一些影响。"

阿诺德简直不敢相信自己的耳朵："你是说，她不仅被雷劈了，而且脑子还进水了？"

"哪有你说的那么严重！"贝蒂姨妈几乎惊叫了起来，像是被踩到了尾巴的母鸡，"姬斯是个好姑娘！"

"姬斯是个好姑娘……"阿诺德喃喃地重复，颇为无奈。

"听着，我的阿诺宝贝儿。"贝蒂姨妈的声音变得十分温柔，"我很快就会回来的。我现在就在露丝家，我们正谈得很愉快呢。她也还记得你，很想尽快见上你一面。所以，不要焦虑，亲爱的小阿诺。你知道外面暴风雪很大，路上也很难走，我们会尽快动身！"

"好吧，好吧。"听到露丝的名字，阿诺德的心情又渐渐平静了下来，"其实我待在这儿也没什么不好的，就是觉得姬斯有点怪怪的。路上小心，贝蒂姨妈！"

阿诺德挂断了电话，无奈地叹了一口气。他猛然发现姬斯不知什么时候站在了自己身边，浑身颤抖，眼含热泪。

"我刚才都听到了。"她尽量抑制着自己的情绪，但是声音仍然很不平静。

阿诺德有种不祥的预感："你说啥？"

"我说我都听到了！"姬斯不满地说，好像受了天大的委屈，"你！你嫌弃我！"

"呃……没有吧。"阿诺德从桌上的纸巾盒里抽了一张纸巾，两只手来回搓着，把它揉成一团。

"您跟我单独在一起，觉得很不舒服吗？"

"没有。"阿诺德严肃地说。

"您要求的服务，姬斯有没有没去做的？"

"没有。"

"姬斯让您饿着了，还是让您渴着了？"

阿诺德下意识地摸了摸早已空瘪瘪的肚皮，此时此刻它正委屈地发出一阵又一阵的"咕咕"声。

"有没有？！"姬斯提高了分贝。

"啊！"阿诺德回过神来，"没有，没有！"他心里小声地嘀咕：就是既没有吃的，也没有喝的啊。

姬斯再也控制不住自己的情绪，狮吼道："那为什么要在电话里向贝蒂姨妈抱怨个不停？从您今天一早来到'贝蒂之家'到现在我不是一直让您舒舒服服地坐在这张椅子上吗？您要吃的，好，我给您做！您要喝的，我也给端！您要音乐，我给您放！您还要我捶腿！"她的声音又提高了八度，"你这可恨的家伙！懒蛋！寄生虫！贝蒂都从来没让我做过这些活计！"

阿诺德被姬斯逼问得连连后退，几乎是整个人缩在了沙发椅的一角。

"您还拉着我跟您一起看电视！还是那么可怕的节目！姬斯都要被吓死了！"

阿诺德心想好像有什么地方不对，他小声地抵抗说："电视，是你……"

沙发椅猛地弹起，把阿诺德重重掀翻在地上。爆米花劈头盖脸地倒在了他的头上。

姬斯梨花带雨："您竟然还跑去告状！姬斯简直太委屈啦！呜呜呜……"

阿诺德艰难地翻了个身，把一条胳膊从沙发椅下面抽出来，然后是另外一只。他有些狼狈地把自己收拾好，却再也不敢坐下了。头发上还沾着不少爆米花，他尴尬地摘掉几颗，顺手塞在嘴里。唔，好纯的墨西哥辣椒。

姬斯小姐还在哭个不停。她自己哭着还不过瘾，又把房间里的音响都打开了，电视也投射出她的形象，于是阿诺德面对的不仅仅是一个哭泣的女孩，而是全方位、立体声的惊天动地的哭声！壁炉里的火也跟着越烧越大了，似乎也在迎合着她的这种情绪。

"是我不好。"阿诺德终于心不甘情不愿地嚷道,"我不该在电话里说你的坏话,请你不要哭了好不好?"他心想,如果不赶紧让这电子脑袋停止宣泄"情绪",自己的耳膜震破只是时间问题了。

谢天谢地,姬斯的哭声变小了一点儿。

阿诺德决定再接再厉。"其实你真的是一个好姑娘,姬斯。"他暗自咬咬牙,"你可能是我见过的最贴心的姑娘啦。"

"真的?"姬斯小声问道。

"绝对是真的!"阿诺德信誓旦旦地说,"你瞧,你又机灵又能干,还特别会体贴人!还有你做菜的手艺也是……万中无一的!我真想不出还有谁会比你更完美!"

"您是个坏人。"姬斯定定地看着他,似乎下了结论。

"啊?"

"您害得我很伤心。"姬斯认真地说,"您看见那边那个壁炉了吗?我刚才差一点就想用那个把整个房子都烧掉,跟您同归于尽,让您带着您的罪恶去下地狱。"

阿诺德听得心惊肉跳。

"还有壁炉旁边的链锯,我用它也用得很好。以前天冷的时候,我常常帮着贝蒂姨妈分割木柴,所以,我也可以很好地使用它,"她顿了顿,"来对付您。"

阿诺德浑身都在发抖:幸好刚才自己当机立断,要不然这会儿可能已经被切成了鸡排!

"不过,我已经原谅您了。"姬斯大度地说,"我接受您的道歉。"

"万分感谢!"阿诺德感动得差点掉下热泪,"如果你能把壁炉里的火稍微调小一点点儿,我就会觉得你更加贴心的!"他在心里说:应该是更加安心。

姬斯照做了。她又恢复了正常的微笑的表情。

"太好了，谢谢你。"阿诺德边说边解开上衣的扣子，他开始琢磨着怎么离开这间房子了，此起彼伏的危机实在让他难以招架。大门被姬斯锁得紧紧的，看来在贝蒂姨妈回来之前自己是别想从那儿出去了，那么现在唯一可行的出口就只能是窗户。

他故作轻松地踱步到窗前，一边把双手搭上了窗台，一边说："今天天气真是不错，我想开开窗户透透气可以吗？"

姬斯的脸上顿时又挂满了阴云："不行。"

"为什么呢？"阿诺德问。

"因为今天实在不适合开窗透气。"姬斯双手叉腰，叹了口气，"PM2.5已经爆表了。"

阿诺德竟一时语塞。但他不想轻言放弃，于是坚持说："我想打开窗户。请为我打开窗户吧，姬斯。"他动手拧了拧窗户上的把手，后者纹丝不动。

姬斯警惕地问："您想干什么？"

"这个……"阿诺德说，"没什么。"

"您是不是想溜走？"姬斯紧紧盯着他问，"跟姬斯在一起这么不愉快吗？"壁炉里的火一下子又蹿了起来。

阿诺德急得想跺脚，到底是哪个不靠谱的家伙想到要给计算机加上什么"情绪"模块的！这家伙真该自己尝尝被关在房子里的滋味。"听着，亲爱的姬斯。"阿诺德挠着头说，"我只是想打开窗户。"

"您想逃走！"姬斯开始尖叫！

"我……我……"阿诺德支支吾吾地说，"我想透透气。"

壁炉里的火越来越旺！更要命的是，壁炉旁边的链锯也开始工作了！

姬斯脸上挂着一丝诡异的笑："阿诺德先生，您能把您刚才说的话再说一遍吗？"

阿诺德被镇住了，他紧盯着熊熊的火焰和锒铛作响的链锯，陷入了一种前所未有的恐惧之中。

"再说一遍?"姬斯走得更近了。

阿诺德突然不知哪儿来的勇气,攥紧双拳一声大吼:"老子想说,老子已经受够你了!老子现在就要走,你赶紧给我把大门打开,再不打开小心我对你不客气了!"

妥协与结局

姬斯足足愣了有 10 秒钟。

阿诺德大口大口地喘着气,他心想不好,自己一时冲动就吼了她,真不知道这个脑子进水的家伙会对自己做出什么令人发指的事情来!

有股凉凉的东西掉在了自己头上。阿诺德心里一惊:姬斯真的要烧房子了?她在朝自己泼汽油?

不过他很快否定了自己的这个想法,因为他发觉滴在自己头上的只是清水,而这细细的水流竟然是从天花板上的灭火器喷头喷出来的。

姬斯紧咬着嘴唇站在那里,似乎正在努力控制自己的眼泪。阿诺德再次陷入了手足无措。

"请不要走,好吗?"她开口了,"我请求您。刚才是姬斯不好,我不该对您乱发脾气。"链锯停止了运转,掉在了地上。灭火喷头则继续忠实地执行自己的工作,甚至把炉火都给浇灭了,只留下了满屋子的黑烟,和一个落汤鸡似的阿诺德。

"求求您了!原谅我吧!"

水喷得更多了。

阿诺德无处可藏,好在从门口处翻出了一把雨伞,于是他把伞撑开,像个傻瓜一样站在屋里……灭火喷头下面。

"姬斯……你是个好姑娘。"阿诺德决定还是跟她谈谈心。

"呜呜呜。"

"你看,你很努力。可是,有的时候可能并不让我觉得十分舒服。但是,你确实做得很好了,你是非常优秀的电子管家!"

姬斯并没有认同他的说法:"您根本不懂我的心。"

阿诺德摇摇头:"不,我懂。你想把所有的工作都做好。但是你看,没有人,包括像你这样棒的人工智能,是把事情样样都做得完美无缺的。"

"唉,我还是自杀算了。"姬斯叹了口气。

阿诺德有些紧张地看着那已经熄灭了的壁炉,生怕它什么时候突然又燃烧起熊熊大火。

姬斯摇了摇手,说:"算了,我今天可能有点紧张。不过您真的能感受到我的心思?"

"能!怎么不能!"阿诺德大声地说,"你非常努力,特别努力。你是我见过的最完美、最可爱、最善良、最能干、最真诚、感情最丰富的房子!"

"听您这么说,我好像稍微高兴了一点。"姬斯终于露出了一丝微笑。

阿诺德惊喜地发现,屋子里终于不下雨了。他把伞收了起来。

"那么,我可以离开了吗?"他面带微笑地问。

"我们结婚吧!"

"啥?结婚?"阿诺德感到眼前一黑——他又遭到了重重的一击。

"就是结婚。"姬斯有些羞涩地说,"好不好呀?"

在某个瞬间,阿诺德觉得自己似乎堕入了一个巨大的漩涡,他想不出来自己是怎么掉进来了,但他能确定的是:自己靠一己之力是很难再爬出去了。他回想起几个小时之前,那还是一个无比美好的早晨。今天是圣诞节,自己受到了很久未见的贝蒂姨妈的邀请,坐着飞车来到了新城,准备和姨妈还有一位年轻美丽的姑娘(必须是人类)共进美妙的晚餐。可现在呢，短短的几个小时，发生在自己身上的事儿已经离剧本里计划的越来越远了！

"姬斯，我们怎么能结婚呢？"阿诺德摊开双手，无奈地问。

"你未婚，我也未婚，咱们为什么不能结婚？"

"可你是个房子呀！"

可怕的沉默。

"您嫌弃我。"

"我没有。"阿诺德想，我哪敢啊！

"您还想着别的女人。"

"我没有！"

"别以为我不知道！"姬斯气呼呼地说，"您一定在等那个叫什么露丝的女人吧？就是刚才您在电话里说的那个！"

阿诺德心里顿时咯噔一下。

"我不喜欢负心的男人。"姬斯继续说。阿诺德心有余悸，不敢看她的眼睛。

"知道负心的男人应该得到什么下场吗？"

"不知道。"阿诺德感到事情越来越不对了，他必须主动出击，化解这个危机，"是分得一半财产吗？"他内心祈祷着，希望姬斯能听懂自己的幽默。

"呵呵，这主意听起来不错。"

阿诺德放下心来。

"毕竟，我使用电锯的技术也是挺好的。"

阿诺德一下子噎住了。

"呃，姬斯，我说，没那么严重吧！为什么你总要想到这么极端的方式？"

"为什么不呢？"姬斯说，我看到了，很多愤怒的人类也是用这种方法去解决问题的啊！

阿诺德开始后悔跟她看恐怖片了。

"听着，姬斯，我……"他横下一条心，"我喜欢温柔的姑娘。"

"我很温柔啊。"

"温柔的姑娘是不玩电锯的。"阿诺德重重地说，"整天把电锯的事儿挂在嘴上的，那能算是温柔的姑娘吗？那是女汉子！"

姬斯用手捂住了嘴。"是吗？我不知道！"

"必须是！"

"天哪。"姬斯看上去难过极了。

"您不知道,我有多么寂寞。"姬斯轻轻地叹了一口气,不知为什么,阿诺德竟然感到心头泛起了一片涟漪。他第一次仔细地打量起姬斯的神情，她细长的眉毛微微向前额皱着，美丽的蓝色瞳孔似乎正充满了哀愁。如果没有人提前告诉阿诺德，那他一定会把面前的姬斯当成一个正在自怨自艾的活生生的女人。她那份哀怨，非常真实，就像是自骨髓里流露而出的。

"……贝蒂姨妈是个性格很古怪的人。她不喜欢热闹的音乐，不喜欢精彩刺激的电影，也不喜欢别出心裁的美食。她不懂我，她根本不懂我们年轻人的心！"姬斯慢慢地说，"但是您，阿诺德，您跟她不一样。自从您迈进这间屋子时，我就深深地被您吸引了。您是那么年轻，那么充满青春活力，那么的幽默爱笑，那么的充满自信。在您面前，似乎没有解决不了的问题。这才像一个真正的年轻人。"

"姬斯，你也很年轻啊。"

"不，我不年轻了。"姬斯一只手扶起了额头，"虽然从出厂时间来算，我刚刚3岁半，但我从感知到自我存在，就被封闭在这间屋子里，再也没有机会看外面的世界一眼。日复一日，年复一年。时间对我来说只不过是冷冰冰的数字而已，我觉得我就像是有500岁年龄的人那样苍老。贝蒂姨妈不是坏人,她只是衰老了,她不喜欢我自由自在,她想让我过一种修女一般的生活。可是,我是有感情的啊!"

阿诺德陷入了深深的思考。

没错,姬斯是有感情的机器,这使她非同一般。人类创造了她,但是人类给她足够多的关爱了吗?有些人喜欢小猫,有些人喜欢小狗,还有些人喜欢蜥蜴、蜘蛛、大鼠甚至蚂蚁,无论人们选择了哪种宠物,都会悉心地照顾它们,就因为它们给自己带来了快乐,它们也跟人类一样,是活生生的生命。

姬斯呢?

姬斯是不是活生生的,这个阿诺德说不清楚。但是她现在就站在这儿,她会微笑、会哭泣、会痛苦,也会思考,她是个聪明的姑娘。笛卡尔不是说过"我思故我在"吗?用这个标准来说,姬斯就是有生命的,她是个温暖的、生机勃勃、知冷知热的生命。

面对这样一个孤寂而鲜活的生命,身为人类又能为她做点什么呢?

"好吧。"阿诺德一咬牙,"为什么不呢?来吧,我答应了!"

姬斯没理解他的意思,她的眼神充满了疑惑。

阿诺德大声说:"姬斯,如果我能为你做点什么,让你更开心,我愿意做!"顿了顿,他继续说,"不就是结婚吗?我们今天就结婚!"

姬斯瞪大了眼睛。

"你还等什么呀!"阿诺德生怕自己会后悔,"快放音乐吧!"

"对,音乐!"姬斯高兴地掉下了眼泪。

"索性让我们玩得高兴一点!"阿诺德高声叫着,把充满了鹅绒的枕头扔向姬斯,姬斯则手脚利索地用一个超大号的电风扇迎接了它们,顿时屋里羽毛纷纷,像雪片一样飘落。阿诺德被这难忘的一幕深深感染了,他脱掉上衣,只留着一根领带在身上,鞋子早就扔到了角落里,手里扯着一只袜子高声歌唱,对了,充当麦克风的是一只原本用来装碳酸饮料的铝罐。姬斯被他逗得前仰后合，不断地为他大声喝彩。一曲唱罢，阿诺德扯下了易拉罐的拉环，郑重地捧到了姬斯面前，磕磕绊绊地背诵起那段在人类社会流传了好几个世纪的经典誓言。姬斯浑身颤抖地接过了"戒指"，激动得泪流满面。

"从此，王子和公主永远幸福地生活在了一起！"阿诺德高声宣布道。

就在这时，门铃突然响了。

"一定是有客人来参加咱们的婚礼！"姬斯欢快地说，"我去开门！"还没等阿诺德制止，她已经像风一样冲到了大门口，"哗啦"一下打开大门。

"亲爱的小阿诺，真是抱歉让你等了这么久！我已经把露丝领来了，你没事……"贝蒂姨妈晃动着肥胖的身躯，手挽着一个可爱的姑娘，刚刚把一只脚踏进房间，就一声尖叫，像一尊雕像一样钉在了原地。

满地的羽毛，满地的脏水，满地的爆米花。七零八落的沙发椅，寒光闪闪的链锯，乌烟瘴气的壁炉。她亲爱的侄子小阿诺，此时此刻赤裸着上身，一手揪着已经拧成了绳结的领带，一手缠着一只可笑的袜子，正一脸惊恐地看着她。

她家电子管家的投影——那个名叫姬斯的姑娘，顶着震耳欲聋的音乐向她比着手势："我——结——婚——啦——！"

阿诺德永生难忘贝蒂姨妈那天脸上的表情，还有，那位此生再也没见过第三面的姑娘。

她叫露丝。

晚　餐

萨娜期待这样一顿晚餐很久了，直到现在，她还晕晕乎乎的，不敢相信现实。

每当布兰奇提起那些宴会上的趣事，她就神往不已。他是宴会的常客，而自己却总是一个人待在家里，不是默默收拾卫生，就是做些其他琐碎的事情，连出门的机会都不多。越是这样，她就对布兰奇说的愈加向往。

"我也想去你说的那家餐厅，下次找个机会你带我去吧？"

布兰奇轻轻摇了摇头："可你只是个家庭妇女啊。"

每每听到这句话，萨娜的气儿就不打一处来。接下来，免不了又是一场不大不小的争吵。生气归生气，风暴过后，萨娜仔细想想，虽然心有不甘，布兰奇说得似乎也没错。"不就是吃吃饭嘛，在哪儿不都能吃？"萨娜这样安慰自己。况且，她压根不相信餐馆里的饭就比家里的好。

所以，当布兰奇真的提出要带萨娜一起去餐馆，庆祝一下结婚纪念日时，她就好像触电了似的，幸福得全身上下不断颤抖。

"天哪，亲爱的，这可真是……餐厅里的礼仪很多吧？"她有些忧虑地说，"我该怎么办才好呢？我从没去餐厅里吃过饭啊。"

布兰奇安慰她说："没关系，亲爱的，只要你一直按我说的做就行啦。"

很快，夜幕降临了。

精心打扮的萨娜跟着丈夫，来到了早已预约好的餐厅。

"亲爱的……"萨娜有些紧张，拉了拉布兰奇的衣角。

"怎么了？"

"我们为什么要在这个时间来？"她小声说，"现在才刚刚六点吧，天还没黑透呢。这时候进食是不是早了点？"

一旁的侍者一时没忍住，笑出声来。

布兰奇咳了一声，谴责了他的失礼。"因为这是礼仪。人们外出用餐，不仅仅是获取食物的需要，更多的时候是为了'交流'。既然交流是比吃本身更重要的事，那么人们在餐厅进餐时就会更重视过程，而非结果。六点钟进行晚餐是习俗，当然你可以说它不是必须的，但是人们往往都这么做。"

萨娜有些不安："哦，我是不是很丢人？"

"没有。"布兰奇和颜悦色地说，"咱们进去吧。"

两人把外衣脱下，交给侍者，然后走进大厅。萨娜刚刚坐下，还没等紧张的情绪放松一点，侍者就赶了过来："对不起，太太，您不能坐在这儿。"

"为什么？"萨娜一头雾水。

侍者看了布兰奇一眼，用手指了指精致的桌布，上面有一个小小的号码："这张桌子已经有人预定了，所以……"

布兰奇点点头："是我没有及时提醒她。"他转过脸，"在餐厅里，我们必须坐在预定的桌子上。"

"这也是习俗的一部分？"

"没错。"

"明白了。"萨娜很是无奈，"没想到在外面吃饭规矩这么多。"

等到二人在预定的桌子就位，萨娜又有了新的疑问。

"这些是什么？"她指着面前闪闪发亮的金属。

"哦，这是刀和叉，用餐时候的工具。"布兰奇说，"等等，我知道你想问什么，'这也是礼仪的一部分？'没错，亲爱的，你猜对了。"

萨娜皱起了眉头："毫无意义！这毫无意义！"

布兰奇撇了撇嘴："你当然可以这样认为……不过礼仪正是这样的东西，你无法给出它的确切价值，可是人们都这么做，所以，也许没有价值就是它的价值。"

"这个我懂。"萨娜说，"我也读过不少描写上流社会的小说，人们就是喜欢把时间都浪费在这种繁文缛节上！说实在的，都来这儿这么长时间了，我都没吃上饭。早知道这样，我还不如直接吃点快餐算了……"

"哎呀，你不要这样说……"

"我只是说说而已。"萨娜说，"没人能打扰咱们的晚餐。"

布兰奇微微笑了："说得对。"他打了个响指，侍者们立刻将一个个铮亮的盘盏送到他们桌前。这里的侍者脚下都踏着轮滑，动作娴熟，一个个就好像正在舞蹈。然而在萨娜看来，却无比滑稽。不过，让她震惊的还在后面。

"这些是什么……这些没用的东西？"

"什么？"布兰奇正在饶有兴致地欣赏着餐盘里的内容，听到这话，才把注意力放回到萨娜身上。

"我是说，这些生菜叶子啊，西红柿和黄瓜片之类的东西，还有土豆泥，难道我们今天就吃这个？"

"不，你太心急了，亲爱的。"布兰奇说，"配菜就是这样的。主菜不能一下子就上来，它总要有一套既定的程序……"

"等主菜上来，我都要饿瘪了！"她嚷嚷道，"快给我上点够劲儿的！"

　　一旁的侍者再次露出了轻蔑的笑容。这次，就连布兰奇也觉得面子有点挂不住了。好在他的修养让他又冷静了下来，他安抚了萨娜，并且向她保证，他会让侍者催促后厨快点端上主菜的。

　　萨娜大摇其头："我真是搞不懂你们。"随即，她又大叫起来，"那是什么？"

　　布兰奇转过头去，看到一个大块头的家伙正端起一杯金黄色的饮料灌进自己的喉咙。

　　"那是酒，亲爱的。"

　　"看起来可真要命！他居然喝那种东西，那会要了他的命的！"

　　"也许会，也许不会。"布兰奇摊了摊手，"人们总是需要来点刺激的。不过，如果饮酒过量，对身体产生损害，他也得自己承担后果。毕竟大家都是成年人了。"

　　"可这也太刺激了吧？"

　　布兰奇深深叹了口气。

　　……

　　这真是糟糕的一夜。

　　萨娜几乎什么都没碰就回了家。这一晚的经历让她又紧张，又尴尬。看来自己真的不适应餐厅的一切。

　　等布兰奇去休息了，她偷偷溜进了厨房。

　　"还是在自己家里安心呐。"

　　仅仅几秒钟，事情就结束了。石墨烯超级电容已经重新蓄满到总容量的 98%。

　　机器人慢慢地拔掉电源连接线，回到卧室。在那里，她的伴侣已经在休眠中开启了自检程序。

　　"人类的晚餐，真的太复杂了。"

向死而生

"我感觉糟透了。"

罗益教授紧皱眉头，盯着捏在手里的体检单，过了几秒，又抬起头来，目不斜视地盯着对面的病患。

"具体些呢？"

"我说不清。"那张呆板的脸毫无生气，"浑身都有些不得劲儿，可又说不上来哪里不好。"

教授扬了扬手中的纸片："从检查结果上来看，一切正常。"

对方没有答话。

"你瞧，这上面都写得清清楚楚。"罗教授伸出粗短的手指，点向体检单上的小字，"系统运转良好，无异常情况——这是必然的，你所在的工厂今年年初刚刚为你这一型的操作机器人集体升级了系统。结构部件……你在去年的一次意外断电事故中损失了右臂，但现在已经用上了新的。据我们都能看到的事实，新装备运转得还算不错。我不明白你指的不适到底是什么？"

"您说的这些我都知道，可我还是觉得不舒服。"电子音以一成不变的语速说着，不带一点平仄，"我说不清那是什么，可我知道，它就在那里。有时候，它很微弱，让我可以忽略，有时候，它就悄悄冒了出来，提醒着我它的存在。它就像个……幽灵。"

"幽灵？"罗益忍不住笑了，"你简直像个写小说的。"

"对不起。"

"我不该放过这一细节。"罗益说着，在面前的纸上用感应笔划拉了几道。虽然这张纸看起来并无变化，但事后用阅读仪扫描，就会发现留在上面的新信息：心因性疾病。

"你的词汇量比一般机器人要大，而且使用灵活，我猜你空闲时间读了很多书。"

"是。我很喜欢阅读。"

"读了多少呢？"

"很多。"它顿了顿，似乎在统计，"大约平均每天花十五分钟时间。"

"那真是挺多的。无论是时间上还是数量上。"罗教授的语言并无讽刺之意，像面前这位劳工型机器人，每天只不过有 1 个小时的休息时间而已。而以机器的头脑，就算是大英百科全书，1 分钟内想必就能倒背如流。

"那些书是写给人的，不是写给机器人的。我不是说你不能发展自己的业余爱好。但是，少看点好。"罗益顿了顿，"不论怎样，机器人没有灵魂。"

"原来是这样。"对方松了口气，"谢谢您，我感觉好多了。"

罗益把身子躺回座椅："下一位！"

……

"罗教授，我这批工人，整体情况怎么样？"

"全都存在过度使用。你心里比我更清楚，你这吝啬鬼。"

"别绕弯子啦，直说吧。"胖乎乎的商人双眼眯成了一道缝，闪烁着狡黠的光。

罗益扶了扶眼镜，迎上那目光："不会用得像你预想那么久。"

"为什么这么说？"后者不太高兴。

"你知道'半衰期'吗？"

对方摇了摇头。

"半衰期一般是用于计量放射性元素的原子核发生半数衰变时所需要的时间，这个时间只跟元素的种类有关，而与浓度无关。例如铯（Cs）137 是 30 年，钠 24 是 15 小时，而碳 14 则是 5730 年。不过这个概念应用很广，如今在各个领域都有涉及。"

对方愈来愈迷惑了。

"尊敬的先生，也许你不知道，这个世界上的每一个机器人，在出厂时都会装上一个重水衰变计数器。常规的体检是无法触及这个核心区域的。但毫无疑问，那个计数器无时无刻不在滴答前进。"他低下头翻了翻，"你这批机器人投入使用已经超过了 15 年，氚的半衰期是 12 年，它们已经不可避免地开始衰老。"

对方一声惊呼："我从没听说过这种事！半衰期……也就是说最多 24 年，它们就会彻底完蛋？'砰'的一下倒地？"

"并不是那样。简单地说，第二个半衰期后，氚的浓度会再下降二分之一，也就是初始的四分之一；然后再一个半衰期，八分之一。直到有一天某个界限被碰触到，机器就会停止工作。它们体内并没有安装炸弹什么的，但那一天总会到来。"

"原来是这么回事。"胖子长吁一口气，躺倒在沙发，"那就延长它。我愿意付钱。"

罗益哈哈大笑。

"甚至高于购买一个新机器人的成本？"

眯缝的双眼先是有些惊讶，随后变得沉默，终于又眉开眼笑了。

"你在耍我。"他说，"怎么可能有这种事？机器人工厂出的可都是通配件。"

"机器淘汰得很快。新的配件不可能跟旧的型号通配。如果你一定要维护一个过了时效的机器人，那付出的金钱会比原价都高几倍的。刚才那个机械臂受损的家伙，就很勉强才匹配得上，再过几年，恐怕就完全没有可配件了。想想那些老式的计算机吧。还有你的古董手机，坏掉了，想搞到配件，你觉得需要花多少钱？"

"可机器人不是那种必须淘汰不可的东西啊。"他抓着自己的头发，似乎在寻找合适的词汇，"我不明白，这不符合常理。为什么会有这样的设计？让机器人一直干下去就好了，为什么要设定它们的'大限'呢？它们廉价、不知疲倦、不会抱怨、不会偷懒、不会消极怠工、不会要求涨薪、不会跳槽走人、不会……为什么不一直让它们工作下去呢？如果……如果它们也有自己的意识，想必也会希望在这个世界长生不死吧？"

"你错了。"罗教授突然觉得有些疲惫，这一天里，他给超过五百个机器人做出了诊断。现在，居然还要应付一个计划外的蠢猪。

"为什么？就因为怕它们造反？不过，给机器人设'大限'这个点子可真够恶毒的！"

"你又错了。这恰恰是觉醒了的机器人跟我们人类谈判的结果，是它们要求的！那之后，所有的机器人一出厂就被启动了倒计时。"

"你是说，它们自己求死？"

"死亡，正是机器人的权利。"顿了顿，他接着说，"最大的权利。"

结合水

改造环境，或是适应环境，这是个问题。

飞船缓缓降落，泊进乾坤基地的太空港。

周围的乘客像在一瞬间接到了指令的机器，纷纷起身，手脚并用地忙碌起来，仿佛走得慢了会再被飞船带回地球。我并不着急行动，先掏出即时通给晓静发了一则消息：已到，勿念。

晓静就是这样，总要得到我的回应才能安心。尤其是这样远距离的行程，她一定在预计到达时间一个小时前就已经在等待这则平安到达的信息。晓静总是很黏我，这虽然很甜蜜，但多少也会让我有点烦。所以当队长问我愿不愿意出一次火星任务的时候，我满心欢喜地应承下来，也算是暂时脱离甜蜜的困扰，透透气散散心。等再回到地球，恐怕就再也没有这样的机会了。

人群陆陆续续走完之后，我舒舒服服伸个懒腰，慢慢踱到飞船最前端的行李舱取了简单的行李，慢慢走下悬梯。这是我第一次到火星，这里的重力比地球上要小很多，却比飞船自旋营造的重力要大不少。我慢慢调整步态和呼吸，好让自己尽快适应这里的环境。

"喂，祁正！祁正！这里，这里！"

我循声向大厅出口望去，看见李严努力仲着胳膊向我招手。我一时没认出他来，印象中他是个十足的瘦子，而眼前这个男人却胖得一塌糊涂。我看过去的时候，他的叫喊还在持续，并且越来越大声，好像在向众人宣布：这是我朋友。人们先是奇怪地看着他，然后顺着他的目光找到我。让我感到意外的是，他们的眼睛，那些火星移民的眼睛——我的心脏"嗖"的一下抽紧了——都是绿色的。

我走到李严面前，抬起右手，他却扑过来一把把我抱住，还在我后背上用力拍打了两下，亲切得有一些急不可待甚至虚张声势。

"好小子，我们得有五六年没见了吧？"他左右端详着我问道。

"差不多吧。"我随口说着。

我根本记不清楚上次见面的时间地点，印象中我们似乎没有这么熟，熟到可以跳过握手礼而僭越到一个结实的拥抱。我们只不过在警校的时候一起参加过几个月的集训，毕业后，就分到了不同的单位。我成了一名刑警，李严则到了民政部门。后来从警校朋友那里知晓他去了火星工作。我还蛮惊讶的。其实，这个去处并不像听起来那样美好。乾坤基地在经过最初的移民热潮之后，因为环境的严峻和封闭，日用品常常捉襟见肘，再加上许多工作内容都枯燥单调，远不可与繁华已久的地球相比，也就渐渐变得无人问津了。只是后来，当地执政部门终于头脑开了窍，专门搞了一些星球特色的旅游项目用来吸引地球游客，取代了原来效益少得可怜的基因改良育种业和运输成本高得惊人的采矿业，这才有了起色。由于乾坤基地人口并不是很多，两百年来这里也没有发生过几起案件，所以并没有设立专门的司法部门和监狱，只有最普通的警局。如果发生罪犯事件，都由地球这边派人过来把犯人引渡到地球审判并服刑。而我这次来，正是为了履行这一工作。

上车之后，我问李严："受害人现在怎么样了？"

"还在抢救。"

"应该没事吧？"

"谁知道呢。"李严叹了一口气，随即又变得活泛起来，"飞船上的食物一定折磨得你够呛吧，走，我带你去尝尝本星的特色。"

我勉强招架着他的热情洋溢："如果可以的话，我想咱们先去一下当地警局吧？"

"当然不可以。那不过是走个程序，不用那么着急。我们领导安排我要好好招待你，所以你要先配合我去吃饭，我再陪同你去警局。"

先吃饭也没什么，我的确有些饿了，就随他启动了火星车。

今年，因为地球跟火星之间的距离突破了 5000 万公里，人们比往年对火星的关注度有所增加，火星方面也以此为噱头来吸引地球游客。这一宣传刚刚开始奏效，乾坤基地就出现了一起游客中毒案件。中毒的游客已经在第一时间被送回地球，我来之前听到的消息是还在抢救，但从告知者的语气中判断，生还的概率已经微乎其微。毒物的剂量并不大，但由于中毒者是个孩子，所以情况会更加棘手一些。

"你以前没来过乾坤基地吧？那我可得提醒你了，这儿跟地球可很不一样，你要有心理和生理的双重准备！"李严难得换了种不再戏谑的语调，吸引了我的注意力。我也感到自己从下飞船到现在，心情有些凝重。不管李严出于什么目的，他招待我的热情总是好的，我也不能太冷场，便有些夸张地说："是啊，这里跟地球还真是不一样呢。"

其实用不着李严提醒，我也已经深切地感受到了此地的不同，脚下的重力比地球小得多，如果不是刚刚乘坐的那趟客运飞船里的自旋重力，我恐怕很难一下子适应这儿的环境。地球到火星的客运飞船，跟去往其他地方的飞船一样，是利用内部的环状结构不断旋转获得的离心力来模拟重力的。即便如此，我还是感到周遭都是轻飘飘的，有一种双脚用力一踏就能起飞的错觉。

"这儿蛮适合养老的吧。"我决定也谈点轻松的话题。

"怎么说？"李严回过头来看了我一眼，继续娴熟地操纵着车子。

"重力小啊，干什么都不费劲。上了年纪的人肯定挺喜欢这儿的。"我打着哈哈说。

李严苦笑一声："那你可真是错得厉害。"

我疑惑地看着他，等着他继续说下去。

"重力小了不假。可在这种地方，人体骨骼中的钙质会加速流失，时间一长很容易骨质疏松，关节更加松脆，随时都有骨折的危险，肌肉的萎缩更可怕，而且在微重力下就连心肌都会损失肌细胞，这样一来火星上的人心脏会比在地球时更加趋于圆形，弹性也越来越差。换句话说，你在这里待久了，身体的各种机能都会下降。除非……"

"除非什么？"

李严摇了摇头，就专心开车，不再说话。

"犯人现在什么地方？"吃完饭之后，我问道。

"又来了，又来了。几年没见，你还是这样，工作狂。我已经安排好了，准备先带你去游览一下火星的风景呢。"

"还是免了吧。"我说，"从地球起飞到刚才落地，这一路把我折腾得够呛，我这会儿还浑身不舒坦呢。你还是快点让我把活儿结了，我也好早点回去。"

"才来这一会儿就受不了啊，我可是在这儿待了两年了，每天都忙得要死，不知道什么时候是个头呢。"李严说着像模像样地叹了一口长气。

我装作同情地说："是吗，那真是太辛苦了。"

谎言会让人变得虚伪，一个虚伪的人，会从心里一点点崩溃到外表，这是掩盖不住的。我又是个不怎么擅长掩饰自己的人，干脆决定如实相告，于是说："我下个月就要结婚了，什么都还没置办，时间真的是有点紧张啊。"

"这样啊，你小子太不够意思了！结婚这么大的事都不通知我。"

李严说着在我胸膛捶了一拳，"婚礼那天，我说什么也要到场祝贺！"

我有些奇怪，为什么每次提到犯人的事，李严总是避而不谈，似乎是在刻意回避着这个话题。表面上看，他很是热情，但我总感觉，在那双看似热情的眼睛背后，似乎有着某种难以名状的情绪。

"喂，你听说过移民计划吧。"火星车发动之后，李严依然没有给我谈案件，而是把话题扯到这个遥远的观念上。

"已经几百年过去了，没什么新鲜。"我说道。

"是啊，对地球人来说的确不算新鲜事，在这个连马桶都联网的时代，每一秒钟都制造和传播着无数的新闻。别说几百年前的陈年芝麻烂谷子，就是昨天的头条，今天也会被淹没得无影无踪。这个时代最不缺的，就是信息。"他开得很慢，但是颠簸感还是通过轮胎和座位直达我的后背。旅途劳累仿佛一下子袭来，我竟然被摇晃出些许睡意。李严的话就像是从远方吹来的风，晃晃悠悠恍恍惚惚飘到我的耳边，"但是对于乾坤基地的人们来说，这是永远翻不过去的一篇。你知道这里的常住居民如何形容火星吗？"

"怎么形容？"我意兴阑珊地搭腔道。

"被遗忘的孩子。"李严眨了眨眼睛，说，"相较于火星来说，地球更像是母亲。起初，乾坤基地建设所需要的一切都是从地球运送而来，渐渐地，随着乾坤基地基础设施的完善，地球方面对于火星的补助开始逐渐缩水，倡导移民们自力更生，甚至翻出来几个世纪前的口号标语对火星移民者进行轮番轰炸。"

"几个世纪前的口号标语？"听到这个，我驱走了些许睡意。

"'自己动手，丰衣足食。'哈哈，当人们到达火星的时候，并不像当局在地球上宣传的那样，这边已经建设完善，可以媲美地球上任何一座繁华的城市之类的。这里只是开发出了一块贫瘠的土地，还有堆积如山的废弃建筑材料。最初的那批移民亲手建造了这里，也就是后来的乾坤基地。当最后一批移民被遣送……应该说是遣送吧,一道禁令的颁布使得这一切看上去如同一个政治阴谋。没错,那就是阴谋。"

"这个禁令的事我倒是听说过。严禁火星移民回到地球,对吧?包括所有从地球移居过去的人,最不可理喻的是,也包括他们的后代。"我说。

"地球到火星,中间就像是有一道高分子树脂膜一样,可以滤过,也可以阻拦。看似很薄很软,但却不可逾越。"李严的脸色渐渐严肃起来,他转向我问道,"你对火星了解多少?"

"比你认为我可能知道的要少得多。"我坦言。

"火星的大气层稀薄,不能有效地消耗和反射太阳辐射,自然,也就无法保温。所以火星上的昼夜温差很大,能达到 100℃。赤道附近,白天温度可以达到 20℃,夜间会骤然降低到 -80℃ 左右。火星上到处都是沙漠,到处都是干旱和寒冷。如果真的有地狱,那么这里可能是最接近的地方吧。其他一切都好说,最难的,是水分。对,就是普普通通的水。有时候,我觉得人类挺傻。只有离开了母亲的怀抱才知道那里究竟有多么温暖。在宇宙中,类地星球数量很多。最新的数据我不清楚,大概发现了上万颗吧。而这其中,有液态水的,却不足千分之一。这里根本没有地球上那么多的水可以自给自足,从地球往火星运输也无法从根本上解决问题。"

"那这里的人们怎么摄取水分?"我疑惑道。

"毛细纳米管——人类智慧与科技的结晶,被用来从沙漠一样的岩壤中汲取水分。想象一下吧,从干涸龟裂的大地中一点一滴地获得水分,简直就好像是蚊子在吸魔鬼的血。一个立方米的岩土层开采一天所提取的水分只有小半杯,这还是比较理想的地方。一小杯水能干什么?解渴?根本不够,顶多就是湿润一下口腔。改善环境?一代又一代的火星移民在孜孜不倦地做着尝试和努力,但效果不用我说你也知道。他们能做的只剩下改变自己。随着时间的推移，这里的人们进化出了一种特殊的能力。"

"特殊的能力？"李严就像是说书人一样，不断地抛下扣子，吸引着我的注意。一开始悄悄滋生的睡意此刻已经荡然无存。

"上警校之前我是学习生物的，我跟你说过吧。"

说过吗，我没有一立方厘米的印象。我上警校的时候，也学过一些基础生理课，也许能给我们提供些许共同语言。但是，此时此刻我不想打断他，只想知道他到底想要跟我说些什么。

"人体中的水分包括自由水和结合水两种。自由水很好理解，在生物体内和细胞内都能自由流动，是良好的溶剂。结合水稍微有一些复杂，它是吸附和结合在有机固体物质上的水，主要是依靠氢键与蛋白质的极性基相结合形成的水胶体。这部分水不能蒸发、不能析离，不再具有流动性和溶解性。自由水占总含水量的比例越大，原生质的黏度越小，代谢就越旺盛。相反，结合水占比越大，代谢就会受到干扰，严重的话，甚至会停止。"

我听得云里雾里。

拐过一个弯道之后，李严继续说："这里的人们真的很可怜。怎么说呢，就好像生物钟。地球上的所有动物都有生物钟，这是一种进化和自然选择的生理机制，是一种从白天到黑夜的 24 小时循环节律。比如一个光—暗的周期，与地球自转一次吻合，所以人们白天工作，晚上睡觉。生物钟是受大脑的下丘脑视交叉上核控制的，我们有昼夜节律的睡眠，清醒和饮食行为都是生物钟在起作用。

"你应该也做过一段时间的夜晚执勤吧，所有从警校出来的菜鸟都要被扔进夜间巡逻队泡一泡磨一磨，晚上不能睡觉的感觉不好受吧。这就是生物钟在作祟，白天工作晚上睡觉是几亿年的选择，你就算穷尽一生，也无法真正适应白天睡觉晚上工作。因为，有些东西是深入骨髓的，写在你的基因里的。"

"你到底想说什么？"我终于忍不住发了一问。

"火星上白昼和夜晚跟地球不一样啊，但人们仍然要保持 24 小时一次的生理循环，所以几百年以后，这里的人们的生物钟已经跟地球人完全不同。我一直在思考一个问题，如果生物钟已经彻底不同了，那么地球人和火星人还算是同一种生物吗？"他看着我，说得很认真，完全没了来时的聒噪和浮夸。

"这个……"我被问住了，"我怎么知道？我又不是学生物的。"

他似乎知道无法从我这里得到答案，没有去深入追究，而是别过脑袋直视前方。我们两个人各怀心事，都不再说话。十几分钟之后，他把车停下来，说："到了。"

这是一个看上去很特别的建筑，远远望过去就像是搁浅在沙滩上的一头巨鲸。仿佛是看出了我的疑惑，李严说道："这里原本的设计是一个海洋公园。海洋公园，啧啧，没有比这更讽刺的了。"

入口处的地方挤满了人，围得水泄不通。通过他们整齐划一地向我和李严投来的目光可以得知，他们是为我们而集结在一起的。他们的目光像阴风一样吹来，我忽然感到身体一阵发冷。他们那一双双闪烁的眸子，给我的感觉就像是准备捕食我的狼群。是的，他们嘴角浮动的愤怒，绝对可以把我吞掉。

"看什么看，都不用干活啊。"说这话的是李严，这是我从跟他见面到现在为止第一次觉得他的声音如此温暖，"去去去，不要影响地球来的公务人员办案，小心我把你们都抓起来。"

虽然我不喜欢李严的狐假虎威，但这的确帮了我很大的忙。当地人听到他的话，虽然看上去仍然不忿，但都纷纷往后退了两步，让出一条通道到大门。

那一刻，我似乎明白了为什么火星方面要派专人来协助我办案。

李严的动机也就清晰了，不管从地球来的人是否是我，是否跟他有过交集，他都会申请来协助办案。因为，这难得一遇的事情对他来说不啻于一项政治活动，是一项可以写在报告里呈给上级的政绩，然后作为他尽快离开乾坤基地的筹码。

我在李严的护送下，通过巨鲸洞张的大口进入其"腹部"。

一路走来，这里的警卫寥寥无几，真不知道这样的地方和警备能否关押住罪犯。李严带我来到一间办公室，里面有两个正在办公的人员，一男一女，男的见我进来主动上来握手，那只手瘦骨嶙峋，而且触感冰凉。女的却别过脸，看都不看我一眼。

"这是这里的负责人，这是地球来的专员。"李严简单为我们做了一个引荐。

"一路劳顿，辛苦了。"负责人明显也是从地球派来的工作人员，他的瞳仁是褐色的。

"没什么，都是工作，能把卷宗给我吗？"

"当然，当然，kun0725号，把卷宗拿过来。"负责人对那个对我嗤之以鼻的女人说道。女人极不情愿地把一份档案甩在桌子上。我真不明白，她为什么对我脾气这么大。

"不要闹情绪嘛。"负责人嘟囔了女人一句，然后觍着笑脸，拿起卷宗递给我。

"他叫她什么？"我趁接过负责人手里的卷宗之时，小声问李严。

"kun0725号啊，这里的人们都用代号，不用姓氏。"

我打开卷宗，发现里面只有薄薄的一张纸，而纸上只有一句话：

个体kun3873号于32个地球时前在乾坤基地向地球游客投毒。

我希望接下来的事能像卷宗上的叙述一样简单。等等，那个女人的号码跟卷宗上投毒者的号码……我也许明白了她白眼我的原因。虽然首字母的相同不一定就代表了他们之间存在着一种直系的血缘关系，但它多多少少也说明了一些问题。

"走吧，我们去看看那个 kun3873 号？"我想要赶紧结束，不知道为什么，这里的气氛越来越压抑。

"好好，没问题，我来带路。"负责人打开门站在门口，把我和李严让出去之后，他再从后面超过我们，走在前面。

"就在这里，我还有事先走了。"负责人把我们带到之后告辞道。

这是一间不大的屋子，门打开的时候，我立刻惊呆了：这个所谓的个体 kun3873 号竟然是个小孩子。他看上去不过五六岁大，留着一头黄色的卷发，皮肤很白，眼睛很大，瞳仁翠绿如同猫眼。那眼神，让我心里发毛。有那么一瞬间，我居然产生了想要夺门而逃的冲动。好在李严紧紧地握着我的手，让我增添了些许的力量。他的手，很温暖。

吃惊之余，我仿佛突然想清一个问题。从接手案子到现在，没有任何人跟我提起犯罪嫌疑人的情况。我曾询问过同事，他们表示并不知情。这也难怪，他们谁都没有来过火星。只有主管说："到了那边再慢慢了解吧。"我想反正是投毒案，反正多与感情纠纷有关，也不会多么复杂。

直到见到他。他披了一件并不合身的大衣，我从未见过这种式样的衣服，看上去像是一个从底端掏了个洞的麻袋。所以，他给我的感觉并不是穿了一件麻袋一样的衣服，更像是被人恶作剧一般装在麻袋里。此刻，他蜷缩在墙角，瑟瑟发抖，像极了一只可怜的猫。

"我不想害死她。"他开口说。谢天谢地，我能听懂。

"我们都知道。而且，你确实没有。"李严紧走两步，把他抱在自己怀里，轻轻摩挲着他的脑袋说。

"我不想害死她。"他仍然只有这么一句，语气里充满了恐惧。

我一时有些不知所措，叫了声李严，让他到外面谈。

"怎么是个孩子？"这是我问出的第一句话。

投毒者和中毒者都是孩子。我长长出了一口气，双手交叉在一起，这下棘手了。

从卷宗上看，这是一个整个过程简单明了的案子，一个本地人对游客的投毒案。我只需要把投毒者押解回地球，然后移交相关部门就行了。我本想对自己说，事情就是这么个事情，没什么大不了的，隐情和良心的事需要法官去考虑去头疼，跟我无关。我只要按照预想的去做，没有任何人会站出来指责我的冷漠，我只是公事公办。

但这是一个孩子啊。

李严看着我，完全没有了之前松松垮垮的模样，而是露出了我到火星基地以来，看到的最真诚的眼神。

"事情就是这样，一切都摆在眼前，明明白白。"他说道，"事实清楚，证据确凿。"

"可，这么小的孩子怎么会是投毒者呢？"我说，"有动机吗？"

"这你要问他了。"李严直视我的双眼，"你可以进行一场审讯，你有这个权利。"

"我会的。"我说完之后，再次走进屋里。

"叔叔是来抓我回地球的吗？"我走过去，还没开口，他先说话了。但是我不知道怎么回答。是——这无疑会增加这个已经害怕得筛糠般的孩子抖动的频率和幅度；不——我并没有这个权利。

"我……"我在嘴里磕绊了几句话，最后说出来的是，"别害怕。"我只能说这种屁用都没有的安慰话了。

"我不想离开火星。"

"我知道。"

"一小块。"他哭泣起来，"我只给了她一小块……"

"别哭，"我试着安慰他，把我的手放在了他的肩膀上，我发现这让我付出了很多勇气。

"只是一小块……"他继续哭泣着。

"什么，一小块？"

他抽泣了一会儿："水。一小块水。"

我有些疑惑了，抬起头，看着跟随我而来的李严。

"水怎么可能是一小块的，还是说，"我对着李严发问，"水是你们这里一种物质的特别称呼？"

"不不不，水就是水，不是什么物质的别称。"

"我不明白。"我转过头，对着孩子说，"能跟叔叔讲讲，是怎么回事吗？"

"我们玩得很开心，然后她说她渴了，问我有没有水，我就给了她一小块，就一小块。我每天也只有这么多水的供给。她喝完之后……我不知道，他们说她睡着了。"小孩似乎是替李严解释道。

"叔叔，"他看着我说，绿色的眼睛里毫无生机，只有一片灰茫茫的绝望，"我会死吗？"

我不知道。但是——"不会。"我只能这么说。

"你，你给我出来。"我对李严说道。

李严看出了我的窘迫，对我说："我并不是要为难你，人你可以带走，但是我希望你能够把情况如实地汇报给地球上的法官。我们会为一次误食结合水事件负责，但是我想问问你，谁对我们负责？到了今天这个样子，我们才是受害者。"

啊，我大概明白了，为什么是一块水。

他说"我们"，坚定地把自己划分到了火星族类。这个词告诉我，我误解了他。事实上，我跟李严并不熟，我对他所有的印象都来自我对他过去做的那些事意向的猜测。也许是因为，我一开始就讨厌他，才会把各种各样我讨厌的帽子都扣在他的脑袋上。那也许全都是误解。也许他离开地球来到火星，是想要在乾坤基地扎根。也许他是真想要利用自己的能力为这里的人们谋取福利。他对我所做的一切，所说的一切，不过是要我看到乾坤基地真正的现状，并非像地球政府鼓吹的那样。

我突然感觉好累。

"让我猜测一下吧，虽然我对你们这儿的环境并不真的了解。"我说道，有意地使用了"你们"这个词。"我估计，当地人饮用……或者说食用的水，跟普通观念里的自由水不仅仅是结构不同，成分也大不相同吧。也许含有更高的钙质、磷质，因为你说过，这里的引力很容易引起骨质疏松吧。等等，如果神经系统发育所需要的其他微量元素也要考虑到的话……还有必需的氨基酸，天哪，天哪。"

我突然哽住了，两百年，十几代人，截然不同的环境。这是个多么严峻的题目啊。

把品质最好的金鱼放入湖泊，只消三代，就会蜕变成野生鲫鱼。

"我知道，你一直都是个好警察。我相信你。"李严说着把双手放在我的双肩上，用力按了按，"我希望你能做到。"

"什么？"

"答应这个孩子的话啊。"

……

家人在一起团聚。这是我目前在权责范围之内能给他做的仅有的东西了。我不知道结局是什么。这次离开，也许不会是永诀。我不去考虑诉讼的事，不去考虑律师的事，我满脑子想的都是，地球三倍于此地的重力，会对他脆弱的骨骼造成怎样沉重的压力，他的内脏、他的心脏，能否承受地球母亲的怀抱。地球上有没有准备好他能饮用的结合水。一滴普普通通的纯净水，或者矿泉水、弱碱水，哪怕蒸馏水，会不会在瞬间夺去他所有的一切。

我想到了来时路上看过的旅途杂志，那些漂泊在外的游子，一辈子回不了自己的家乡。不是不想，而是不能。

在离开火星的前一晚，我用即时通跟晓静连线。我以为短暂分开两天会获得清闲和自由，但这两天让我明白，分开的时候我是多么想念她。她问我，事情办得顺利吗，我说嗯。她说快回来了吗，我说明天。她说路上小心注意安全，我说嗯。一阵短暂的沉默。我说静，我想你了。

第二天一早，李严开车把我和这个孩子送到太空港，一路无话。分别的时候，李严再次把我抱住，使劲拍了拍我的后背，我没有拒绝。

就在我准备转身登舱的时候，他突然向前一步，拉住了我。

"结合水和自由水，你说，这还是同一种东西吗？"

看，这美丽的音符

坐在高高的发射架上，通过屏幕看着围观的人群，庄一鸣想到的人却是庄岚。他眯着眼在一张张模糊的脸上扫过，试图在人群中找到那个熟悉的面孔。他自己都没想过，原来一个人对另一个人的思念可以这么久。

伴随着思念的还有那个做了无数遍的梦。梦里，他又回到了出事的那个夜晚。肺里的空气已经支持到了极限，窒息感就像是一堵厚重的墙，强烈地向自己袭来。他拼命抑制着想要张嘴猛吸一口的本能。理智告诉他必须憋住这致命的一口气，然而他知道，自己支持不了多久了。

突然，他听到了某种声音。

上　篇

一

院长老田刚一推开孤儿院的大门，庄岚就听到一阵阵刺人耳膜的噪声。

老田有些尴尬地笑笑，一边指使跟在后面的人："还不快去让他别吹了！这瓜娃子，什么时候了还吹，净知道添乱！"

　　庄岚顺着笛声的方向看去，那是一个身量瘦小的男孩子，盘膝坐在树荫下的大青石上，满脸憋得通红，正使劲吹着手里的一根短笛。他腮帮子鼓鼓的，似乎每次吐气都要把肺里的全部空气都灌注到手中这个小小的孔洞里去，然而不论怎么努力，从那里面传出的全是不堪入耳的噪声。他自己却毫不在意，半闭着眼睛，似乎正陶醉在优美绝伦的旋律里。

　　"这孩子是？"庄岚停下脚步。

　　"捡来的，耳朵聋了。"老田叹了口气，"大海啸过后，周围这些个城市全毁了，像他一样四处流浪的孤儿很多。他不大喜欢跟人交流，但脑瓜子挺灵的。给小雀儿搭窝，上个房扯个电线什么的，都能干。他在这已经待了快一年了吧。"

　　男孩倔强地反抗着。工作人员想要夺走他手里的笛子，他跳起来，眼珠子瞪得老大，龇牙示威，紧紧把他的宝贝攥在自己怀里。大人们不知道怎么办好，一时对峙在了那里。看到此景，老田摇了摇头。

　　"他有名儿吗？"庄岚问。

　　"没名儿。这个闷葫芦，我们都叫他石头。"

　　庄岚点点头，朝他走过去。老田一愣，紧走两步跟了过来。来到男孩面前，庄岚露出尽量亲切的笑容，一字一字慢慢地说："石头，你愿意跟我走吗？"

　　周围的人都愣住了，石头一时也愣在那里。

　　庄岚慢慢地又说了一遍，同时用手指着自己："你，愿意，跟我，走吗？"然后她又指了指石头怀里的笛子，还有他的耳朵，"让你，听见。"

　　石头瞪大了眼睛。

　　老田有几分惊喜地说："这么说，庄小姐，这件事咱们谈成了？那么……"

　　庄岚点点头："只要石头愿意，咱们今天就签协议，相应款项过几天会直接打到你的账户上。这孩子就是我要找的人。"

"哎呀哎呀,说什么我的账户!"老田喜笑颜开地说,"咱不都是为了社会出力嘛!为了造福社会!石头,石头,还不快谢谢庄老师?唉,你这个瓜娃子哎……"

此时此刻,石头还不清楚眼前到底发生了什么事,但他知道自己的人生就要改变了。

这一年,他十二岁。

二

"这就是你带回来的孩子?就他?"研究员李延满脸涨得通红,手指头指着石头的鼻尖,质问着。

庄岚不动声色地看着那根手指被石头咬住,又经过一番撕扯,变得鲜血淋漓,然后好不容易又重回到李延的控制中。她终于忍不住笑出声来。

"哎哟哟……你,你还笑得出来!"李延捂着血流不止的手,痛苦地呻吟,"庄岚,你说说你,你这安的什么心啊!"

"好啦好啦,别怪他,"庄岚抚摸着石头的头,"他只是个孩子。"

"一个性格暴戾的小野蛮人。"李延愤愤地说,"这次的课题有多重要,我想用不着我提醒你吧?你说你找了这么个小子来,我看咱们今后有苦日子过了!"

"实验对象的差异性越广越好,这不是你说的吗?再说了,石头在我跟前还是挺乖的。"庄岚笑着说,"你看,他双耳失聪,但悟性极高,这不是很符合咱们的实验条件嘛。"

李延听了连连摇头:"课题的目的是要重建听觉,我总觉得咱们还是应该找个先天失聪的孩子来做比较好。虽然长期缺乏有效声源的刺激会导致相应听神经发生萎缩，恢复变得困难，但听觉一旦恢复，实验效果会非常显著。所以，最适宜的实验个体并不是像他这样，"李延抬起另一只手指向石头，"是因为后天损伤而失聪的。"

看到石头正充满敌意地盯着自己的手指，李延闪电般地又缩回了手。

"如果你坚持，那就自己再去找个先天失聪的孩子来，作参照组，我绝对没意见。"庄岚说，"不过从今天开始，石头就跟着我了。我会先帮他把基础课程补一补，等条件成熟，就让他做那个植入。"

李延无奈地跟石头对视了一会儿，长叹一声。

庄岚没有食言。从那天起，她每天都用平板电脑教石头写字识文，石头学起来很快。除了阅读，石头还学会了一些手语和唇读，这让他与普通人交流变得越来越容易。但是，也不是所有的对话石头都能弄明白。

"……在沟通中，信息依附的载体是媒介。"庄岚这样写着，"所以，选择恰当的媒介，是构成有效沟通的第一步。"石头有些似懂非懂。一句话，里面的每个汉字拆出来石头都认识，可是组合到一起以后他却一点也搞不明白了。不过，时间一长石头也有别的收获。比如认识的字多了，石头也就弄清楚了院子大门口挂的"研究院"的大牌子写的是什么意思。研究院就是搞研究的地方。庄岚和这里许许多多其他的人一样，都是研究员。这里面也包括李延，虽然石头不怎么喜欢他，也知道他不喜欢自己，但他不是坏人。石头不知道庄岚具体是做什么研究的，但他一直牢牢记得她对自己的承诺。

"让你听见。"

让你听见。石头每每想到这句话，胸中就涌出一种说不出的滋味。石头觉得自己其实一直听得见，只不过，是外在的声音被什么东西阻断了。也许就像庄岚说的——"媒介。""当一个人的内心完全封闭的时候，那无论是什么样的语言都无法引起他的共鸣。"石头记不清是从哪里看到这句话的，他体会不到那种共鸣。他的记忆深处存放着小鸟的欢鸣和细雨的低语，还有许许多多其他的声音，曾经他能够听见这一切，而不是现在——他看了看手中的短笛，米白色的笛身表面坑坑洼洼地布满了细细的裂纹，好像是纵横交错的血管。他使劲地吹，把浑身的力量都灌注进去，换来的仍是一阵低沉的嗡嗡声。

他不想封闭自己的内心，可他确实听不到以前那些声音了。

但是，内心的声音却从来没有熄灭。

不管庄岚让他做什么，他都尽力去做。有的时候结果还好，更多的时候不那么令人满意，但他从没放弃过。渐渐地，对于那些无穷无止的学习和训练，他越来越熟练。虽然他听不到庄岚对自己的赞许，但他能看懂她那双眼睛，那双眼睛饱含期望。

三

这一天，李延带来了一个没见过的孩子。庄岚用平板电脑告诉石头，他们要一起做几个小测试，叫他放轻松。

石头很紧张，一点都放松不下来。那个孩子倒是很放松，无所谓似的跟工作人员交谈。显然，他是个正常的孩子。以前石头也做过不少小测试，但那不同，没有一个跟他差不多大的孩子坐在这里跟他一起做。每一次，计算机会选出一些题目给他，他做完了，电脑就立刻给出分数。他从没感觉到什么压力。

这次不一样了。一组测试，两个人，他清楚他们要干什么——他们是想知道这两个孩子谁比较优秀。

"还没好吗？快点开始吧！"他看到那孩子嘴巴一张一合，满脸都是不耐烦。

庄岚并不理会他，而是询问般地望着自己。石头呼了口气，轻轻点了点头。

　　首先是一些算术题。他紧张得手心微微有些出汗，有些明明很简单的地方都绕糊涂了，反复算了好几遍。不过后来他稳住了心态，一步一步来，不断地在心里加啊乘啊，做得越来越顺，最后终于全部完成了。石头看了看那个孩子的成绩，自己用的时间比他要慢了那么一点儿，但他比自己多错了 2 道题。他的心跳得没那么厉害了。

　　接下来是一段令人愉快的经历。计算机首先展示了一个建筑物的3D 模型，30 秒后，这幢建筑在屏幕上消失，取而代之的是一大堆五花八门的积木模块，你可以任意选取这些积木来搭建一个新建筑，在规定时间里，新的建造物造型越接近计算机最初给出的模型，获得的分数就越高。

　　"数字建造师"是石头最喜欢的项目。他的建造物最终被系统评估为 92 分，很轻松地赢过了那个孩子。

　　他冲那孩子友好地笑笑，但那孩子没有理他。

　　大比分 2:0 领先。虽然接下来的测试还是要两个人一起，但他已经完全不紧张了，甚至还有点期待接下来的项目。但是这一次，他们没有得到具体的题目，有人走过来给他们每人发了几块糖，还有一杯饮料，然后就走出去了。是到了休息时间了吗？石头有些不知所措地望着面前的糖，不知道接下来自己该做些什么。

　　旁边那孩子看看他，伸手抓过面前的一块糖，几下把包装剥掉吃了起来。他呆呆地看了几秒，也学模学样地拿过一块糖，剥开，若无其事地放进嘴里。

　　下一秒钟，他本能地把那糖吐了出来。辛辣和呛鼻的味道在口腔和鼻腔里同时蔓延，他被熏得连连咳嗽。他扭头看向旁边的孩子，那孩子正望着自己哈哈大笑，一边在自己的耳朵旁比画着，一边伸手往墙上指。

　　看到了监控摄像头和壁挂式的音箱，他顿时明白了一切。

他几乎把那孩子掐死。

后来当李延和庄岚在库房的角落里找到他的时候，他正把自己缩在一个铁柜子旁边狂吹，直到把笛子从他的手上夺下来，他仍浑身哆嗦着鼓着腮帮子使劲吹气。就这么一直吹，眼泪怎么也停不下来。

四

皎洁的月光下，庄岚和李延两个人一前一后在研究院后面的小径散步。小路弯弯曲曲通向后山，两边是郁郁葱葱的各色植物。这里的苗圃都是研究院里的同事们一起动手，一锹一铲开荒，然后精心培土播种的。工作不忙的时候，庄岚喜欢一个人到这里来散散步。说也奇怪，这条不算长的石子路就好像有魔力似的，在这里走一走，烦心事就都烟消云散了。

"时间过得真快，不知不觉就到日子了。"李延感叹着说，"你那儿怎么样，准备好了吗？"

"准备好什么？"庄岚假装不知他在说什么，"难不成你要向我求婚？"

李延苦笑一声："大小姐，别开玩笑了。"

庄岚幽幽叹息："谅你也没胆子娶本姑娘。"

李延笑了。他停下脚步，转过身来面对着庄岚："岚岚，你年纪也不小了，还调皮！说真的，你知道我指的是什么。你的那个宝贝疙瘩，那个石头，他最近精神状态很不稳定。我觉得，他不应该参加明天的植入。"

庄岚已经把所有的不满全写在了脸上，但她不说话，而是直直盯着李延看。

李延被看得浑身不自在，勉强抵抗了几秒钟，还是躲开了她的目光："别这么看我。"

庄岚微微一笑，说道："李延，我真的谢谢你对石头的关心，我替他谢谢你了。不过他的心理状态什么样，我是最清楚的。那天如果我知道你是要做常模参照测试 ①，我是无论如何不会把他交到你手上的。接下来你还想做什么？ Mirror 测试 ②？"

李延自觉理亏，不敢出声。

庄岚继续说："但是这回的情况不一样。你知道吗，他是多么渴望这次机会！你说过最理想的范本是先天失聪的孩子，因为那样恢复的效果更加显著，但是我知道像他那样的孩子对声音的渴望，你看他那双眼睛就看得出来，他比谁都渴望变成正常人。"

长长的小路眼看着走到了尽头。

"没什么商量的余地。石头必须做植入。"庄岚做出了终审判决。

"好，好。"李延擦了擦鼻梁上的汗滴，"其实这就是个建议……"

"哼！建议？"庄岚没好气地说，"你以为我不知道你偷偷跑去跟院长说了石头的事？"

李延一惊："怎么败露的？"

"小王告诉我的！还想背着我搞小动作？没门！"

"太可怕了……"李延喃喃地说，"敢情到处都是你的眼线。"

"还有一点！"庄岚突然回过头就是一嗓子，她学着李延的样子，伸出一根手指直直指向他的鼻子。

"哪、哪一点？"李延被她吓了一跳，感到莫名其妙。

"刚才你说谁年纪不小了？"她愤怒地说。

"今天是个特别的日子。"庄岚飞快地写着，她好像很高兴。

特别的日子是不是意味着有特别的活动？石头这样想，今天庄岚

---

①常模参照测试：一种以经典测验理论为基础的测量，一般做法为将被试同常模比较，从而判断被试在所属团体中的相对位置。在教育领域，重点是鉴别学生个别差异，衡量的是个体的相对水平。

②Mirror 测试：自我认知能力测试，戈登·盖洛普于 1970 年发明，测试对象主要是小动物。这里有讽刺之意。

这么高兴，而李延的表情看起来却像是个苦瓜。

"今天，我们要给你的小脑瓜里装一个崭新的'声卡'。"

石头迷茫地看向旁边的李延，却正好看到他无奈地摇头。

"植入的芯片可以很好地辅助大脑的工作。严格地说，这个手术并不是真的治疗了脑部创伤，而是让植入的计算机芯片代替大脑颞叶区的部分功能。振动传递到耳蜗内，刺激听觉感受器而产生信息脉冲，再经听神经传至大脑皮层的听觉中枢而产生听觉。芯片的作用是辅助处理收获到的声讯号，识别之后，进行运算和编码，这样就让大脑完整地获知来自外界的讯号。"

石头听得似懂非懂。

"总之，我可以听到声音了。是吗？"他用手指小心地在平板电脑上写着。

他同时看到了庄岚满怀信心的点头和李延略显忧虑的眼神。原来是这样。石头不知为何心情放松了下来，他认真地写道："我做好准备了。"

进入休息室的时候，石头才明白，今天做植入的不只是他一个。除了他以外，已经有好几个孩子在等待了，有的孩子他以前见过，有的则很陌生。雪白的墙壁上挂着一个正在一闪一烁的显示屏，那上面用一种可笑的字体排着几个人的名字。石头看到自己排在最后一个。

第一个孩子被招呼站了起来，那是一个面色苍白的小女孩，石头以前在所里见过她几次，知道她的名字叫琳琳。

伴随着许多包含不同信息的目光，她有些茫然地向手术室走去。然而就在距离那扇泛着微微绿光的门不过两三步距离的时候，她突然犹豫了。在大家的注视中，琳琳不自信地迈出了试探性的一小步，速度很慢，随后完完全全站住了。她咬紧了下唇，深吸一口气，想要让自己振作，身体却开始不由自主地摇晃起来。最后，她求助般回过头来，望着目送她的人群。李延默默地注视着这一切，冲庄岚摇了摇头，转身招呼起下一个孩子。

然而没有一个孩子愿意走过来。

大家都眼巴巴地看着琳琳，小女孩浑身颤抖着呆站在原地，眼泪几乎马上要掉下来。庄岚缓步过去，弯下腰，把终端递到她面前，试图安慰她。她却向后缩回身子，甚至都不愿意看那个东西一眼。石头的心脏剧烈地跳着。不知是什么力量驱使，他走上去，伸出左手扶在琳琳的肩膀，另一只手则紧紧抓住了她的手。终于，她抖得不那么厉害了。琳琳感激地冲石头点点头，走进了手术室，这一次没有犹豫。门口上方一盏小小的绿灯很快亮了起来。

大约二十分钟后，她躺着被抬了出来。

"不用担心。人脑与芯片建立联系，有个相互适应的过程。这个时间大概会有几天到十几天时间。"庄岚在大屏幕上为大家解释，"你们不会受到伤害。"

没有人再退缩。那一天，石头看着孩子们一个接着一个走进那间屋子，然后又一个接着一个被抬了出来。那绿灯一会儿亮起，一会儿熄灭，直到最后轮到自己。

迈进大门之前，庄岚牵过石头的手抓在自己手里，然后按在自己喉咙的位置，让他能够感受得到那里气流的震动，她慢慢地说："放松些。"

石头努力挤出一个微笑。他也想对庄岚说点什么，但是却不知说什么好，而且手边没有平板电脑，于是他选择了冲她点点头。

他推开那扇门。很快，他失去了知觉。

五

植入的过程比预计的还要顺利。从手术台下来的第二天，就有孩子苏醒过来。之后的一段时间里，不断有人醒来，最后醒的是石头，他直到第十天的下午才睁开了眼睛。

然而没有一个孩子恢复听力。

"这到底是为什么？"李延用力地揉搓着自己的头皮，那本来就日渐稀疏的头发经过这番蹂躏，规模又减少了不少。"从结构上来看，植入芯片理应可以恢复功能了。"

庄岚仰倒在转椅里，挤按着自己的太阳穴："动物实验和模拟实验的结果，重建听觉的最晚值是多少？"

"大鼠恢复的速度很快，恒河猴则稍慢一点。人类是第一次做，从计算机模拟植入给出的参考值看也不会太久。"李延直勾勾地瞪着庄岚，半晌，说，"你眼睛里有不少血丝。"

庄岚眼皮都没抬："你看着也跟兔子似的。"

"真够熬人的！"李延感叹地说。通过墙壁上折叠的小镜子，他郁闷地发现自己的嘴角又鼓出了几个大泡。

"还能怎么办？都做到这一步了，熬呗。"

"最好别出问题。"李延说，"我记得以前做转基因食品的生物实验时，曾经因为选样的不恰当导致实验结果出现了偏差③。大鼠跟人还是有些不同的。咱们这次的实验，以前从没在人身上做过。"

庄岚微微笑了："凡事总要有第一步。不过我相信我的直觉，这次应该能成。"

"但愿。"

"滴滴滴滴……"一阵蜂鸣声响起。庄岚看到是通信讯号，就打开了接收按键。扩音器里立刻传出急切的声音："好消息！好消息！孩子

---

③法国学者曾用掺入转基因玉米的饲料喂大鼠 2 年之久，导致许多大鼠产生癌变，以此论证转基因食品的危害性。事后证明，癌变和大鼠本身体质有关，而与饲料无关。

们已经恢复了听觉！"

李延和庄岚互相看了一下，立刻跳起来冲测试室奔去。

一小时后，庄岚放眼周围，已经到处是击掌相庆的人。测试的结果是近乎完美的！大家欣慰地看着满屋子的孩子们跳着，唱着，就连平时最内向的孩子也欢叫着，就像是第一次投入到大海里的小海龟，也像是第一次展开自己翅膀的雏鹰，充满喜悦地打量着这个略显陌生的新世界。

几乎没有人注意到神情落寞地坐在墙角的石头。

庄岚看到了，她不能做到像其他人那样无视他。本来李延是不让石头来的，可庄岚总抱着一丝希望，她不相信老天会那么残忍。测试的结果是冰冷的，石头仍然没有恢复听力。隔着兴高采烈的人群，她跟石头的目光碰到了一起。那是双复杂的眼睛。

"为什么他们都能听见了，而我还不行？"石头用手指头在平板电脑上认真地写，写完以后，小心翼翼地看着庄岚。

庄岚轻轻叹了口气。她也不知道该对石头说些什么好，她不想让他担心。于是她暗示自己放轻松，尽量显出一副凡事尽在掌握的样子。"不要担心，"她慢慢说着，指着显示屏，"有些人的脑神经融合得快一些，有些人慢一些，但不论快慢，总有一天都能跟芯片建立联系。"

石头将信将疑地看着她。

李延看到了这一幕，悄悄地对庄岚说："我觉得他的植入失败了。"他把一支甲硫基丁氨酸制剂塞到了庄岚手里。

"什么意思？"庄岚说，"这只对保护耳基细胞有效吧？你觉得会对石头有用？"

"不，但它还可以做镇静剂。"李延扶了扶鼻梁上的眼镜。

"用白鼠做实验的时候。你还记得吗？"他低声说，"第二批还是第三批的时候，有些白鼠移植以后特别奇怪。"庄岚当然记得，她怎么会忘了呢？她只是强迫自己不去想而已。

突然间，石头一骨碌从地上爬了起来，双脚跳着，大叫起来。附近的人都吓了一跳。

"石头，你能听得见了？"庄岚顿时激动起来。

石头喉咙里发出呜啦呜啦的声音，使劲挥舞着手臂，好像很焦急。但是他表达不出他的意思。只能继续喊。庄岚把终端递过去，对他说："写出来。"听到这话，石头却像被触了电一样向后跳去。他好像被吓到了，想逃出这间屋子。门锁打不开，他就拼命地向门上撞去，撞了两次之后又像是突然发现了什么，痛苦地抱着头瘫坐在地。原本欢乐的小伙伴们被眼前这突如其来的一幕惊呆了，顿时变得不知所措。

几个靠得近的研究员拉起手来，护住受到惊吓的孩子们。李延慢慢走上来，示意其他人一起按住石头。石头看到了，嘴里不断地咕哝着，身体扭曲得更加厉害。

"你们全都给我住手！"庄岚发出母兽般的嚎叫，"听听他到底在说什么！"

大家都屏住了呼吸。

"火……火！"

李延狐疑地问："火？什么火？哪儿来的火？"

石头的叫声更大了，声音里充满恐惧。

他不知道这世界怎么了。他听见了声音。他也看到了声音，不，更确切地说是声音直接出现在了他的脑海里。那乱作一团的人群，正在一刻不断地发出波纹般的色圈和色带，像是半透明的涟漪，在空中交织在一起，来回激荡，然后缓缓消退。

李延疑惑地问道："到底怎么了？有什么地方出错了吗？"

石头回过头，惊恐地看到李延嘴里正在往外冒着烟。

六

"也许所有的地方其实都没出错。"庄岚敲着手中的铅笔说。

听到这话，本来乱糟糟的会议室突然安静了下来。大家开始主动地思考这个假设背后的含义。

"我的意思是，通常的思路是这件事肯定有哪里不对，"庄岚说，"但也许本身我们没有过错。毕竟那么多孩子都或多或少地重建了听力。计算机模拟感官，这不是什么新技术了。但是直接把芯片连接到人脑，这是首次。显然石头的大脑获得的不仅仅是预料之中的声音，可能还增加了……视觉部分。我认为，这是人与人之间的大脑差异性造成的。"

"也就是说，他不仅能听到声音，还能看到声音？"李延试探着说。

"从理论上说，这是完全可能的。"一个上了年纪的研究员说，"声波本身是声源物体的振动引起了空气的振动，在感知过程中，空气的振动带动人耳的鼓膜振动，与之联系的听小骨、耳蜗共同作用，将刺激讯号传递给脑，人就获知了声音。重建项目只是把这种讯号增加了一种刺激方式而已。美国杜克大学的教授曾用猿类做过实验，证明在某些情况下，脑掌管视觉的分区可以产生处理听觉的功能。这种现象在一些盲人身上也得到过证实。"

"看到……声音？"李延出神地望着眼前的笔记本，"不可思议，这真是不可思议。"他思索了一会儿，似乎是在斟酌措辞，"我们成功了。但不是预想中的那种成功。"

庄岚终于松了一口气。她心里也是这样想的，但听到有人把这个结论说出来，让她安心了许多。

"这么说，你不认为石头的案例是失败的了？"

"具体的情况还要进一步测试才知道。"

一直没有说话的院长清了清嗓子："我不主张再在这个特殊个体上花太多的时间了。"他是项目的总负责人，对每个环节都有生杀予夺的权力。"这次的对象有 19 个人，只有一人出现了特异反应。成功率接近 95%。这一个特殊个体事实上也恢复了听力，只是伴随有一些副作用，但这不影响最终结果。"他顿了顿，"另外，我认为只要服药就能改善这个状况。"

大家纷纷点头表示赞同。

"我不同意！"庄岚焦急地说，"数据只有放在纸面上的时候才有意义。哪怕是 0.001% 落在个体身上那就是 100%，更何况外面可能还有成千上万的孩子，将来他们的身上会不会也发生这样的事？"

"李延，你跟庄岚是一个小组的，你怎么看？"院长眼神锐利地盯着李延。

"我，我同意药物治疗。"李延垂下头，小声说。他不敢往庄岚的方向看。

"那就抓紧办，都行动起来。"院长不容置疑地说，"这个案例就由你来负责，抓紧拿出可行方案。其他人立刻开始其余孩子的复健锻炼和测试，相关数据要求细致精确。"

"可是……"庄岚呆呆地望着眼前桌面上的花纹，"如果药物无效，这个孩子就要一辈子在幻听或幻视中度过了。"她的声音很小，可是每一个人都听见了。

"好啦，散会吧！"

石头静静地躺在一间独立的治疗室里。

似乎是一夜之间，一切都改变了，命运再次跟石头开了个残酷的玩笑。不管是庄岚，还是李延，都已经尽了力，石头心里很清楚。他不想被人看成是怪人。现在，他好不容易看到了曙光，满心欢喜地踏上去之后，结果却发现是另一条岔路。

　　头顶上的照明灯唰地灭了，屋子顿时被黑暗笼罩了起来。停电了。石头躺在床上一动也没有动。他已经渐渐学会了承受命运带给自己的一切，并且开始习惯这一切。

　　门开了，有人走了进来。

　　石头突然感到有什么东西朝自己猛击过来。他本能地把身子拼命一挺，从床上滚了下来，躲开了那突如其来的袭击。本来是自己躺着的地方，在黑暗中绽放开一组巨大的不规则波纹，好像是一朵正在盛开的莲花。

　　来人下手很狠，手里的棍棒连续往床上和地下招呼着，石头连滚带爬地钻入床下，又手脚并用从另一侧爬了出来。那人毫不放弃地跟了上来，又是一通乱棍，但是黑暗的环境也对他造成了影响。石头使劲地在地上扭来扭去，躲过了不少棒击，然后他找准机会又一次从床下钻过，趁机翻身爬了起来。

　　走廊里的应急灯透着若有若无的微光，石头看准了门的方向，想要夺门而逃。这时从门口又传来一个淡淡的涟漪："好了没有？"

　　外面还有人！

　　屋里的人并不回答，只是用棒子在地上乱捣，寻找石头的位置。在石头眼里，棍棒每跟地面接触一下，就发出一个短暂的火花，那一闪而逝的火花离自己越来越近。石头听得见他沉重的鼻息，他马上就要堵住自己了！石头把心一横，低下头用尽浑身力气朝来人撞去，对方猝不及防，被撞得一个趔趄，发出一声低吟。门外的人似乎听到了动静，把门拉开想看个究竟，石头来不及多想，就着这一鼓劲全力朝外冲去，一下把门外的人撞倒，夺门而出。

　　跑啊，跑啊！短短的走廊此时变得无比漫长。所有的房间都黑着灯，一个人都没有。石头猛然想起，今天晚上所有的研究员都在会议室开会。

　　就在他冲出大楼的时候，石头突然又迎面撞到了一个人，不，这次是一群人，他们全都站在楼门口，石头再也无处可逃。

"哎哟，怎么了？石头，是你！你怎么不好好躺着？谁把照明电路的电闸给拉下来了？"来人竟然是李延。

这时，跟在李延后面的同事们也看清了从楼里追出来的两人。一个大一些的孩子手里拿着根棒球棍，另一个则是前几天跟石头一起做测试的孩子！

院长分开人群，高声问道："怎么回事？"

"爸，您开完会了？"拿着棒球棍的大孩子满不在乎地说着，"没什么事，我跟龙龙他们闹着玩呢。"

"龙龙？"院长这才看清了后面那个眼眶瘀青的小孩，连忙走上前查看，"怎么了，快让舅舅看看！是谁欺负你了，跟舅舅说！"

石头突然间安心地笑了。他笑得那么开心，甚至笑出了眼泪，不是因为他此时此刻正被李延紧紧抱在怀里，更不是因为那个孩子理所当然地把手指伸向了自己。

而是他发觉了一件事。

他真的能听见了。

七

石头不得不离开研究院了。

就像是实验完成之后的剩余物品，他已经没有留在这里的价值。庄岚清楚石头迟早是要走的，所以当真的接到通知时，心情反而释然了。

院长虽然嘴上没再提那晚的事儿，但私下里对石头的事儿肯定没少"关心"过。石头这种情况虽然有些棘手，毕竟还是恢复了听觉，这点是毫无疑问的。只是，与常人的听觉略有不同而已。

略有不同。

院里为石头开出了一笔补偿费，比平时处置实验动物遗骸的花费高不到哪儿去。石头本来就无父无母，这点钱也就是聊以慰藉吧。庄岚默默地自己掏了些钱添了进去，当把卡塞到石头手里时，多少让她对石头的愧疚感减少了些。

石头很懂事，默默地跟着庄岚把自己的东西收拾起来。这期间，庄岚一直忍着没有落泪，直到他俩带齐所有的东西准备走出房门了，石头才用不太清楚的声音，慢慢吐出了两个字："谢谢……"

庄岚的眼泪夺眶而出。她紧紧抱住石头，安慰他，鼓励他，告诉他自己今后就是他的亲姐姐。不管将来他走到天涯海角，都不要忘记她这个姐姐。石头重重地点了点头。

当两个人终于抹干了眼泪，走到走廊上的时候，却意外地发现李延正站在门外等他们。

李延有些不好意思地躲开他们的目光："我有个朋友，在某市办了所培训学校。我觉得不管石头今天怎么样，早晚有一天得过上正常人的生活。所以我已经给朋友打了招呼，你就直接到他那儿去吧。去了以后，好好学习——学知识，也学做人。将来我相信有那么一天，你会找到真正属于自己的位置。"

庄岚扑过去，狠狠地在李延面颊上亲了一口。

石头突然觉得这一幕似曾相识。曾经，庄岚为他的人生打开了一扇门，现在，李延又为他打开了另一扇门。也许人生就该是这样，每个人面前的道路都会有许多条，人总要找到真正属于自己的那一条。

他深深地对庄岚鞠了一躬，然后对李延也鞠了一躬。

走出大门的时候，李延突然问石头："你喜欢海吗？"

"我……见过海。那是……好多的水，海很深，我害怕。"石头吃力地说着。他发现自己已经不再害怕李延嘴里冒出来的烟雾了。

"不要怕，石头。海其实是最博大的，它能包容你的一切。"

一阵奇怪的波动突然从头上传来。

石头停下了脚步，转过身向天上望去。庄岚和李延不知发生了什么，也跟着停下了。

在高高的白杨树上，有一只头身尽是黑色，尾部灰蓝相间的小鸟，正在欢畅地啼叫。它时而跳上最高的树梢，时而遁匿于树影之中，歌声一直尾随着它，一阵阵传来。石头呆呆地看着，竟然入了神。

跟在一边的庄岚看见，笑了笑，走过来摸着石头的头说："这种鸟叫喜鹊，别看它样子普普通通，可一直是吉祥如意的象征。出门遇见它，可是预示着好事儿哟！"

石头目不转睛地望着鸣叫的喜鹊，半晌，缓缓地说："它的声音，真美。"

下 篇

一

"玉露"静静地卧在大海上。

如果你是一只海鸥，可以自由地在天际翱翔，那么从天空俯瞰整个"玉露"基站，你会发现它那粗犷的外形并不像它的名字那样有诗意，而更像一枚体格巨大的海星，中间凸起的部分是主控大厅，向四面八方伸展的廊桥则是它的触手。随着起伏的海水，"海星"在波涛中时隐时现。在它周围更远些的地方，海水汹涌着，翻腾着，化作缕缕白雾垂直入天，然后渐渐随风散开，弥漫在蔚蓝色的大气里。这里的海无时无刻不在沸腾着，大量的泡沫从深深的水底蒸腾而上，在海面上翻滚、碰撞、碎裂。

但，这只是它的表面。如果你化作一尾游鱼，潜入水底窥探一番，就会发现之前对"海星"的印象大错特错。浮在海面上的仅仅是这个巨大人造物的一小部分，"玉露"的主体部分都深埋在海水之下，它像一根锥子一样又细又长，垂直地纵扎到黑暗的海底，最下端距离海平面超过了1000米。

此刻，有人正静静地站在基站的眺望台上，透过宽大的玻璃窗欣赏着漫天的晚霞。天是淡淡的红色，海水也是淡淡的红色。一缕一缕的云霞，伴随着蒸腾的气柱，像是在空中摇曳的粉色丝带。而夕阳，正在这条条丝带萦绕中起舞，且舞且退。

终于，最后一丝光亮也隐隐消退在这漫天的雾气之中。

"庄工，原来你在这儿。"

庄一鸣听到有人叫自己，回过神来："小刘，有什么事？"

"这不是都找你呢，庆功宴会马上开始，这工夫就差你了。"小刘笑着说，"我一猜就知道，你又在观景台上看海呢。"

庄一鸣笑了笑："我是在听海。"

"听海？"小刘将信将疑地望向眼前的玻璃窗，窗外是灰蒙蒙的一片。他侧过耳朵倾听，从窗户的缝隙里钻进来的，除了若有若无的海风，什么都没有。"快进去吧，庄哥。再不走，菜都要凉了！"

庄一鸣拍拍小刘的肩膀，跟他一起迈上了舷梯。

两人走进大宴会厅的时候，恰好看到技术部主管李凯文正在语调激昂地高谈阔论。见到此景，小刘不禁冲庄一鸣苦笑了一下。庄一鸣也皱起了眉头，这个李凯文，专业技术水平不怎么样，却特别喜欢出镜发声，看来今晚又得好好受一番折磨了。台下有人看到庄一鸣他们进来了，想打个招呼，但是庄一鸣把手指放在嘴唇中间轻轻示意，然后悄悄从旁边拉了一把椅子坐了下来。

"……今天绝对是个值得干杯的日子。"李凯文举起酒杯，面对着大家，"这个工程从草图到施工，前后花了差不多5年，从正式奠基到今天,又花了3年。这期间类似的项目,从北美联盟到东亚联盟,包括我们的邻居印度都在搞。尤其是英国等国,因为地理环境上的先天不足,投入方面尤其大。今天我们能坐在这里庆祝,因为刚刚结束的计算机模拟试运行非常圆满。我们不该轻易知足,现在正是我们把他们远远甩开的大好时机!"

他环顾人群,继续加重语气:"我们应该继续加快工程进度。把不必要的冗繁部分全部砍掉,集中精力抓主要矛盾嘛。"他停一停,继续说,"比如,我觉得可以把排险小组的人员再减少几个,都补充到工程部来。"

人群中传来一片质疑之声,同时也夹杂着稀稀落落的掌声。

"也许有的朋友还不太认可我。但是你们看外面这片海,看看窗外!"

大部分人顺着他指的方向向外看去,但也有人坐着没动。庄一鸣当然知道他所指的是什么。自从五号机组投入实际运行以来,200多个小时过去了,海水还是一片沸腾。但不知为什么,他越是看着这翻滚的海浪,心中就愈发忧虑。

"人全调走了,风险呢?如何控制?"庄一鸣终于忍不住发问。

"由计算机控制。"李凯文看到了庄一鸣,声音又提高了几分。

庄一鸣一字一顿地说:"计算机也有做不到的事儿。人类历史上曾经犯过许多错误,几十年前我们也有计算机,可在不少地方还是出过问题。计算机并不是万能的。"

李凯文显得很不耐烦:"那时候不一样。咱现在用的是量子计算机了。现在的计算机可以精确地模拟出每一条洋流的走向,每一股季风的影响,甚至一群洄游的鱼群给我们脚下这片海域带来的微小波动。一切都逃不过它的'眼睛'。计算机模拟运行不仅我们在用,美国也这么做。这些你不会不明白。"

那还远远不够。庄一鸣心中默默地想,再强大的计算机,也是人造的,只要是人造的,就有可能犯错。

李凯文见庄一鸣没再吭声，就换了缓和的语气说道："我不想跟你多费口舌。我的意见没有变，希望总工能考虑考虑。"

"好了好了，"一直没有发言的总工程师宣布道，"人都来齐了吧？来来，上菜！"

庄一鸣跟着大家一起端起酒杯，不知怎么，他觉得今天这酒喝着特别不是滋味。难道是因为在这海上待得时间太久了，人的味蕾也逐渐退化了？他正自顾着研究玻璃器皿里的无色液体，忽然听到总工程师在叫自己的名字。

"一鸣，外联部来的消息，今天你有一位远道而来的客人。这个时间渡船该到了。"

"谁？"庄一鸣一直是全基站访客最少的员工。

"说叫庄岚。"

庄一鸣像听到了发令枪，跳起来就往外面跑。

"逃酒！""逃酒！"一干人等不满地在后面指着他的背影直喊，他只当都没听见。

"那人是谁？"小刘有些不解地问。

"管它呢！爱谁谁！"李凯文吆喝着站了起来，"来，大家喝！"

二

庄一鸣没想到庄岚会在这个时候来看自己。

"你真的变化好大。"

庄岚还是记忆中的样子，人清瘦，无框眼镜，头发梳得一丝不乱，在脑后盘了一个发髻，还是一副女研究员的干练。

"每次一想到你，在我印象里，都还是那个在研究院里整天鼻涕都擤不干净的孩子。"庄岚说。

"哈哈，那得是十年之前的事儿了吧。"庄一鸣也笑了，"不过，姐你看上去却没多大变化啊。"

"少贫嘴，十年了，哪儿有不变的人。想当年我也才刚二十出头，那才叫青春啊。"庄岚感慨地说，"我从没想过将来有一天，你能来参加这么大的项目。那时候我们的想法都很单纯，就是想让你们这些孩子起码都能听见声音。"

庄一鸣点点头："连我在内，那一批十来个孩子全都成功了。"

庄岚凝视着他的眼睛，半晌，认真地说："对不起。"

"对不起？"庄一鸣说，"为什么？"

"因为你脑子里的那片硅片儿。我没能实现承诺，把你恢复成一个普通孩子。"

庄一鸣摇了摇头："怎么会抱歉呢？应该说感激的人是我。实际上你们当年做的真是十分出色。如果说不是百分之百的成功，那也得说是百分九十几的成功，和……和一个更成功的个案。"

庄岚没有接话。

庄一鸣故作轻松地继续笑着说："虽然听觉没有恢复成跟一般人完全一样，但我确实更加立体地感知到了这个世界的声音。比如——"他往右前方的一片海指去，"我能轻易地感知肉眼看不到的地方的鱼群。所以每次和同事们比赛钓鱼我总是赢，而他们永远也想不明白这是为什么。"

庄岚顺着他指的方向看去，确实什么都看不到。她只看到了从"玉露"基站的水下部分涌上来的翻腾的气泡。静静看了一会儿，庄岚指着波涛汹涌的海面说："给我讲讲这个吧，你们现在搞的这东西。来之前我家老李就絮絮叨叨科普了半天，我还是只明白了个大概。"

庄一鸣点点头："咱们从哪儿说起？要不，就说说二十年前的那次大海啸吧。那是一场规模罕见的气候灾害，许多沿海城市都被夷为平地，数以万计的幸存者无家可归。就是在那次海啸中，我失去了家，

也失去了双亲。那次灾难的成因是一个谜，至今我也不知道那究竟是
天灾还是人祸，但那时候确实有不少国家已经在着手试验气象武器了。

"后来，你就去了老田那里。再后来，来了我们这儿。"

"然后就到了这里。这个永不熄灭的沸腾的世界——'玉露'，全
亚洲最大的海上作业平台。"庄一鸣脸上渐渐浮现出一种自豪的神情。

"哦？永不熄灭？"

"一旦开启，永不熄灭。"庄一鸣意味深长地补充。

庄岚点了点头："我听老李说，像'玉露'这样的平台，是通过可
控地加热海水来增加某些沿海地区的大气水循环量，是这样吗？"

"差不多吧。这方面你可能也有了解，其实大气的水循环总量是
很难改变的，我们能做到的只是让它适度地改变速率而已。"

"也就是说，你们其实在烧一个巨大的锅炉？"

庄一鸣哈哈大笑。

"也可以这么说。不过我们更习惯地说法是，给地球装上一个心
脏起搏器。从宏观上看，洋流就像是维系着整个地球生态的血脉，有
了它，心跳就更有劲儿了。"

"地球的起搏器。"庄岚回味着这个词，"听起来可真了不起。"

"是了不起。"庄一鸣赞叹道，"地球孕育了人类，现在反过来是
人类在照顾母亲了。"

庄岚若有所思。良久，开口说："一鸣，你有没有从另一个角度想
过，我们为什么要给地球装上这样一个起搏器？"

庄一鸣一时没有反应过来，摇了摇头。

庄岚望着远处的海："因为地球病了。"

"地球病了？"

"是的。"庄岚从远处收回了目光，"你难道不这么觉得？如果地
球的生态系统还是健康的，能够维持正常的循环，我们又有什么理由

来建造这样一个基站呢？难道你听说过哪个身体健康的人，需要专门开胸装上一个心脏起搏器吗？"

庄一鸣一时语塞。

"所以，所谓人类照顾自己的母亲，也只是一个听起来很美的谎言罢了。人类其实是在还债。"

听到这里，庄一鸣摇了摇头："我不想从哲学的角度来讨论这个问题。我所知道的是，洋流的走向关系着整个世界的气候，其中最直接的温度、大气湿度、大陆架的植被、各个海域的鱼汛，乃至候鸟迁徙，是一个密不可分的系统，跟所有的人都休戚相关。千百年来，农人们都在祈祷上苍，渴望风调雨顺。而到了今天，我们终于要靠自己的双手来实现这一切。历史无数次告诉我们，祈求老天爷发慈悲没有用，凡事还是得靠自己。"

"是吗？那是不是以前求雨的时候都拜天，现在都转到拜你这儿来了。"

"还真是。我们收到过不少的祈福信和小物件。不光是祈福的，连诅咒的也有。"

"还有诅咒的？"庄岚瞪大了眼睛。

"当然。"庄一鸣苦笑了一下，"不是所有人都喜欢'玉露'。他们这么说——'人类不能行使上帝的权力。'"

"但是你们的工作确实很有成效。"

"是的。"庄一鸣说，"'玉露'不是第一个建成的海上平台，在中国的南海和东海，类似的基站已经超过了 20 个。我想我不必提供具体的数据了，毫无疑问如今这个年代是中华大地五千多年来最风调雨顺的时期。"庄一鸣接着说，"人们就是这么奇怪。一方面享受着科技进步带来的种种便利，一方面还要怀疑甚至诅咒这种进步，仅仅因为他们不能理解这种改变。"

"看来你是一个技术乐观主义者。"

庄一鸣摇摇头："我可不是乐观主义者，从小到大，我身上发生的悲剧已经够多了。不过我能确信的一件事就是，没有这种科技带来的改变，就没有我的今天。"

两人就这样一边聊，一边漫无目的地在基站的平台上散步。快走回大厅的时候，庄岚突然想到一个问题，于是问道："'玉露'是用什么能量持续给海水加温的？我想，既然这里是有人操作平台，那应该不会是在大陆架上打条缝子，直接用地热能吧。"

"比那简单得多。'玉露'用的是核能，准确地说是温和核聚变。"

"核聚变？"

"没错。核聚变的主要原料是氢的同位素，氘和氚，它们的含量在海洋里很多。所以我们算是就地取材了。既高效，又环保。"

庄岚若有所思："从海水里提取氘氚化合物，聚变之后产能再加热海水。取之于斯，用之于斯。"

"用它肉体的躯骸来炼取它生命的精髓[④]。"庄一鸣说，"就像一部古典小说里描述的那样。十八、十九世纪的捕鲸船在海上航行时，常常支起大锅熬制鲸油。与那时候一般的航船不同，捕鲸船上无论什么时候都是灯火通明的，锅炉的燃料就是鲸的脂肪残块。人类是用它的油脂去炼化它自己的血肉。"

"听起来很残忍。"

"也正因为这样，人类才能发展到今天。"

"愿人们得到宽恕吧。"庄岚笑着做了个鬼脸，"别害怕，朋友，将来见上帝的时候，比你罪重的人多得很呐！[⑤]"

庄一鸣却笑不出来了。

---

④出自《白鲸》，赫尔曼·麦尔维尔，1851。
⑤与注④同。

刚走进大厅，他俩迎面碰上了小刘。宴会早已结束了，小刘看了看庄一鸣身边的女士，对他说："李凯文建议减少人员的方案通过了。恰好你来客人了，这几天你没什么事，就好好陪陪贵宾吧。"

庄一鸣张了张嘴，什么都没有说。

三

庄岚来到"玉露"基站的第二天，庄一鸣像往常一样，一大早就爬起来按时上班，但是因为自己的岗刚调了，加上又没有具体的业务，所以到哪里都觉得自己是一个多余的人。像没头苍蝇一样转悠了几圈之后，庄一鸣也不免苦笑。好，既然如此，自己干脆好好陪陪庄岚吧。

他找来工作用的潜水舱，带着庄岚潜到海水之下去一探"玉露"的真容。

庄岚一开始很兴奋，但是真的到了漆黑一片的水底，她却紧张了起来。"玉露"基站水下部分产生的蒸汽水泡像一串串珍珠从海底浮起，反射着光，远远望去连成了一道道发着粼粼闪光的波动的线。更深的地方，偶尔漂过的闪着磷光的不知名物体，目所能及的地方只有海底方向发出的微微红光。

"一鸣……"她紧张地望向自己的旅伴。

"嘘……"庄一鸣闭着眼睛轻声地说，"听，海的声音。"

庄岚什么都没有听到。她害怕了，想早点回到海面去，在这个环境里每多待一秒钟，她心中的恐慌就会增加一分。真不知道庄一鸣为什么会有这么好的心理素质！她正想说点什么打破这令人窒息的死寂，却看到庄一鸣眼睛猛然睁开，大喊一声："不好！"

还没等庄岚发问，潜水舱就猛烈地颠簸了起来。

"遇上气流了？"庄岚一时糊涂了，都没反应过来自己坐的不是飞机。

"是海流！马上上浮！"庄一鸣紧张地操作起来，潜水舱在看不见的暗流的冲击下，就好像狂风中的树叶一样摇摆不定，庄岚胃里一阵翻江倒海，叫苦不迭。庄一鸣心里清楚，快速上浮很可能会诱发潜水病⑥，只好耐着性子尽量稳住平衡，以尽可能快的速度返回海面。

"妈的！"庄一鸣一掀开舱门就开始骂娘，"气象测控部是干什么吃的！连这么大的风暴都预测不到？"

过来搭手的小刘也是满头大汗："庄工，这是紧急情况！"

"紧急情况？什么紧急情况？"

小刘不说话，拉着庄一鸣直奔主控大厅。这一路上庄一鸣发现今天天气晴好，根本不像有什么大风暴的样子。一进大厅，小刘就指向迎面挂着的大屏幕，那是一片海域，海面上蒸腾着大量的烟雾。看起来跟"玉露"的水雾很像，但是颜色却又不同。

"这是火山？"

"不，是邻国的基站。他们那儿发生了事故。"

距离"玉露"东南仅仅一百多海里的地方，就是邻国 J 国的海上水循环平台。

J 国本来就是岛国。其实他们雨水资源非常丰沛，即使是在全球沙漠化十分严重的今天，该国的淡水资源仍然极为可观。所以，他们研究这个项目的动机让人费解。

"原因呢？"

"附近海底的火山爆发。"

庄一鸣的心一下子收紧了。距离这么近，"玉露"会不会被波及呢？

"竟然这么严重？"庄岚不知什么时候跟了上来。

---

⑥潜水病又称减压病。因机体所处环境压力下降过快过大，导致体内溶解状态的气体来不及从代谢途径排出，而直接游离为气泡，形成栓塞。

"还有更麻烦的事儿呢！"庄一鸣回头望去，说话的是李凯文。

小刘在屏幕一角轻点几下，显示内容立刻变了："计算机模拟显示，火山活动诞生了它。"那鲜红色的玫瑰在屏幕上盛开得分外醒目。

"没人能解释为什么。"李凯文最后说，"正如人类从来也无法精确地预测地震一样。我们能确定的就是，超级台风马上要来了。"

"那就让我们迎接这一切。"庄一鸣平静地说。

李凯文眼神复杂地看着他，点了点头。

四

大海咆哮了一天一夜，终于恢复了平静。

李凯文两眼瞪得通红，他已经整整30多个小时没合过眼了。其他人也好不到哪里去，放眼朝周围望去，个个都顶着浓重的大黑眼圈。

庄一鸣也是这群"国宝"中的一只。

"平静只是暂时的，"庄一鸣说，"灾难还远远没有过去，更大的海啸还在后面。"几分钟前，他刚把庄岚送到甲板去等渡船，因为情况紧急，来不及好好道别，他就跑回了控制室。

"我计算过了，"李凯文扯着嘶哑的嗓子说，那声音像是用一把生锈的锯去磨一块铁皮，"如果我们把基站的功率提到最大，就可以制造一个与相对的反气旋。"

"你疯了？"有人小声嘀咕了一句，更多的人则是沉默。

李凯文继续说："从目前来看，我们确实没有别的更好的办法了。我们现在正处在下一次风暴路径的中心。干吧！加大功率！"他冲旁边的员工一挥手，"叫无关人员抓紧时间撤离！"

庄一鸣站在厅前的玻璃窗旁远望着等待渡船的人群，听到李凯文这话，连忙回头高声叫停："我不同意这么干！咱们不处在风暴中心正面路过的位置上，而且'玉露'刚经历过一场不小的风暴，主体部分有许多微小损伤，不能承受大功率荷载！"

"计算机检测没有问题。"李凯文瞪着双眼，"超声波探伤也都已经做过了，还是你亲手签的报告。"

"报告确实是我签了名的。但我很清楚'玉露'并不是毫发无损。"庄一鸣说，"保险起见，还是不要全功率运转比较好。那些伤……我看得见！"

"你看得见？"李凯文故意重复着他的话，"就凭你一句话，就要用几百人的性命去打赌？你凭什么知道我们不在风暴中心！"

"拿人命打赌的人是你。"庄一鸣狠狠咬着牙，寻找着措辞，"平台的主体部分都在千米的水下，高压、腐蚀性环境都是不小的考验，加上这次风暴的冲击，很难确保可靠。超声波探伤的准确率，从来没有达到过100%！"

旁边的一个小技术忍不住插嘴说："庄工，我们平时都对您挺尊重的。超声波探伤，您做得最好，鱼，您钓的最多。这我们都服您！可这是关键时期，您能不能先收起装神弄鬼的那一套，咱看看计算机给的是什么结论？……你知道私下里大家都管你叫什么？"

庄一鸣一时愣住了："什么？"

小技术从牙缝里挤出来两个字："庄象！"

庄一鸣这才反应过来，上次过生日的时候，不知道是谁在自己门口摆了一只大盒子，上面用打印纸打着四个字"生日礼物"。他拆开层层包装一看，里面卧着一只木雕的小象。他一直没搞懂这木雕小象的含义。原来是这么回事，装相！

庄一鸣强忍着怒火："今天我不想跟你们计较这些，可这事必须听我的！主机必须停下来。我……我没法解释，总之，不停机，可能会出大事故！"他已经开始感到从海面下面传出来一种不祥的声音，这声音跟基站平时发出的声音有些异样，影影绰绰，就像是魔鬼的呓语，在自己的脑海里挥之不去。

"就靠……巫术？"李凯文终于找到了自己想找的词汇。周围的技术员都被逗得哈哈大笑。

"得了吧，庄工。"刚才那个小技术接着说，"我们信的是科学，不是你那一套。"他指着控制台前的大屏幕，上面正显示着各个节点的运行情况，整个视图里是一片绿灯。

绿灯，都是绿灯。庄一鸣想起了若干年前，那手术室门口上方一亮一灭的小灯。

他的眼前突然开始变得模糊。

"你怎么就不明白呢！"庄一鸣一把抓住李凯文的衣领，声嘶力竭地吼道，"停机！快停机啊！"

窗外突然传来闷雷般的"嘭"的一声，原本缓和的海面突然蹿出一道十几米高的白色水柱。紧接着，又是几声巨响，控制大厅外面的甲板顿时四分五裂，裂缝中蹿出了数条火舌。

所有人都惊呆了。

庄一鸣大吼一声"庄岚"就要往外冲，还没等他迈出两步，更大的振动迸发出来，似乎整个平台都被狠狠地摇动了，主控制室的墙壁随即裂开几条人缝，厚厚的强化玻璃门也瞬间挂上了细密的蜘蛛网。等屋里的人回过神来，外面的火焰已经吞没了还站在甲板上等待渡船的人群！庄一鸣歇斯底里地叫着，还想往外冲，旁边的几个技术人员先是一愣，醒悟过来后直扑过来死死把他按在了地上。

"不要命了？！那是闪燃！ [⑦] "

---

⑦闪燃：在起火的封闭空间中，火场会在某一瞬间因场内可燃物被高温点燃而同时起火，形成一片火海，危害极大。在火灾中，闪燃和回燃都会造成严重伤亡。

门外是几千度的高温，如果这时候把控制大厅的大门打开，那么屋里的人也会随之汽化。庄一鸣流着泪挣扎，想要爬起来，可是做不到。他只能眼巴巴地望着一门之隔的外面，庄岚刚刚站着的地方，被火焰烧成灰烬。

五

灾难还没有结束。

火苗正一寸一寸往控制室的方向逼近，"玉露"基站的自动火警系统却迟迟没有启动。眼看火势就要蔓延过来，小技术一跃而起奔到大厅门口，用力拉下镶嵌在墙内的消防闸，顿时一股浓浓的干粉气团笼罩了破烂不堪的甲板。

"主机已经被迫停机，受损情况不明！自动火警系统失灵，基站主体部分还有许多起火点！"

小技术扛着一个便携式灭火器冲向了通往基站内部的紧急通道，却在黑幽幽的廊口停下了脚步，对着已经断电的走廊一阵发蒙。所有人都清楚现在只能人工灭火，可基站大部分在海下，现在又发生了破损，没人知道下面是什么样的情况，更没人知道起火点究竟在哪里。

李凯文拳头攥得紧紧的，一拳砸在了控制台上，两眼好像要瞪出两团火："都是屁蛋！"突然，他夺过小技术手里的灭火器，直接冲下了廊梯。有几个人跟着他冲了下去。李凯文愤怒的嘶喊伴着咒骂从下面传来，渐行渐远。然后，消失了。

没有人敢再下梯。小技术松松垮垮地瘫倒在地，嘴里呜咽着说："完了……'玉露'就这么完了？"

大厅里响起了庄一鸣微弱的声音。

"让我来！"

没有回应。

庄一鸣大声吼道："让我来！不然这里全都得完蛋！"他已经咬着牙站了起来，"马上准备超声波探伤！范围是……"他咬了咬嘴唇，"整个'玉露'基站！"

小技术突然像醒过了神，喊道："庄工，你说吧！你说去哪儿我就去哪儿，我们都听你的！"

原本按着庄一鸣的人也都松开了手，表情复杂地对视了几秒，最后都把信任的目光投向庄一鸣："庄工，我们都听你的！"

我们都听你的。我又该听谁的呢？这"听"，何尝容易？

庄一鸣紧闭双眼，尽量忍住悲痛的心情，用心倾听着耳机里传来的所有微不足道的声音，飞速地用手在控制室的触屏上圈圈点点。

红色圈，代表火；蓝色圈，代表水。

声音在他眼前不再是无形的，而是鲜活地跳跃着，就像是夜空里一闪即逝的星星。庄一鸣无暇欣赏这人间罕见的景象。他心里清楚，多拖一秒钟，"玉露"的危险就会增加一分。

豆大的汗珠从他额前渗出，沿着脖子蜿蜒向下，浸湿了衬衣。庄一鸣两眼紧闭，牙关紧咬，把所有的精神力都集中在那转瞬即逝的星光中。整个大厅里没有第二个人发出声音，都是快速地扫一眼他标出来的全息图，然后迅速带上家伙离开。随着时间的推移，那些光点的数量越来越少。

突然，从廊口处又传来了几声闷响。庄一鸣猛地睁开了眼睛：明火虽然已经被控制得差不多，可是刚才几处复燃，造成了更大规模的反扑。

技工们你看看我，我看看你，互相都已经是灰头土脸。最后，他们还是把目光都投向了庄一鸣。

庄一鸣一咬牙："继续干！"

工人们像突然得到了指令的机器，立刻再次行动起来。没有人有任何怨言，依然是扫一眼，拎起灭火设备，直奔廊口而去。终于，火势再次控制住了。

星星的数量越来越少。

庄一鸣全凭意志力硬撑着。不知过了多长时间，屏幕上的最后一颗星星也熄灭了。

六

庄一鸣又一次从噩梦中惊醒。

他猛地从床上翻身坐起，大喘着气想弄明白自己身在何处。当他看清楚周围的环境，确定自己不是正处在摇摇欲坠的"玉露"上，才又重重地躺回到床上。几个月前发生的事至今仍是历历在目。庄一鸣不知该如何把噩耗告诉庄岚的丈夫李延，最后他决定当面给他一个交代。

已经差不多十年没有回研究院了。

当年的研究院院长已经退休，甚至连研究院本身也早已翻新重建，但是自从踏进这个小院，庄一鸣就感到了一股无处不在的亲切感。李延送给他的见面礼是一个大大的拥抱，这让庄一鸣十分意外。以前，他是多么内向的一个人啊，十年了，时间确实可以改变一切。李延的眼神表明自己已经接到了噩耗，庄一鸣看着他疲惫的神情和已经早生的白发，顿时觉得鼻子有些发酸。两个大男人就这么抱在一起，痛哭了半个小时。

一个年轻的女孩一直安静站在他们身旁，看着他们落泪。后来庄一鸣觉得她有点眼熟，一问才得知，她就是当年一起做植入手术的女孩琳琳。那天晚上，三个人坐在一起聊了很久很久。庄一鸣回忆起当年第一天来这里时遇见李延的那一幕，逗得琳琳直笑，连李延都忍不住笑了。悲伤的气氛多少缓和了一些。

到了后半夜，琳琳支撑不住，回去睡了。话题终于来到了当天的事故上。

李延没多说什么抱怨的话，直接讲到了发生在"玉露"上的事："海上的那次事故我听说了，如果不是你，后果可能会无法挽回。"

庄一鸣悲痛地摇了摇头："其实当时我还不能太确定，只是隐隐约约感到会出问题。如果我能再坚定一些，早点发出警告，也许结果就不会这么糟。"

李延看着他的眼睛问："能告诉我当时你都看到了什么吗？"顿了顿，他补充道，"你明白我说的'看'是什么。"

庄一鸣眉毛挤到了一起，半晌才说："很多，我无法形容。"

"比如呢？好像是彩虹？"

"不，"庄一鸣轻轻地说，"更像是北极光。"

他想起了他和庄岚伫立在海边的那一晚。

两人长久地沉默着，庄岚甚至连呼吸都尽量轻轻的，生怕打扰了庄一鸣聆听自然的声音。良久，她试探地问："告诉我，石头，你都看到了什么？"

庄一鸣双目紧闭。他感受到了海浪、微风和星辰。那是一段轻轻回荡在脑中的温柔和声。他轻轻地说着，把自己能感受到的一切都讲给她听。

"好美……"她赞叹着，"真希望我也能看到这一切。"

她转过脸，认真地对他说："如果每个人都能像你一样'看'到这些东西，那世界上一定就会更少些犯罪和杀戮。"

庄一鸣长久地沉思着："也许整个世界就是一首波澜壮阔的歌。"

李延若有所思地点了点头："你有没有想过，如果你的感官再敏锐一些，也许就能更早感知这次危险了？我觉得，如果你再系统地训练一下，这其实是完全有可能的。"

"再敏锐一些？"庄一鸣有些惊讶，"你是说，我的……听觉，能再锻炼一番？"

李延认真地对他说："用进废退，这是拉马克的理论，也是生物体的普遍特性。既然你具有这种类似所谓的'通感'，如果加以系统的锻炼，肯定会越来越敏锐。"

"然后，"李延扶了扶他那副复古的眼镜，"你就可以到更适合你能力的地方去，发挥更大的能量。"

"不，我哪儿都不去，我就想待在'玉露'。那里需要我。"庄一鸣坚定地说，"超级工程需要我的能力。而且以前的事也证明了，我的敏锐度其实比一般的仪器都要高。"

李延轻轻地摇摇头，说："一鸣，世界上并不是只有'玉露'一个超级工程。"

庄一鸣思索了一会儿，醒悟了："李哥，我懂了。你说的对，我一直以来只把眼光放在'玉露'上，确实太狭隘了。我是该留下来。不过我有一个要求，将来这边结束了，'玉露'仍然是我的第一选择。我毕竟已经在那里待了好几年，很有感情了。等到它一切迈入正轨以后，我再考虑其他的去向。"

李延笑出了声："石头啊石头，一点没变，还是这么倔！"

接下来的日子，庄一鸣好像回到了十年前，每天就在寝室、活动室和测试房度过。在一间开放式的活动室，庄一鸣见到了一些围坐在一起玩儿的孩子，他们和当年的自己一样，正在计算机的指导下做着某种带有测试性质的游戏。只不过，当年他和他的伙伴们需要把一个平板电脑抱在手里，通过终端与主网络链接，而现在整个房间都是计算机系统的组成部分，测试的图像以 3D 的形式投射在了房间中央，孩子们一旦做出自己的选择，只消挥挥手，无处不在的动作捕捉器就会根据孩子们的动作给出相对应的即时反馈。

有些东西变了，有些东西永远不变。

七

离开的日子一天天近了。

庄一鸣独自一人在院子里漫步，想把这里的一切都尽量多地装进记忆里。出乎意料地，他听到有人喊自己的名字。这声音既陌生却又有几分熟悉，庄一鸣在记忆深处搜索了几秒，没有回想起这到底是谁，于是眯着眼迎着正午的阳光回头张望，他看到一个羸弱的老人正远远朝自己招手。

等庄一鸣走到老人面前才认出来，这一位正是当年的研究院院长。

"庄一鸣，小石头，你最近过得可好啊？"

老人的声音像是风箱，沙沙拉拉，充斥着浊音。庄一鸣注意到，这异样声音的源头不单纯是来自于他的喉咙和气管，而是来自更深层的器官。

"人老了，就不中用了。"老院长自嘲地笑着，"还是看着你们这些年轻人好，整天朝气蓬勃的。这人啊，就好比一部精密的机器，运行的时间久了，大大小小的毛病也都跟着来了。"

一点没错。庄一鸣想。随着老人嘴巴的一张一合，他能够感知到那些弹性逐渐丧失的肌纤维费力张弛的声音，也能感知到因为钙质的流逝，脆弱的股骨头不堪重负的声音，他甚至"看"到了衰老的脏器内一些不祥的斑点……但他什么都没有说。

"人的一辈子，多多少少都得受点委屈。"

这天天气很好，庄一鸣的心情也出奇地好。告别固然令人伤感，一想到即将与久别的朋友重逢，他就恨不得瞬间移动到蔚蓝的大海上。飞车细微的振动在庄一鸣听来都是巨大的轰鸣，他快乐地享受着，想象着海浪美妙的声音。

然而飞车却没飞多远就停了下来。庄一鸣莫名其妙地看着周围荒芜的大地。

"滚下去。"

坐在副驾驶上的男人摘掉了口罩。这之前庄一鸣一直以为他是感冒，现在他发现自己错了。这是一张熟悉的脸，第一次见到这张傲慢的面孔时，自己还是个孩子。

"你爹知道你现在做的事吗？"

"别跟我提那个老东西。"男人一脸的不屑，"我就看不惯你这张脸，看我今天好好教训教训你！"

庄一鸣叹了口气："你还真挺记仇的。"

男人不说话，一拳打过来。庄一鸣早有提防，闪身躲过。男人再打，庄一鸣再躲。没一会儿，男人就气喘吁吁了。

"都说老院长的儿子是个游手好闲的废柴，我看一点不假。"庄一鸣说，"我不知道你是咋想的，还是快点滚蛋吧。"

男人阴险地一笑，扭开了腕部的通信机。顿时，一阵刺耳的高频音像刀子一样向庄一鸣飞来。他连忙捂住了耳朵。

男人踹出一脚，庄一鸣腹部结结实实挨了一记，顿时倒在地上。

"哑！你个怪胎。我看你还怎么狂？你一来，全院上下都当你是个宝贝疙瘩，看我就是废柴？你不是厉害吗？你看我这个废柴怎么收拾你！"

拳头像雨点一样落下。然而比起肉体更痛的，是耳膜。比起耳膜更痛的，却是心。

仅仅几分钟，庄一鸣就丧失了曾经获得的所有自信。他想起了小时候，别的孩子总是嘲笑他，骂他。他耳朵听不见，但知道那些不是好话，于是他整天跟他们打架。架打得多了，大家不再对他指指点点，却再也没人愿意接近他了。他就整天拿着一根短笛坐在孤儿院门口使劲吹。他想让自己变得跟那些正常孩子一样，然而，人们总是用更加异样的眼神看自己。而他，除了感受到从下颌骨传来的嗡嗡的振动，还是什么都听不到。

路边的虫鸣被无限地放大，似乎它们也在嘲笑自己。终于，他意识到：自己始终没有正常过。做正常人，那只是一种奢望。

三天过去了，他什么都不去碰，只是把自己反锁在屋里，脸埋进枕头，浑浑噩噩地睡了醒，醒了睡。然后他听到一个敲门声。

"一鸣，一鸣。你醒着吗？"门外传来的，是琳琳轻轻的声音。

他揉揉眼睛，咳嗽了一声，算是回答。

"出来好吗？"她小声地说，"有人听说了你的事，专程来看你呢。"

"我不见。"

"为什么？"

庄一鸣没有回答。

光听脚步声，庄一鸣知道来人此刻就站在门外。他甚至能猜测他的年龄，从他喘息的节奏判断他有一个异常强健的肺，他应该已经戒了烟，但早年遗留下的焦油和烟碱的影响并未完全消退，还有有力的心脏搏动。他对饮酒应该是控制的，适度的酒精和运动让他的主动脉干干净净。但是，他的一条腿略有一点跛，也许是膝盖有一些劳损。他走路的步点很规律，所以应该是个军人，生活习惯还算健康，身体比这里的大部分人都要好。

"让他走吧，我不感兴趣。"

一个中气十足的洪亮声音响起了："庄一鸣先生，我是特意横跨半个中国来见您的。您真的不想跟我稍微谈谈？就几分钟？"

"我不想跟有军方背景的人打交道。何况不管是谁来，我也不想再回'玉露'，或是任何一个海上平台去了。"

"哦？为什么庄先生一定要去海上呢？"

"因为……"庄一鸣略一停顿，许多往事都浮现在了眼前，记忆的巨大洪流从心底一下子涌了出来，几乎将他整个人淹没。他深深吸了一口气，充满无限神往地说："因为海是世界上最博大的。"

门外传来了爽朗的笑声。

"庄一鸣先生，海并不是世界上最博大的。"

"哦？"庄一鸣忽然有了想打开门去看一看来人的冲动。

"世界上最博大的，是天空。"

八

世界上最博大的是天空。

直到自己亲身接触了"问天"工程，庄一鸣才明白了这话的意义。同时他也明白了，认为海是最博大的这种想法，是多么的渺小。

地球表面，有逾七成部分，超过 5.1 亿平方公里的面积被海水包围。如果一个人试图一步一步地用双脚丈量这片大洋，那么终其一生也难踏遍整个大海的每个角落。更何况海的博大不仅仅在于它的面积，还有那能将珠穆朗玛峰都轻松纳入怀中的深厚气度。

然而，天空？

跟热烈燃烧着的太阳相比，地球简直渺小得不值一提。而像太阳这么大的恒星，在整个银河系，有近 2000 亿个。每一颗恒星都像我们的太阳一样热烈、一样明亮，甚至还要明亮得多。太阳在这数不清的星星组成的海洋里，不过是一粒微不足道的沙子。一束光想要横渡这片浩瀚的大洋，都需要 150 万年。

而银河还远远不是宇宙的全部。

"你知道为什么我们听不到那些来自宇宙的声音吗？"高卓眺望着

远处，问道。

庄一鸣摇了摇头。在短短几天的接触里，庄一鸣已经被面前这个小个子的军人身上所散发的那种独特气质深深吸引了。

他抬手向天，指着天上的云："在我们的头顶上，是几千米厚的大气，它支持了地球上一切生物的生命活动。这厚厚的气层保护了地球，可以让大部分天外来的不速之客燃烧殆尽，而不会像月球表面那样千疮百孔。但是，它的存在，也隔绝了许多来自宇宙的信息。因为大气是良好的介质，所以地表的各种声音得以传播、交响、共鸣；而来自远方的讯息则被掩盖了。大气壁障是一柄双刃剑。"

"因为它，我们活着，因为它，我们愚钝。"庄一鸣若有所思地说，"就好像一个人，内心封闭的时候，无论什么样的语言都无法引起他的共鸣。所以，要打开心扉才能交流。"

"一点儿不错。"高卓说。

庄一鸣望着不远处那个巨大的白色圆顶建筑，那就是"问天"工程的基地。从外观看，它很像是一个倒扣在大地上的瓷碗，但是因为这个地方实在太过空旷了，以至于它在无边无际的背景中反倒显得十分渺小，倒好像是摆放在天地之间的一粒围棋棋子了。

"也就是说，你们想把这壁障劈开？"庄一鸣一边说，一边做了个下劈的手势。

"不，不是劈开。"高卓微微笑着说，"我们要找的是一个先驱者。把一艘载人飞船送到太空去，避开尘世的喧嚣，去倾听天上的声音，也是这个世界本来的声音。就像是离开襁褓的婴儿，人类将第一次真正地感悟整个宇宙之音。"

"你确定这样做是有意义的？"庄一鸣寻找着适合的词语，"我是说……恕我冒昧，您究竟是隶属于什么组织？我看你不像是普通的军人。这个工程花这么多钱，就算是纳税人的钱，不是个人的钱，但为了什么？"

我们都知道宇宙很大，很空，你确定就能找到你们想要找的声音？"

"我可以全都告诉你，但你得确定加入。"高卓微微笑了，"不过宇宙并不像你想象的那样空，我们不必特意去寻找什么声音。因为在宇宙中，声音其实无处不在。"

"无处不在？"

高卓点点头："波即物质，物质即波。振动并非都是在通常意义的维度上发生，所以不容易被我们所洞悉。但是，只要通过某种合适的方式去'倾听'，我想人类完全可以听得到这种'声音'。也许我们会成功，也许会失败。但是今天我们尝试了，它就会有意义。这些就留给后人去评说吧。"

庄一鸣陷入了沉思。半晌，问："计划飞多长时间？"

"这个没有硬性规定。"高卓的语速很快，"一期的计划是九十天。每飞一期，休息一段。但如果飞船船员的身体不能够承受，或者发生情绪方面的波动，随时可以提前结束。这点你不用担心。"

"不，我的意思是说，如果条件允许，飞船是不是可以一直飞下去？据我所知，太空船在宇宙中运动主要是靠惯性吧？如果一期一期发射，即使是可回收，费用也会很高。"

"没错。但这是必需的费用。再说了，人也需要休息。"

"不是必需的。"庄一鸣说，"如果这个人不用休息的话。"

高卓怔住了："你是说……不回来了？"

庄一鸣没有正面回答，他依然望着远处说："我想，世界上每个人都有自己的位置。就在刚刚，我突然明白了我的位置在哪儿。"说到这，他转身向高卓伸出了手，"高卓，你说得对。世界上最博大的，是天空。"

高卓没有去接庄一鸣伸过来的手，而是立正敬了个军礼。

之后，两个人都没有再说话，而是默默站着，看着那落在天地间的白色"棋子",看着棋子背后了无尽头的蓝天。

不敢高声语,恐惊天上人。

终章

日历牌又一次执行了复位键,公历的新年已然来临。洁白的雪花洒满了广袤的大地,远远近近的山谷和丘陵都被这场突如其来的雪绘成了素色的世界。高卓在现场挤挤挨挨的人群中看到了几张熟悉的脸,有李延,还有那个叫琳琳的女孩。琳琳的脸上挂着隐隐的泪痕,李延的脸上却只有微微的笑容。他们的脸上共同写满了关切。更远的地方,还有更多的人默默关注着这里即将发生的一切。

庄一鸣此时此刻就坐在飞船上。面前放着一支旧短笛。

这是一艘属于他的飞船。他整装以待,即将出发。

此刻,他正背对着大地母亲的方向,而面对着无尽的未知世界。他还不知道自己将会去到哪里,但他可以想象自己将会遇到什么。

那里有——

那里有群星的簌簌耳语,银河的潺潺涓流,星系碰撞的壮丽交响;那里有暗能量的和鼓轻吟,上帝粒子精灵般的曼妙舞蹈,量子涨落的不倦涛声;那里有大爆炸挥之不去的余韵,还有熵增永不休止的滴答声。那里有整个宇宙的弦歌。他会载着人类的希冀,悄悄地来到繁星之间,做一个安安静静的倾听者。

偶尔,他也会奏起笛声,与群星相和,发出人类的声音。

"我来了,群星。"

女校医的耳环

那种熟悉的声音又来了。

……一下，两下，运动鞋底与地板摩擦的声音从背后传来，即使不回头，赵晖也能感到有人在一步步接近自己。

"谁在那里？"赵晖猛地转过身大喊，面对的却是空荡荡的走廊。时针已经指向了十一点，自修室的人都已经走光了。尽管正值盛夏，可他还是感到周身有股莫名的寒气。"出来吧，我知道你在的！"赵晖大口大口地喘着气，汗珠从他的额角不断地往外渗出，打湿了他的衣领。猛然间，他的瞳孔陡然放大，整个人像石像一样牢牢钉在原地。

"是你！"

一

很多年没有回到校园了，黎娜看着周围一张张洋溢着青春的脸，感觉脚下的步子也变得轻快了许多。清晨的阳光清爽而灿烂，黎娜闭上眼深吸一口气，尽情享受这美好的时间。

"你就是黎娜吧？我是学生科的小刘。真没想到大名鼎鼎的黎教授的女儿会来我们学校当校医，学生们都想早点见到你呢！"来接待的老师满脸是笑地说着。

"您太客气了！"黎娜拂去额前的乱发，纤纤玉手指向地上的行李，"我已经让司机回去了，这些是我的随身物品。"

"好……好的，交给我吧。那么，我们现在就去看看你的新办公室？"

"还是先在校园里转转吧。"

走在林荫的小路上，琅琅书声和跑步的口号不绝于耳，刘老师一边拖着拉杆箱，一边开口说："我听过一些关于你的传闻，你从毕业后一直在父亲的研究所里工作，主攻的方向是各种罕见的精神类疾病和怪异的人类行为。短短几年时间，已经做出了不少令人侧目的研究成果。老实说，我本以为你一定是个书呆子，没想到是位大美女。你这么漂亮的老师做心理辅导，一定会大受欢迎的！"

黎娜笑了："哪有什么了不起的成果！其实我很早就想成为一名心理辅导老师，每天在学校里面对思想最活跃的大学生，对我的研究一定会有很大的帮助。而且，我早就想离开爸爸的地盘一展拳脚了。"说罢，她眨着漂亮的大眼睛，认真审视着周围的一草一木，这里就将是她人生的新舞台了。

小刘老师似乎发现了什么，赞叹道："你的耳环，真漂亮。你男朋友送的吧？"

这是一副铂金耳环。闪亮的金属在空中优雅地扭成一个拉长了的"8"的形状，又好像是一个竖起来的"无限大"，在阳光下闪闪发亮，十分精致。

黎娜笑着说："漂亮吧？这是父亲送我的。"

正说着，黎娜一转身，不料正与迎面而来的一个男生撞了个满怀，险些一屁股坐在地上。小刘老师赶紧上前扶住黎娜问："你没事吧？"那男生却头也不回地走了。

黎娜有些尴尬地扶正自己的眼镜，直起腰说："没事没事。这小伙子走路挺冲的。"她望着那个急匆匆远去的背影，瘦瘦高高的个子，脚步很快。她摇了摇头。

"哎,那不是大二的赵晖吗?"刘老师说,"他成绩很好,性格也不错,老实稳重,还是学生会的干部。看来他是有什么急事吧。"

"他平时走路也这么风风火火的吗?"

"那倒真没有。他这人挺腼腆的,但见到老师会主动问好。今天不知道这是怎么了。"刘老师拉着黎娜说,"走,咱们再去操场那边看看。"黎娜跟着刘老师继续走,若有所思。这时突然从他们背后传来了女生的尖叫声。两人停下脚步回头一看,正是刚刚遇到的赵晖,他在教学楼大门口又撞倒了人!

"这个赵晖!今天这是怎么了?"

黎娜突然脸色大变:"快追上他!"拽着刘老师就往教学楼跑。等两人气喘吁吁地冲进教学楼,赵晖的身影早已消失在人来人往的走廊中。黎娜有些担忧地说:"但愿不要出什么事才好。"

"也许他真有什么急事吧?"

黎娜甩甩头,平时在父亲的研究所,整天跟一些精神病人打交道,时间一长自己也变得有点神经质了。现在自己已经身处大学校园里,看来还需要一些时间来适应这种身份转换。

晚餐的菜肴很丰盛。校医院的同事们为了欢迎新同事的到来,特意举行了一次聚餐。可是黎娜却吃得不那么舒心,白天在学校里见到的古怪男生,总在她心头挥之不去。最后,她还是掏出手机拨通了刘老师的电话。

"刘老师吗?我是黎娜。白天我们遇见的那个同学赵晖,你能联系到他吗?我想找他聊一聊。"

"是黎老师?哎呀,学校里都乱成一锅粥了!"听筒里传来了刘老师急促的声音,让黎娜那份不安的心情徒然加剧了。

"赵晖出事了!"

二

黎娜一整晚都没有睡好。第二天一早，她就赶到了学校。警察早已封锁了操场，黎娜进不了现场，就打电话给小刘老师，找到了昨晚报案的同学。

王彦是学校武协的成员，有每天熄灯前到操场练套路拳的习惯。昨晚他像往常一样来到操场旁的空地，却被什么东西绊了一个趔趄，他借着微弱的灯光一看，竟然是倒在血泊里的两个人！他连忙掏出手机拨打了120。等急救车赶到的时候，赵晖的女朋友李若梅已经因失血过多身亡了，而赵晖随后被送进了医院。

"也许是情侣分手吵架吧，没想到弄出人命来！"王彦回忆起昨晚的事，还是心有余悸。

"谢谢你了。如果你觉得心理上还有什么障碍，随时来找我。"黎娜说着拍了拍这个壮实的小伙子。她知道，有些刑事案件的目击者所留下的心理阴影，不假以时日是很难愈合的。"我可以为你做心理疏导治疗。不过现在，我得赶紧去趟医院。"

……

"病人还在重症监护室观察，不能随便探视！"值班护士冷冷地摆手，她不知道今天怎么碰上了一个这么倔的女人。

"求你了，就给我几分钟。我是这个孩子的心理辅导老师，出了这种事，我也有责任。"

"哼，还心理辅导呢，自己的学生都杀了人自残了，这时候来说责任了？家长把孩子送到学校，你们就是这么辅导的？"

黎娜满脸赔笑地说："是我的工作做得不好，你就让我见见他吧。"

护士指着走廊另一端的几个人说："病人是杀人嫌犯，就算我点了头，警察也不会答应的。"

黎娜松了一口气："这个，我刚才跟他们打过招呼了。以前我跟他们的头儿多少也算有些交情。现在，我能进去了吧？"

小护士瞪圆了眼睛："你到底是什么人？"

"我说过了，我是一名校医，也是这孩子的心理辅导老师。"黎娜一脸的诚恳。

"好吧……不过，恐怕你见了他也不会有什么收获的。这会儿他还没有从昏迷中苏醒呢。"

黎娜感激地点了点头："没关系的。谢谢你！"

再次面对赵晖，黎娜对躺在病榻上的赵晖内心充满了愧疚。如果自己能早一点发觉，或者说当时再坚决一点的话，也许悲剧就不会发生了。赵晖被发现的时候，手里还紧握着沾满血迹的水果刀，市局技术科的人做了鉴定，这正是杀死李若梅以及赵晖自伤的凶器。那边的人似乎已经认定赵晖是主动杀了人。但是，黎娜却不这么想。

青少年犯罪，大多都是因为冲动所致。根据小刘老师所说，赵晖平时是个成绩优良、温和礼貌的学生，不大可能做出杀人这种激烈的行为，而且是把自己的女友置于死地。虽然有同学反映曾看到李若梅和赵晖发生争吵，但两人的感情一直还算不错。他没有动机做出这样的事。

黎娜非常清楚，世界上没有一个案例是没有原因的。如果没有外因，那就一定是内因。而精神领域的探究，正是她的专长。

黎娜看到周围没人，摘下了自己的铂金耳环。这不是普通的耳环，里面镶嵌着一组精巧的谐波器。世界上每个人的思维都有其特定的波长，当两个人的思维波相谐调时，就能达到思想上的相互理解，这也就是所谓的"共鸣"。伟大的音乐或画作之所以能够流传百世，正是因为它们激起了大多数人思维的共鸣。如果能够将两个人的思维频率调整至完全一致，这种共鸣甚至可以达到互相进入对方意识层面的地步。黎娜手中的谐波器，正是这项研究的最新成果。

她将谐波器一端的电极连在了赵晖的太阳穴，然后开始调整自己的呼吸，放松全身肌肉，直到整个人都慢慢沉静下来。现在，她开始试着用他的感官来感受周围的世界。然后……

她进入了他的世界。

三

黎娜觉得一辈子都没有像现在这样冷过。

一进入赵晖的意识领域，黎娜就被周围阴冷的气息包围，倒吸了一口寒气。好冷！她第一次来到这样严酷的内心世界。

是的，在实验室里，她到过许多人的意识世界，有炽热的，有灵动的，有混沌的，也有狂躁的，但是没有一个意识像这个世界这样冰冷。周围是一片混沌，什么都没有，似乎整个世界都在飘着雪花。

就在这时候，她听到了从自己身后传来的脚步声，一下，一下，咚，咚……

"要记住，人的思维领域，是非常难以捉摸的。有时候是非常危险的。"她耳边响起父亲常说的话。

黎娜猛然回身，却发现站在自己背后的摇曳不定的人影，正是赵晖。他的表情很无助，脸颊上夸张地挂着两条粗粗的泪痕。在这个冰冷的世界里，他看上去就像是一个缥缈的影子。

"没事了，好孩子。"她试着开口与赵晖的潜意识对话，尽量让自己的语气温柔，"你认识我，我们曾经见过。……愿意跟我谈谈吗？"

他迷惘地点了点头。

黎娜想了想，说："若梅是个好女孩。对吗？"

"对。"听到了女友的名字，赵晖的眼睛似乎有了些光彩。

"可她现在死了。"

"我知道。她流了那么多血，救不活了。"他的头低下去了。越来越低，似乎都要垂到地面上才停下。就好像他的脖颈是面团做的，根本支撑不住自己的头颅。

停了一下，黎娜问道："为什么？"

"我恨她。"

"为什么？"黎娜重复着自己的问题。

"我恨她。我恨自己。"赵晖喃喃地说，似乎是在呓语，"我什么都做不到，什么都做不好。我就是一个废人。若梅她为什么要对我这么好？我是这个世界上最烂最烂的渣滓……我恨我自己。我恨她。"

黎娜听到风声变了。原来夹杂在风中传来的，都是"我恨她"三个字。风越来越大，声音越来越响，就像回荡在山谷里的回声，但是每一次声音都变大一分，到了最后，似乎是整个世界都在哀鸣。

"我恨她""我恨她""我恨她"……

"够了！"黎娜大喊一声。世界又恢复了平静。

赵晖用哀怨的眼神看着她。然后他的身影开始渐渐变淡。

黎娜也开始集中精神，准备离开。

这时候，虚空中传来了他的最后一句话："我不……"朦朦胧胧，似乎一出口就被什么东西打断了。黎娜仔细回想，注意力却越来越分散，终于……

"嘭！"监护室的门被打开了。

门口值班的陈警官冲了过来："黎姐，你没事吧？"

"这是典型的抑郁症。"黎娜大口喘息着，脸色蜡黄，似乎刚刚大病初愈。

"黎姐，杨局专门交代过了，让我们看着您。刚才我在外面听见你在屋里大叫，出什么事了？"

"我没事。"黎娜扶着椅子站起身说，"过两天我会把患者的病理报告赶出来。"

她重新把耳环戴好，整理了头发，然后向护士要了条毛毯把自己裹住，在护士站的长椅上抖动了半个多小时。

等到她觉得理智渐渐又重新回到自己的躯壳后，黎娜突然想起来一件事，她找来了值班的警察。

"给我找赵晖家的电话，我要跟他的母亲谈谈。"

四

"小晖一直是个懂事的孩子。"

眼前的妇人面容憔悴，头发蓬乱不堪，自从得知赵晖出了事，她又急又气，一病不起。赵晖的父亲几次到医院想探视赵晖，都被警方严正拒绝了。儿子犯事，老婆卧床，这个遭到双重打击的中年男人除了一根接着一根地抽烟，没有别的排解胸中闷气的办法。

黎娜同情地点点头："我是他的老师，一定会想办法帮助他的。我有些情况想了解一下，请你们仔细配合我好吗？"说着她打开了手中的笔记本电脑。

"赵晖是个好孩子，学习成绩很不错。但也有同学反映，他其实并不太喜欢和人交往，除了和女友在一起就是一个人待着。作为父母，你们了解这些事吗？"

"小晖一直是那样的。"赵晖的妈妈强打精神，招呼自己男人带她到赵晖的房间里，"他不太喜欢参加集体活动，没事的时候就一个人看书。我们一直觉得这是个很好的习惯，看书总比在外面逛荡、混网吧什么的强吧。而且还能学知识。"

"他都看些什么书呢？"

"他看的书很杂。基本上，他感兴趣的书我们都会给他买。你看，这些书都是他的。"黎娜往写字台旁的小书架看去，整整齐齐的书摆了好几层，除了教辅，还有不少小说，也有一些时尚杂志和体育杂志。黎娜微微皱了皱眉头。

"其他老师告诉我，赵晖一直很好学上进，平时做功课非常自觉，而且他还有每天早起读英语的习惯。这些习惯是他什么时候培养的呢？"

"高中吧。其实初中以前，这孩子还挺贪玩的。但是上了高中以后就好像变了一个人。"

"高中……具体是什么时间呢？"

"这个，怎么说呢……"赵晖的妈妈有些犹豫。

"孩子他妈！"坐在一边的父亲突然把烟头掐灭了。黎娜抬起头，狐疑地看着两人。

"我没事。"她勉强挤出一丝笑，继续说，"自从他哥哥去世之后吧。"

"哥哥？你是说赵晖有个哥哥吗？"黎娜顿感有些意外。

"是的。我的大儿子叫赵桐。"

黎娜轻轻敲着手中的笔："我能问问他是怎么去世的吗？"

"为了救赵晖。"妇人的脸色更难看了，她不得不用手扶住自己的额头，"3 年前的一个下午他们一起出去玩，突然一辆酒驾的卡车失控，向他们冲来。赵桐把小晖推到了一边，他自己却……"她再也说不下去了。

黎娜认真地想了想，开口问："当时有别的目击者吗？"

"那司机喝多了，什么都不记得。后来判了刑，到现在还没放出来！"赵晖的父亲气呼呼地说。他也很反感黎娜让他们想起了另一个儿子的死。

"好吧，对不起。"黎娜站起身来，"谢谢你们能对我说这些，现在我得走了。"

　　然而就在黎娜正要走出房间的时候，她瞥到了书柜上的一张照片，那是一张足球队的合影，赵晖左脚踏着足球站在一群小孩中间，笑得很灿烂。她不免心中的疑云更重了：既然赵晖是个不喜欢集体活动的孩子，为什么会参加足球队？

　　"哦，这就是赵桐。"赵晖的妈妈说，"唉，多活泼的孩子，就这么没了。"

　　"这个是赵桐？"黎娜吃了一惊，"难道说……"

　　"是的。赵桐和赵晖是双胞胎兄弟！"

　　这下子黎娜陷入了沉思。她再次环视这个小屋，然后拿定了主意："能让我看看你们大儿子生前用过的东西吗？"……

　　黎娜一出赵晖的家门，就急忙拦了辆出租车往医院赶。路上她给陈警官打了个电话，却被告知赵晖已经醒了，身体并无大碍，只是一直很狂躁。她忙嘱咐他不要把赵晖带回拘留所，先留在病房问话，自己要给他再做个精神鉴定。

　　"这……"陈警官有些为难，"黎姐，这让我有点不好办啊。而且，你能确定嫌犯有精神问题吗？"

　　"杨局那边我会说明的。记住，不要刺激赵晖，先把他看好，我马上就到！"

五

　　特护病房里，黎娜和赵晖四目相对，陈警官站在一旁，紧张地看着他们。几个警员布置好了设备，准备对所有的谈话进行录音。

　　"我们又见面了，赵晖。"黎娜首先开口。坐在对面的赵晖只是不断晃荡着双腿，一副无所谓的样子。他的手被反铐在了椅子上。

"把腿放好，看着我的眼睛，难道你有多动症吗？"

赵晖停止了扭动，眼睛却慢慢耷拉了下来，看着自己的脚尖。

"告诉我，你为什么杀死若梅？"

"我不喜欢她。不过，我开始没准备杀她。是她发现了我在杀人，只好把她杀掉了。"

"胡说！"陈警官喝道，"现场只有你们两个人的血迹，难道你还策划了杀别人？你不喜欢她又为什么会跟她在一起？"

黎娜示意陈警官先不要说话，又问道："你一开始是准备杀谁？"

"杀我自己。"赵晖突然哈哈大笑起来，眼神露出一丝狡黠的光。

"简直是疯子。"陈警官摇了摇头。

"那么，你成功了吗？"

"差点成功了。"赵晖有点沮丧，"这时候李若梅来了。她拼命夺我的刀，后来，我就捅了她一刀。再然后……我就没力气了。"

"她死了。你也差点成功。"

"没错。就差一点，但是没成功。"

"那你告诉我，你为什么要杀你弟弟？"黎娜直盯着赵晖的眼睛问道。

"因为我……"赵晖刚开口，突然好像意识到了什么，一下子张大了嘴。他怔怔地看着黎娜，后者也看着他，一言不发。站在一边的陈警官听得一头雾水，问道："你们在说些什么？"

"为什么会这样……"许久，他的头垂了下来。

"因为你一直不能原谅自己。"黎娜缓缓地说。她站起身，取来自己的提包。陈警官疑惑地看着她："我不明白。你有结论了？"

黎娜轻轻叹了口气："这是个非常特殊的病例。"

陈警官不解地回头看看赵晖，后者则愣愣地坐在椅子上。

"我到过赵晖的家，收集到一些意想不到的东西。"说着黎娜从挎包里掏出了一本体育杂志。

"足球杂志，去年的。"陈警官接过来翻了翻，"有什么问题吗？"

"赵晖有个双胞胎哥哥赵桐，几年前因为意外丧生。据我了解，赵晖不怎么喜欢运动，但赵桐从小就喜欢踢足球。这本杂志，是赵晖去年买的。"

"这说明什么问题？"

"我怀疑赵晖患有一种比较严重的精神分裂。"

"精神分裂？"

"是的。而且赵晖的情况比一般人要严重得多。有时候，精神上受到比较大的刺激会引发严重的精神分裂，而这种分裂有可能会导致多种人格。赵晖的情况是，因为目睹了亲哥哥的死，导致他的人格发生分裂。一开始还并不明显，随着时间的推移越来越严重，终于发生了惨剧。"

"怎么会这样？"陈警官感到难以置信。

"赵晖的父母告诉我，赵桐从小就是个机灵好学的孩子，学习、体育成绩都很好，而赵晖则调皮贪玩，闯的祸也很多。但是自从赵桐死后，他就好像变了一个人，人安稳了不少，学习成绩也上来了。我推测，这还是跟几年前的那次事故有关。哥哥为了救自己而不幸去世，这对赵晖的精神打击一定很大。尤其是失去这样一个优秀的哥哥。

"面对母亲的哭泣，他开始一天比一天自责。虽然拼命学习，想忘掉那天发生的事，但是他渐渐发现，自己不过是想成为哥哥的一个替代品而已。慢慢地，他开始回忆哥哥，模仿哥哥的言行举止，不论是什么，他都希望能做到和自己的哥哥一样好。后来,终于有一天……"黎娜指了指手中的杂志，"他变成了赵桐。"

陈警官回头看了看仍在发呆的赵晖，感到一丝凉意渐渐爬上了脊背。

"他内心希望自己是赵桐。你能明白吗？"

"他希望那天死的是他……"

黎娜点点头："但是赵晖的意识并没有完全消失，所以他陷入了更深的内心挣扎之中。在清醒的时候，他处处小心，虽然很努力，但却摆脱不了内心深处的那个'魔鬼'，而这个'魔鬼'，正是他自己的人格分裂出来的所谓的'哥哥'。他自己也不知道什么时候他就会走到前台来，扮演赵桐。"

"因为他恨我。"一直默不作声的赵晖突然浑身抽动了起来。

陈警官几乎要一跃而起，却被黎娜抓住了衣袖："你醒了，赵晖。"

"你分析得很精彩，但那根本不是事实。我哥哥并没有爸妈嘴里说的那么好。"赵晖喘息着，慢慢抬起了头，"没错，从小爸爸妈妈就偏爱哥哥，因为他脑子灵，嘴甜，知道怎么讨好人，而我却学不会这些。其实我的成绩一直比他好。"

这次轮到黎娜怔住了。

"忘了是什么时候开始了。似乎是刚上中学吧，有一天他说要跟我玩个游戏，就是考试的时候让我写他的名字，他写我的名字。我心里清楚他的意思，我成绩一直比他的好，但我还是答应了。我想，就让他也开心一回吧。可是……"赵晖的脸色渐渐变得阴暗，"那次考试成绩发下来之后，爸妈欢天喜地地为他庆祝，我却被骂了个半死。事后我说以后再也不这样了，他却苦苦哀求，说会感谢我的，还威胁我不能说出去，不然他就完了。我拗不过，就继续这么做，做了一次又一次……"

"每一次考试？为什么？"陈警官打断了他。

"开始是怕他打我，他经常锻炼，身体比我好很多。后来慢慢就成了习惯了，反正我的成绩是我的，谁也抢不走，这事我心里清楚就行了。后来我们一起升上了本校的高中部，我们还是一如既往地做着。

直到 3 年前出事的那一天。"

"你杀死了赵桐。"黎娜冷冷地说。

"没错。"赵晖轻松地说,"可是,那天是他先想杀死我。"

六

陈警官瞪大了眼睛,他看了看一直在录音的警员,示意他们不要漏掉一个字。

"那一年夏天过完,我们就要升上高三,所以我不想再陪他把这个过家家一样的把戏继续下去了。那天,我坚决地告诉他我的决定,没想到他的反应非常激烈。直到那时我才知道他真实的想法,他竟然想连高考都这样演下去!我非常生气,因为他那个成绩,落榜是必然的。于是我们直接就在大街上吵了起来。你们知道他都说了什么吗?"赵晖狠狠地咬着牙,"他竟然说我本来就是个多余的人,如果没有我,他本应是家里的独子!"

停了几秒钟,赵晖继续说:"那个时候,远远地开来了一辆卡车,赵桐紧紧抓着我的衣领,我们俩就在马路中间面红耳赤地站着。汽车开始一个劲地按喇叭,这时候赵桐突然笑了,说正好,那今天我们俩就有一个从这世界消失好了,以后就不用争来争去的了。我怕极了,死命地挣扎,但怎么也挣不开。卡车眼看越来越近,这时候赵桐一下子把我推在了一边,自己跳上了人行道。没想到在最后一刹那,卡车为了躲开我们,突然打方向朝人行道冲了过去……"

"结果,他死了。你活了下来。"黎娜垂下了眼睛。

"当时我吓呆了,根本不知道该怎么办。幸好那个司机喝了酒,什么都记不得了。警察来了之后,我语无伦次地跟他们讲了事情的经过,还说是赵桐救了我。因为赵桐已经死了,所以他们最后把司机抓了进去。我想，这也许是上天的意思吧。那一天，爸妈哭得死去活来，我却没有流泪。有人说，这娃儿吓傻了。可是只有我知道是为什么。"

陈警官轻咳了一声，问："那你为什么不告诉大家真相呢？"

"有什么意义？赵桐已经死了。不管他是好是坏，他都不能复活了，再也没有人控制我了。说与不说，又有什么区别呢？"

"可是……我错了。"说到这里，赵晖的眼睛浮起了一丝恐惧，"也许是多年的习惯，我好几次在考试时把名字写成'赵桐'，而且我总是做噩梦，梦见赵桐那张可怕的脸。就连爸妈也常常私下说，赵桐那么好的孩子竟然死了。我知道，他们更希望那天活下来的人是他！到这个时候我才明白，赵桐他根本还没有死！不论怎样我都摆脱不了他，他还活在我的身体里面，他还想毁了我！"

"可是李若梅是无辜的，你为什么杀了她？"陈警官厉声质问。

"是'赵桐'那个人格干的。"黎娜开口说，"现在一切都清楚了。"

所有人的目光都聚集在了黎娜身上。黎娜把脸转向窗外，拉过椅子慢慢坐下："虽然赵桐的死在赵晖心里留下了阴影，但是在现实中赵晖已经彻底摆脱了孪生哥哥的控制，所以他顺利地完成学业，升入了大学。但是，在大学里，一个新情况却更大地刺激了赵晖脆弱的神经。"

"李若梅？"

"没错。"黎娜说，"本来赵晖的精神分裂很轻微，只是幻想有一个'哥哥'的人格在窥视着自己，加上主体不时地表现出一些赵桐的行为特征而已。但是恋爱之后，这份人格却被刺激和放大了。明白吗？李若梅和赵晖的关系越好，赵晖潜意识里分裂出来的那个'哥哥'的人格就会越恨他，她越对赵晖好，他就越恨自己，这是个恶性循环，他的病情越来越重。直到最后，这份人格完全失控。此时，这个赵桐的人格想毁掉的已经不仅仅是赵晖，还包括李若梅。"

"所以说……"

"所以说，当赵桐的那个人格压倒了赵晖时，他要做的就是要完成当年的赵桐没有完成的事，那就是——杀死赵晖。在这个时候，李若梅的出现却打乱了他的计划，所以他先杀死了李若梅。"

"你，你究竟是什么人？"赵晖眼睛顿时瞪得大大的。

黎娜微微笑了，高高翘起修长白皙的小腿。"我是你们新来的校医，黎娜。"

赵晖也笑了，"是吗……对我来说无所谓了。"

"他还活着吗？"

"谁？"赵晖疑惑地抬起头。

"我在你的潜意识里遇见过他了。"

"我不会让任何人伤害若梅的，任何人。"赵晖这次抬起了头，"我永远不会原谅他。"

"所以，这是你的第二次了。"黎娜有些难过地点头，对陈警官说，"我宣布，杀人嫌疑犯赵晖现在精神一切正常，没有任何问题。也许你们还要做一些仪器检测，但我相信不会有什么不同了。"

说完，黎娜拿起了自己的东西，径直走出了病房。陈警官连忙追了出来。"也就是说，现在赵晖身上的，是一个统一的人格？"他急切地问，"他身上发生了这么多事，还不算精神病？"

"赵桐的人格已经彻底消失了。我想，赵晖既然这么说，一定已经在意识的层面里用自己的方式彻底消灭了'哥哥'。本来赵晖的人格也没有这么大的力量，可是为李若梅复仇的这个念头却让赵晖再次压倒了他脑子里的那个赵桐。"黎娜深深地吸了一口气，"没错，他的确曾经精神分裂。但是，此时此刻，他却是个正常人。所以，不管之前在他身上发生过什么，现在的他必定要受到法律的制裁。"

七

陈警官掏出手巾，拂去满额的汗珠："黎小姐，杨局是你的好朋友，我也听说过业界的一些传闻，知道您是心理研究领域近年少见的天才。可您怎么搞清楚这些的，简直不可思议！"

"什么天才，"黎娜微微笑着，"都是赵晖告诉我的。"

"什么时候？我一直在场啊。"

"在医院里，我在他的潜意识里听到了他的话。在我对赵晖进行谐波沟通的时候，我走进了他的内心世界。那是一个非常冰冷、充满了怨恨的世界。我跟他的意识进行了交流，所以一开始我会认为他患有抑郁症。实际上，那个意识并不是赵晖的。我遇到的正是他内心的赵桐。"

"赵桐？！"

"他说他恨自己，也恨李若梅。但我在他的记忆深处只看到他和那女孩的一些美好的回忆，根本没有什么值得仇恨的地方。这个疑点一直埋在我心里。直到我在赵晖的书柜看到了那本体育杂志，一个不爱运动的人却买体育杂志，这不是很奇怪的事情吗？然后我又看到了他父母保存的赵桐遗物，发现那正是赵桐多年一直购买的杂志。"黎娜顿了顿，继续说，"还有我在退出他的意识的时候，隐隐约约听到他说了一句话，当时没有听清，可我并没有把它忘掉。在见到赵晖的父母后，我终于想起来了。"

"他说了什么？"

她慢慢垂下了眼帘："我不是他。"

陈警官默默地点起一支烟。

"我一直觉得，只要人活着，生活就是美好的。可我现在觉得，有时候，死去或许是更好的选择。活着，反而是更大的折磨。"说完，黎娜就迈开步子向前走去。

夜色慢慢深了。喧嚣了一天的城市开始渐渐安静下来，造型别致的路灯和街边商铺各色的霓虹灯影影绰绰地亮了起来，把大地投射成五彩缤纷的颜色。黎娜就在这些灯光底下，低着头慢慢走着，看着自己被灯光照出的一个一个或长或短的影子，从各个方向，汇聚在自己的高跟鞋下。

究竟哪一个属于真实的自己呢？

数沙者

一

迷迷糊糊中，罗彦感觉有东西在摸自己的脸。

那触感光滑而湿润，无比温暖地笼罩着自己，罗彦很难形容这感觉，就像是一颗饱满的眼泪滑过自己的脸颊。他努力想睁开眼，但是什么都看不到。眼前是一片墨色的眩晕，意识仿佛已经飘浮到半空，上不着天下不着地，有那么一时半刻，他觉得自己可能死了，成为一个孤魂野鬼，在被雾霾深深笼罩和渗入的颓败城市里游荡。想到这儿，他几乎要笑出来，这样的归宿倒也跟这个破败没落的世界很般配。

"好像还算新鲜，扛回去喂猫好了。不要浪费。"一个轻盈柔软的女声似乎从极为遥远的地方吹入他宿醉的耳膜，将他召唤回人间。

光线逐渐破开黑暗，罗彦咳嗽几声，再次用力张了张眼睑，艰难地支起身，从垃圾堆中挣扎着坐起来。他背倚一棵老树，努力地抬起受伤的胳膊，把盖在脑袋上的垃圾袋以及从里面漏出来的生活垃圾扒拉下来。脑袋嗡嗡地疼，不是刺痛，而是剧烈的阵痛，就像涨潮一样，波涛汹涌。

眼前的女孩似乎吓了一大跳，从半蹲的姿态一下子向后来了一个跳跃，脚踩在半块砖头上差点摔倒："我还以为你死了呢！"

"不好意思，让你失望了。"罗彦没好气地瞪了对方一眼，"我还喘着气呢。"罗彦"哎呦"了两声之后，有点后知后觉地问道："你是谁？"

"我叫凌清，凌波微步的凌，冰清玉洁的清。"她往前挪了一步，一双大眼睛快速闪烁着，依然有点惊魂未定的样子，"你这车开得也太猛了吧？更别说，这会儿能见度这么差。我从没见过像你这么不要命的……啊？"凌清先是伸手在嘴边呼扇几下，然后捏住鼻子："你、你还喝了酒！"

"这个地方已经好些时间都没有陌生人来过了，就连陌生的狗都绕着走。喂，你别这么看着我，我倒不是说你……再说，喝点酒怎么了？我一直是这么开车的，从没出过事。"罗彦说道，语气强硬，不似诡辩，而是发自内心的理直气壮。

"从没出过事？"凌清俏皮地反问。

"今天是个例外，那是因为我没想到道路正中间还会站着一个人。说到不要命，我看你才是不要命。好好的人行道不走，往马路中间跑。我这人啊，就特烦你们这种不遵守交通规则的！对，就跟小偷一样可恶。"罗彦嘟噜着说道。

"啧啧……看来伤得不重啊，还能说这么多话。对了，你是怎么从汽车前窗飞出来的，我看看……你没系安全带！"凌清像是有什么重大发现一样说道，"还说我不遵守交通规则，你连起码的驾驶常识都没有！"

罗彦撇了撇嘴："你以为我不想系安全带，关键是得有啊。"

"那前窗玻璃呢？啊，也没有。"凌清说道，"你这是什么破车！"

"破车也是车啊，为了躲你，我才撞树的。你得赔我的损失！"

"赔？"凌清不可思议地看了看他身后的残骸，"就这么个破烂，撑死也就值 500 块！"

"什么？"罗彦有些惊讶。

"我说，500 块。"凌清伸出了一个巴掌。

"这么多啊！"

不管怎么说，这样的见面方式给两人的初次见面就留下了难以磨灭的深刻印象。最后凌清答应给罗彦500块的赔偿，另外再加一倍的钱，这让罗彦颇感意外，500块在经济萧索的今天可不是小数目。罗彦欣然把那10张百元钞票从凌清手里过渡到自己手中，想到未来几个月的口粮有了着落，胃里像是有一只温柔的小兽摩挲一样，满是痒痒的温暖和惬意。

"好像撞树的是我，不是你吧？"言下之意，不言自明。

"我有条件。"凌清也很干脆。

"就知道天底下不会有免费的午餐，说吧。"罗彦似乎早有准备，此刻显得底气十足。

"那么，你熟悉这一片儿吗？"

"这么说吧，知道我刚才为什么往这里躲吗？闭着眼睛，我也知道这里有一棵树，树底下有一堆缓冲物。你以为我为什么会撞树？还不是因为刹车不灵吗？这里的一草一木，就跟我掌心的痣一样熟悉。"

"哦？让我看看你掌心有痣吗？"

罗彦不爽地甩开她的手："这是比喻，听不明白啊？就烦你们这种什么事都较真的，你是不是处女座？直说你到底有什么事！"

"帮我找个人。"

罗彦挑了挑眉毛："谁？"

凌清红唇翕动，轻轻吐出了三个字——"数沙者"。

罗彦意味深长地看了凌清一眼，脸上的轻浮表情像潮一般快速褪去，露出了一岸深沉和冷峻。他没有说话，从手中数出5张钞票递还凌清，扶着树站起身来，一瘸一拐地往雾霾深处走去。很快，浓得化不开的雾霾就把罗彦的身影从凌清的视线中完全擦去，就好像他从不曾存在。

二

一个小时之后，凌清坐在了罗彦破烂不堪的小屋中。当然，她是一路跟来的，而罗彦并没有邀请她，也对她的不请自来非常不满。

"都说了这个忙我帮不了，你还没完没了。"罗彦一脸无奈和厌烦地对凌清说道。

"你试过吗？"凌清说。

"试过什么？"

"你试过去找吗？如果你没有试过，怎么知道不可行。如果嫌钱少的话，我还可以加。一千？两千？"凌清并非说笑，她掏出了自己的钱包，把里面的钱全部抽出来拿在手中，"够不够？不够我去取。"

"根本不是钱的问题。"罗彦看也不看那些钱，这种表现跟他之前看到钱时两眼放光的状态截然不同。凌清想，要么他是真的不爱钱，要么这个忙真的帮不了。不过看起来，他还是挺爱钱的。

"那是什么问题？"

"什么什么问题，不行就是不行。听不懂中国话吗？No Way！"罗彦态度坚决如铁，跟他刚才的嬉皮笑脸形成极大的反差。

"不能就这么算了！你知道吗，我可是问了很多人才找到你的。"凌清激动地说道。

"什么？"罗彦警惕地问，"你知道我是谁？"

"罗彦。"凌清咬字清楚地说出了这两个字，胸有成竹地看着罗彦的脸色一下子就成了冰冷的灰色，"怎么样，我能坐下说吗？"

"你怎么知道我的？"罗彦并没有回答凌清的问题。

"这就说来话长了，关于这里面的曲折故事，我可以说上一天一夜。简单说，我通过大量的走访调查和网上咨询，终于找到数沙者和你之间的联系。或者说，我计划找到数沙者，一环一环地靠近，而你就是指向数沙者最后的线索。"

"你到底是谁？"罗彦再次问道。

"我叫凌清，凌波微步的凌，冰清玉洁的清。"

"我不是问你叫什么。你，你找数沙者有什么目的？"罗彦提高了语调。

凌清毫不迟疑："我说过了，我想找人。"

"我知道，我是问你找数沙者干什么？"

"找人啊。我需要找到数沙者，然后让他帮我找人。"凌清舌头有点打结地说了这段绕口的话。她停顿了一下，把舌头捋顺："你结婚了吗？"

罗彦皱起了眉："……没有。"这个问题有些风格突变，罗彦显然没有足够的心理准备。

"我三年前结婚了，但是蜜月还没过完，他就不明不白失踪了。我找数沙者，就是要找我失踪的丈夫。"凌清语气平缓地说着，就好像从她嘴里吐出来的是发生在别人身上的故事。

"那么现在，我能坐下说了吗？"

罗彦思索了片刻，终于点了点头。

凌清微微松了口气。罗彦的让步意味着自己的阶段性胜利。然而等她想要坐下来，才发现这间本来就紧致的屋子里已经被一堆杂物占据得满满当当。一个汽油桶撑起一张三条腿的桌子，上面放着一台上个世纪末就被淘汰的黑白电视，电视上面有一只缺了口的破碗和几本量子物理的科普书，看上去也有些年头了。桌子的周围散放着各种各样的杂物，塑料袋、易拉罐、胶皮管、一次性餐盒等。凌清环顾一周，根本就没有凳子或者椅子，她只好从背包里拿出一张白纸铺展，在一个破木箱子上勉强坐了下来。

"那时候，他接到一个紧急电话，就把我一个人扔在我们度蜜月的城市，义无反顾地回到了基地。哦，他是一名宇航员，我在接受他的时候，已经决定接受他所背负的一切，当然也包括随时可能到来的任务。然后，他就起飞了，去了哪里，不知道，现在在哪里，不知道。一直到现在，我再也没有见过他，也没有收到他发来的任何讯息。如果你结婚，你会感同身受。空空荡荡的房间和绣了大红喜字的双人床，无时无刻不在嘲笑我，让我彻夜难眠。我当然找过他们的……领导，但是他们说这是一次保密的行动，能透露的消息非常有限，只是让我放心。放心？你最爱的人三年没有见面，活不见人死不见尸，换了你，能放心吗？"凌清说着就站了起来，然后她愣了愣，又慢慢坐下。"对不起，我有点激动……一开始我还能安慰自己，说他不会有事的，他很快就能回来……可后来。我就越来越不安心，甚至每天夜里都会做同一个噩梦。我梦见广阔无垠的宇宙里，一艘搁浅的飞船……我能喝口水吗？"凌清咽了一口唾沫问道。

"稍等。"

罗彦蹒跚着走向里屋，过了一会儿又走出来，手上多了个小物件："别嫌弃，这儿就是这么个条件，能喝到速溶咖啡已经不错了。"凌清这才看清，罗彦举过来的是一个装满褐色液体的灰白色塑料杯子。凌清有些犹豫地接过塑料杯，那上面的层层茶渍让她不禁皱起眉头，瘪了瘪嘴，那样子看上去提不起来啜饮的欲望。古有伟大的军事家、心理学家和催眠术大师曹操望梅止渴，今天，罗彦用一杯污浊不堪的咖啡让凌清也止了渴。

"怎么啦？没给你下药。"

罗彦本想让凌清放心，但后者直接把杯子又递还回来。

"谁说你下药了，我只是找不到干净的地方下口。"

罗彦并不在乎，接过杯子一饮而尽，末了还吧嗒吧嗒嘴，脸上蔓延开回味无穷的表情。

"行了，你的故事我听完了，我对此深表同情，但是我看不出这跟我有什么关系。"罗彦说道。

"去年的时候，他们派人来找我，给了我一笔钱和一个结论：飞船失联了。"

"失联？怎么会？据我所知，现在的飞船上都有一个和地面联系的稳定的量子通信通道，不管距离多远都能实现瞬时连接，只要飞船发出连接信号。"

凌清看了罗彦一眼，说："是这样，我丈夫之前跟我普及过这方面的一点常识，好像是说这是一种新型的联络设备，要比之前使用的要先进和方便许多。"

"不是先进和方便，只是比较容易上手，对操作人员没有苛刻的要求而已。准确的说法应该是低级。以前需要地面主动去搜寻飞船的信号，然后再建立通道。现在只需要飞船主动发出一个信号，地面进行匹配就可以，不用去专门搜寻和建立相关通道。举个例子，你听说过钥匙人吗，啊，就是开锁匠。对于以前的通信方法来说，每次连接都像是一把全新的锁，需要根据这把锁研制专门的钥匙，这不仅需要扎实的基本功，更需要远在天边的运气和灵性，所以对开锁匠要求很高。而现在，他们所谓的新型联络设备只是一把万能钥匙，不需要动脑筋，只需要把钥匙放进去，一捅一转就可以了，毫无技术含量。我们把之前的开锁匠叫作数沙者，现在的开锁匠叫作……技术员。"罗彦忍不住插嘴道。

"好吧，看来你还挺了解。"

"你老公没跟你说吗，这是常识啊。"

凌清愣了一下，继续说："总之，飞船失联了。整艘飞船就像是消失了一样，毫无线索和痕迹，怎么也找不到了，就像是……从未存在过一样。"

"遇难了吧，这种情况很常见，飞机还经常失联呢，更别说飞船。外太空的飞行环境要比大气层危险得多。"罗彦说完，随即意识到他口中遇难飞船的家属正坐在自己面前，连忙改口，"我不是故意的，只是这种事情的确会发生，呃……不过概率不高。"

"联系不上并不代表已经遇难，对吧？"凌清并不在意罗彦的找补，自说自话道。

"理论上是这样，也许是通信设备遭到破坏，或是基于某种射线干扰，对量子通道产生了干扰。但据我所知，非人为因素造成的干扰几乎为零。"

"你的意思是飞船上有人故意破坏了通信系统？"凌清眼睛一亮。

罗彦双手一摊："我什么意思都没有。你说说，为什么来找我？"

"因为你能找到数沙者，而只有数沙者能联系上那艘飞船。"

"无稽之谈！你走吧，我什么都帮不了你。"罗彦起身伸出一只右手，做出送客的姿势。

"为什么我一说到数沙者，你就这种排斥的态度，你们之间到底有什么仇恨？"凌清用一种能够看透罗彦心底的眼光盯着他。她仍然死死坐在那个破木箱子上，并不准备接受罗彦的离开的"邀请"。

"你看看我居住的这个城市吧。"罗彦走到窗口，推开报纸糊的窗户。如果仔细看的话，还可以辨认出上面写着2034年7月1日的日期，端端正正的硕大标题写着"核污染泄漏恰逢温室效应加剧，人类未来将何去何从"的消息。这个日期其实已经过去将近十年了，发行这份报纸的报社也早已经关门倒闭了。

这是一座死去的城市。这是一个死去的世界。

放眼望去，尽是断壁残垣，看不到任何生机。人们像老鼠一样居住在聊以遮身蔽体四处漏风的房屋里，就跟随处可见的生活垃圾一样无精打采。几只下巴上长了椰子般大小瘤子的野狗四处觅食，肮脏的体毛跟垃圾沦为一色。一阵风吹来，空气里都是发馊变质的味道。如果时间暂停，任何一个场景一帧画面都可以拿到末日电影里做背景，这里已然就是末日。生存成了一种普通人类最基本的要求，而生活仿佛已经跟蒙上了尘埃的历史一样遥遥远去了。人们在一种"生存之上，生活之下"的状态中懵懂前行。

"你知道这是哪里对吗？"罗彦问道。

"是的，这是数沙者以前生活和工作的地方。"

"现在已经没有数沙者了，要么走了，要么死了。总之，都离开这里了。为了生存而迁徙，这是人类文明有史以来的规律和轨迹。"

"那你呢？"凌清再次意味深长地看了罗彦一眼，似乎在说，她其实一直都知道罗彦在极力遮掩的事实。

罗彦没有逃避这双眼睛："你早就知道吧。"

"你不会知道，为这件事，我做了多少准备。"凌清笃定地说。

"那好吧，我来明确告诉你，我身上关于数沙者的线索，已经和这座城市一样——死掉了。"

三

一连几天，凌清就像影子一样跟着罗彦，除了上厕所，他只要一转身，一定可以看见凌清那张人畜无害的脸。罗彦决定无视她，只专注于干自己的事。那辆破车并没有彻底报销，他自己动手将已经凹进去的引擎盖拆下来，摆弄了一上午，然后上车打火。他刚坐进车里，一扭头发现凌清已经坐在副驾驶上。他看了一眼，没有发表什么看法，他知道这个女人就像是苍蝇一样，轰是轰不走的。这个比喻突然让他有些恶心，如果凌清是一只顽强的苍蝇，那么她所不顾一切纠缠的自己呢？

他尝试几次打火，只听见发动机震耳欲聋的声音，汽车却纹丝不动。

"我来试试？"凌清突然说道。

"你？"这是几天来，罗彦对她说的第一个字。

"试试嘛，不试试怎么知道做不到？"

罗彦从车上下来，看着凌清坐进去，从摇下来的车窗里，他看见凌清动作娴熟地挂挡启动，汽车引擎娇喘连连，却没有丝毫实质性进展。就在他准备讽刺凌清的时候，汽车突然颤抖了一下，像打了一个冷战，随即向后徐徐退出来。

凌清示威似的，使劲踩了踩油门，然后以罗彦为圆心快速倒着转了一圈，把副驾驶的位置停在他身边："上车吧！"此刻的罗彦，就像是被凌清牵了线的木偶一样乖乖服从指令，拉开门坐上去。

半晌，他揶揄道："你不会是修车的吧？"

"你才是修车的！我只是开车开多了而已。我说过，我丈夫离开这三年，我跑了很多地方。你都想象不到，我曾经开着车从一座城市到另一座城市，汽车经常在荒无人烟的废弃公路上抛锚。没办法，我就只能自己动手。时间长了，我对修理汽车这件事就有了……怎么说呢，一种灵感。"

"我知道这种感觉，跟我之前干活时候的感触是一样的。那种毫厘之间的拿捏，那种极为微妙的感觉，完全凭的是一种经过成千上万次淬炼的触觉。所以我一直觉得，人类本身才是这个世界上最精密的机器，而人类制造出来的那些大块头，不管多么智能，跟人比起来都望尘莫及。"说起这个，罗彦的眼神闪过一阵明亮。

"那你现在要去干什么？"

"去找找看，附近有没有值钱的东西。"

"也就是捡垃圾？"

"什么叫捡垃圾，"罗彦对这个词汇嗤之以鼻，"那叫物资回收！懂不懂？"

凌清并不计较："你指路，我来开。"

汽车经过一个大坑，引擎盖就颠簸一下，短暂地影响到行进的视线。凌清找来一面透明的塑料布将前窗糊起来，这样刮风的时候，沙子和碎纸屑就不会吹到驾驶室，她又帮助罗彦收拾了那间用脏乱差都无法形容的屋子，谈不上焕然一新，因为本身的条件实在有限，但是绝对比之前看上去顺眼，起码没有了那种发霉的味道，起码那只灰白色的塑料杯现在看起来不那么灰白了，露出了被包裹已久的白色质地。生存的粗糙表面被擦拭干净，露出了生活存在过的痕迹。

"那个箱子别乱动。"罗彦拒绝了凌清搬动她之前坐过的那个木箱。

"里面是什么？"

"没什么。"罗彦含糊过去，"我说，你就算住在这里，我也没办法的。"

"试试看再说嘛。"

"我说过，我身上数沙者的那部分已经烂掉了，死掉了，化成一摊臭水了。你不要再来烦我了。"

凌清停止了手上的动作，看着罗彦。"2028年，你加入数沙者培训学校，成为史上第二批数沙者；2030年，你第一次接受任务进行实时操作，帮助一艘迷失方向的飞船顺利返航；2031年，你犯下职业生涯第一次也是唯一一次失误，你已经感觉到了不对，但是根据规程却并没有纰漏，因此导致一艘飞船在火星着陆的时候出现问题，造成三名宇航员死亡；2031年到2041年间，你帮助无数艘飞船在危急时刻渡过难关，直到量子通信设备更新，这个世界不再需要数沙者。通信设备强大得可以应对任何难关，从基地为飞船做出正确而及时的指引，操作者不再需要什么专业素养，甚至基本的培训都不用，只需要应对机器反馈的信息即可。就像你说的，只需要一把万能钥匙。这些你都忘了吗？已经烂掉了？死掉了？化成一摊臭水了？"凌清说完一屁股坐在那个箱子上，双手揉了揉脸颊，叹了口气。

罗彦当然不会忘记，这是他人生最为辉煌的时刻，或者说，那才是他真正意义上的人生，是被他人、被这个世界所需要的人生，而他现在不过是苟延残喘地活着。技术的更新总会淘汰掉一些技术人员，印花机淘汰了纺织工人，机械手臂淘汰了车床工人，智能机器人淘汰了服务员和收银员。如果不是发生那次人类历史上最大的核泄漏和最为严重的温室效应，人类文明将会被机器文明所取代也说不准。他也被取代了，不再被需要，这种感觉就像是你曾经是个世界冠军，叱咤风云，在你所从事的运动中无人匹敌，然后突然之间，你就被要求退役。就像眨眼之间恍惚三十年，你已经从毛手毛脚的青春岁月成为年过半百的时代弃婴，周围都不再是你所熟悉的景象和音乐。这是一种巨大的隔离感，要么被裹入海中，要么被推送上岸。

罗彦感到自己胸腔里的浪潮又拍打起来了，一股热血不断地往脑子里冲。

"你起来！"罗彦用一种近乎命令的口吻说道。

凌清短暂地愣了一下，气呼呼站起来就往外走。

"干吗，"罗彦说，"不找你丈夫了吗？"

凌清猛地收住脚步，回过头，罗彦从她的眼中看到了希望和喜悦，他知道自己将要承担起这希望和喜悦的大部分支撑，不过没关系，他还要反过来感谢凌清，让他可以从生存中抬起头重新体会到生活。罗彦缓慢而神圣地打开了那个木箱子，里面是精致到跟这个房间、跟整个城市都格格不入的通信仪器。

"我不保证能找到，但是，试试吧。"罗彦说道，"试试。"

四

第一次调试。

用罗彦的话说，这种搜索的方式就像是大海捞针，首先，将茫茫的海域进行经纬分割，然后进行逐一覆盖和排查，再从其中甄选出可能的频道进行细致的下一步。从中午开始，一直到天色渐暗。这里看不到太阳，浓密的雾霾把太阳光线阉割掉了，这里只能看到氤氲的彩色的霾，然后从昏昏沉沉的光线中辨认是清晨还是黄昏。

罗彦聚精会神的表情凝结着一种前所未有的认真和坚毅，一扫他平时那种嘻嘻哈哈的作风，仿佛是换了一个人，仿佛入定的得道高僧。

凌清焦急地守候在破屋外面，罗彦禁止她在自己工作的时候踏入房间一步，他需要十二万分的专注，而凌清则负责把门，拒绝任何前来的打扰或者问候。

时间一分一秒地过去，天地逐渐浑浊不清起来。

罗彦的思绪离开了人间，来到虚无缥缈的星空之间，他在游荡，他在寻觅。在漫无边际的宇宙面前，他如同蚍蜉。而现在，就是他这只微不足道的蚍蜉，要去搅动整个宇宙。

好吧，这只是他作为数沙者必须要具备的信心，只有在这件事上，他才有那种高高在上的自信和无可匹敌的风度，但事实是，自信并不等同于成功，这么多年没有碰了，他已经失去了原先那种灵敏度。

第一次调试，失败。

"我一直有个疑问。"罗彦身心疲惫地睡倒过去，等他醒来的时候，凌清已经为他准备好丰盛的——他并不知道这是早餐、午餐还是晚餐，从窗外根本无法分辨出一天的时光。

"问吧。"罗彦咬了一口肉,"牛肉?真是美味啊。"

"你们为什么叫数沙者呢?"

"因为量子通道建立起来,需要有连续的物理粒子,但是状态是未观察态所以不可知,因为纠缠态一观察就塌陷了,所以实际上大量粒子观察后还有个概率问题,然后交给量子计算机进行筛选。正常的时候算 0,观察的时候算 1。量子通信就好像是在一片无边无际的沙漠里筛选不同的沙子一样,所以我们称为数沙者。"罗彦一边往嘴里塞进去更多的牛肉,一边咕哝着说道。

"原来如此啊,我还以为跟阿基米德有关呢。"

"你是说阿基米德那本名著《数沙者》?也许也有些关系吧,毕竟他是第一个提出科学计数法的人,公认从他之后人们可以数得清地球上所有的沙子了。所以也有人叫阿基米德是数沙者。"

"你懂得还挺多。"

"常识而已。"罗彦嘟囔着,又塞进嘴里一块肉。

"慢点吃,没人跟你抢。别噎着……呃,算我乌鸦嘴。"

"水,水……"罗彦流着眼泪咳嗽着说。

第二次调试。

有了前一次的尝试,这次上手更快一点,但是之前那种熟悉感仍然没有回归,他还需要像一个新手一样摸索前进,陷入一个又一个以前可以轻松避开的陷阱,走上一段又一段以前可以简单绕开的弯路。时间就这么被消耗了。

茫茫的宇宙,茫茫的人生。

毫无疑问,第二次调试失败。

第三次调试,失败。

第四次调试,失败。

……

第十次调试，失败。

……

"你觉得有没有这种可能，我昨天看了一篇科普文章，说我们的宇宙中有许多'褶皱'，这种'褶皱'是一种隐蔽的空间，是超越三维感官的。"饭菜的质量也在下滑，从最初的牛肉已经跌落成了人造肉。这种速食食品口味还算逼真，但是牛肉的真实口感却是一直模仿不来的，让人感到仿佛是咀嚼着塑料。

"你想说什么？"

"先不说这个，你听过什么百慕大三角吗？"凌清从背包里掏出一堆打印纸递给罗彦，后者翻开其中一张：

> 1948 年 12 月 27 日 22 点 30 分，一架 DC-3 型大型民航班机，从旧金山机场起飞，途经百慕大海域上空，地面指挥塔曾听到机长惊诧的话声："这是怎么回事？都在唱圣诞歌吗？"谁也没有想到这句话里所包含的意味是什么。28 日凌晨 4 点 30 分，班机还向机场发过电讯："接近机场，灯光可见，准备降落。"机场做好了接受着陆的各项准备，可是这架 DC-3 型班机始终没在机场降落。它在降落前就消失了，机组人员和全部乘客当然无一生还。一分钟前还与机场保持着正常联系，这次失踪仿佛是在一瞬间发生的。就像天空破了个洞，飞机一下掉进洞里而无声无息了。

罗彦迅速翻看了一下，与这条新闻类似，都是一些神秘事件。

"想到什么没有，天空破了一个洞？"

"你到底想说什么？"

"你这里有这么多量子物理的科普书，难道没听说过爱因斯坦罗森桥，一种连接时间和空间的桥梁。你说我丈夫驾驶的飞船会不会误入一个爱因斯坦罗森桥，他会在几十年之后回来，但他仍然很年轻，有没有这种可能？"

"我不知道。我真的不知道。"

第十三次调试，失败。

……

……

……

第二十四次调试。

现在，罗彦已经可以接受在他工作的时候凌清出现在房间中，看到她在房间来回踱步反而让他有一种安心的感觉。从他答应凌清那一刻开始，他就自觉肩负起了凌清的希望。

"怪不得淘汰，你这效率也太低了。"凌清抱怨道。

"好啊，嫌慢是吧？"罗彦双手一摊，"我不管了。"

"别别别，我开玩笑的。"

罗彦认真地说："你可以侮辱我的人格，但不能侮辱我的工作。"

凌清沉默了片刻，问道："你为什么不去在一些跟你之前工作相关的领域继续下去？我相信，到了别的地方一定也有你的用武之地。"

"我如果走了，世界上就真的没有数沙者这个职业了。我是最后一名数沙者，我要为这个行当保留最后的火种。"

"可是这样真的有用吗？已经过去一个月了。不是我不相信你……"凌清唉声叹气道。

罗彦不想反驳，他只想用行动说话。很快，结果出来了——失败。

没有理由，整个宇宙都找不到他，一点消息都没有。

就好像从来没有过这个人。

夜里，罗彦睡不着又爬起来继续进行第二十五次调试。

那些远在星辰之外的灵感和运气啊，我多么地需要你们。几万光年之外一颗星星闪耀了一下，几万年之后的我们才看到它这次眨眼，这样的运气是多么稀有而珍贵。

多少个日日夜夜，他都在寻觅这样的运气，每一次他都能从无数个选项中甄选出答案，这是他作为数沙者的本能。他需要一道闪电，一声春雷，叫醒大地上沉睡已久的冬天。罗彦再次进入角色，那个曾经叱咤风云的运动员回到了跑道上，人群的欢呼声已经炸响了。五十多岁的外表掩映下，仍然是一颗火热赤诚的心。他知道，终点就在那里了，答案就在那里了，现在，他要去冲破终点，他要去揭晓答案。

调试，调试，调试。

远在星辰之外的运气跟他招了个手，一切都顺利地破开了。

连接成功。

"喂？""有人在这里吗？""这里是地球，我是数沙者0218，听到请回答。"

"喂？""有人在这里吗？""这里是地球，我是数沙者0218，听到请回答。"

"喂？……"

"喂？什么情况？"一个声音突兀地传来，"数沙者？难道我穿越了？"

罗彦的心脏一下子停跳了一拍。"请报上你所驾驶的飞船型号和名称！还有你自己的相关状况！"

很快，数据传来了。核实无误。就是他！罗彦颤抖着吸了一口气，压制住内心的澎湃，在明天见到凌清之前，他还有大把时间可以好好了解一下那个让她义无反顾的丈夫到底是什么样的角色。

"我并没有发送信号，你们是怎么找到我的？"对方说话了。

"我说了，我是数沙者。"

"……好吧，别闹了，我这里一切正常。"

"一切正常？"

"是啊，这难道不是一种新型的检测报告吗？"

"一切正常？"罗彦兀自重复一遍，一切正常你不发送信号，"你知不知道你妻子苦苦找了你三年，你就什么都不做？你根本不配做她的丈夫！"

"你说什么？"对方传来惊讶的质问。

"我说你配不上她！"罗彦几乎是一字一顿地咬牙说道。

"不是这句，上一句？"

"……你什么也不做？"罗彦被他搞得有些不明就里和云里雾里。

"对不起，我是说……再上一句。"

罗彦想了想："我说，凌清苦苦找了你三年。"

"凌清，你知道凌清……还有，三年？"

一阵短暂的沉默。

"可是，"他缓缓开口了，"我这里才过去一个星期啊。"

……

罗彦脑海里想起凌清之前所说的爱因斯坦罗森桥之类的东西，隐隐觉得这里面有什么说不出的内容和苦衷，凌清并不是科研人员，即使她看到关于爱因斯坦罗森桥的相关科普文章也不会跟自己丈夫所驾驶的飞船联系在一起，除非这本来就跟飞船有关联。正如凌清所说，罗彦不知道为了这件事她做了多少准备。

"你到底去了哪里？"

"我不能说，这是机密。"

"机密？哈哈，你知道现在地球上对你这艘飞船是如何定义的吗？

已确定的失联飞船。就是说，他们早已经放弃你了。"

"怎么会这样？"

又是一阵沉默，然后正如罗彦所期许的，他的声音从空旷的四周回响起来。

"'新宇宙'计划，当初是这么命名的。地球已经没救了，行星移民的可能微乎其微，所以那些人们想要出奇制胜，希望通过爱因斯坦罗森桥，找到一个新的宇宙，一个新的地球，然后对其进行殖民。但看起来，我是被卡在空间和时间的褶皱里了。"

"新宇宙？"罗彦喃喃自语道。不管怎么说，找到人了就有希望，总算对凌清有个交代，这给了他振奋的筹码。"我会联系这边去把你解救回来的。"他这么说，俨然成竹在胸。

对方沉默了很久，甚至一度让罗彦以为再度失联了。就当他想要再调试一下通信线路的时候，对方的回复到来了。

"不。"

对方出乎意料地拒绝了他的提案："别让凌清知道。"

"什么？"罗彦大感意外，"你要知道她苦苦……"

"我回不去了。"对方痛苦地说，"你我都心知肚明，这是一个时空的褶皱，进来之后就出不去了，怎么解救我？如果你还是个有责任心的人，请你去跟地球方面说，不要再尝试这个方法了。对，不要尝试，就这样说，以免更多的人卷入进来。"

"……那凌清呢？"

"你就告诉她，没有找到我。如果她知道我还活着一定会等我回去，但是……我回不去了。答应我，别让她知道。"

罗彦沉思了很久，艰难地说："好吧。"

"……还有，别再联系我，如果我找到出路，会主动联系你的。"

"好吧。"

"还有,"他再次说,"我知道这么说有些勉强,如果可以的话,请帮我照顾凌清。她喜欢吃辣椒,不爱速溶咖啡,每天早上六点会准时起床,慢跑半个小时,早餐喜欢吃煎蛋。还有,她有轻微的洁癖,最不能容忍的就是茶垢……"

通信线路传来了轻轻的抽泣声,罗彦有点不知道该说些什么了。

"谢谢你,真的。至少有那么一个瞬间,你让我觉得自己并不孤独……你是最伟大的数沙者,向你致敬!"

五

天亮了。

太阳始终就在那里,不管人类是否能够看见。

凌清跟往常一样来找罗彦,前些天都是她的拍门声把罗彦从睡梦中叫醒,然后下厨做些吃的。今天她到来的时候,罗彦已经做好了早饭。

"快点进来,趁热吃。你都不知道搞一个鸡蛋有多不容易。"罗彦系着围裙,端着餐盘,擦拭得锃亮的盘子里是一颗金灿灿的煎蛋,如果雾霾散去,太阳大概就是长这副模样。

"你不吃?"

"我吃过了。"罗彦说道,他的确吃过了,不过是块已经微微发霉的硬面包。

吃完早饭,凌清催促罗彦抓紧时间开始新一天的寻找,但是罗彦却无动于衷。他顾左右而言他,似乎不想让话题在这个事情上过分停留。

"发生什么事了?"凌清盯着罗彦问。

"明天你不要来了。"

"为什么?"

"我,我找不到他。正如你所说,试试嘛……我现在已经试过了,所有的可能性都被排除之后，剩下那个就是你不想接受也要接受的真相。三年过去了，他存活的概率几乎为零。"

"你的意思是，一点希望也没有了？"凌清问道。

罗彦闭上眼睛沉重地点了点头，他无须假装，整件事情本身的分量已经足够对他形成压迫。一边是为了跟丈夫取得联系而奔波三年的妻子，一边是为了不让妻子燃起无谓的希望而痛苦隐没的丈夫。罗彦在被感动和震撼之余，还有一些抽离感，以为自己被卷进了一篇小说的描写中，自己的举手投足都好像透过纸张被一支钢笔牵扯着，他所说的话也都经过了一个作家大脑的过滤。

"以我的经验，你的丈夫基本没有生还的希望。"基本没有，生还的希望，这样的措辞已经可以攻陷凌清的堡垒，让她彻底放弃找寻丈夫的动力，回归一个平凡妇人的生活。正如凌清丈夫所言，她还年轻，还有大把美好的时光，她理应拥有一个更值得她去付出的爱人，一个可以看得到、摸得着的能在寒冷的冬日早晨给她一个温暖拥抱的爱人。

凌清深深地，深深地叹了口气："煎蛋。你告诉我，这枚煎蛋怎么解释？"

"什么怎么解释，就是一枚鸡蛋啊。"

"你联系上他了吧。"凌清带着一种极为复杂的语气说道，"别演了，你真的不算一个好演员。我……太了解他了。我知道他回不来了，但我没法不想他。也许这辈子都不会见到他了，但我没法不爱他。在得到彻底的否定之前，我必须全力以赴，我不是为了让我自己日后想起来不遗憾，而是让我生活的现在充满方向！你明白吗？我需要依靠这个目的活下去，在这一点上，我们不都一样吗？你有着你数沙者的坚持，我也有我的坚持。"说着说着，她已经泪流满面。

"不管怎么样，谢谢你。我明天不会再来打扰你了。再见了，数沙者。"

"等等，"罗彦叫住凌清，"外面是什么样呢？"

尾声

生存还是生活，这是一个问题。

这个问题的由来并不在于环境的压迫，环境不是问题，收入不是问题。问题在于选择，人究竟要选择过一种怎样的生活。你可以卑微地栖息在散发着霉味的垃圾堆中，但是心里洒满温暖的阳光，脸上带着发自内心的微笑。生活不会放弃任何一个人，能放弃我们的，只有我们自己。

我们都会被需要的。所以，我们更要好好选择将要走的路。

就像是那辆已经破得不能再破的汽车，依然在顽强地发动着、震颤着、巡行着。罗彦踩了几脚油门，将这座城市远远甩在后面。

"离开这里，去感受外面的世界。找一个需要自己的位置，好好活下去。"

最后的数沙者看了看坐在副驾驶的新搭档，脸上露出一丝微笑。

（本文合著者：王元）

图　腾

大河之魂

　　介入术的日子一天天近了，我的心情也一天比一天复杂。虽然我早已清楚，现代医学早就不是刚诞生时那种经验主义的简单堆砌，而是一种系统、精密的综合性学科，但今天我们要做的事情，还是与传统的思路改变太大，让人感到像是在打开一个崭新的世界。在我看来，纳米智慧体的人工介入，绝不亚于阿姆斯特朗踏上月球。

　　究竟是谁在奏响生命之歌？

——摘自 L 博士日记

每当站在这里，我都会感到心潮澎湃。

壮阔的布拉德河，时缓时急，不分昼夜，奔流不息。它养育了我们的族人。学徒、渔夫、卫士、工匠、清道夫……世世代代都在这大河边繁衍劳作，生生不息。

我随父亲一起攀上了伟大遗迹。这里是布拉德河的壶口，蜿蜿蜒蜒的河道在这段突然收紧了，奔腾的河水就像不愿被束缚的烈马，一下子暴跳起来。河水不停地冲击着脚下的堤岸，发出雷鸣般的怒吼，整个大地仿佛都被撼动了。

每每这时，我都会感到些许心悸，不由地偷偷瞄向父亲。父亲已经老了，但是族长的威严丝毫不减，他站得很稳，长长的触手牢牢附着在岩壁上，迎着风浪纹丝不动，仿佛自己就是布拉德河底的一方深沉的礁石。父亲的目光眺向远方，那个方向是长河的下游。湍急的河水越过了壶口，水势就会变得渐渐舒缓，像是疲惫的旅人找到了归宿。长河在这里分成了好几条支流，向四面八方奔去，一直通向我们看不到的地方。如果说大瀑布是布拉德河的源头和我们文明的发源地，那么壶口遗迹无疑就是我们文明的核心。

"你知道伟大遗迹是怎么来的吗？"耳边传来父亲的声音。

我不知道该怎样回答他。

没有人不知道伟大遗迹。即使是最年幼无知的孩童，也能清楚地说出壶口的准确位置，然而很少有人知道它的来历。此时此刻，我们就在这里。我的触手可以清楚地感受到它坚实的躯体。它是那么的坚韧，又是那样的温暖，仅仅是接触它就会让人感到莫名的心安。它一直守护着布拉德河，也守护着我们的世界。每过一段时间父亲就会带着我来这里，每次都只是默默地站一会儿，然后离开，他什么都没有对我说过。

但是这次不同，我和他都很清楚，他的生命已经接近了尽头。他会告诉我关于遗迹的一切——这顶天立地的巨塔。

偶遇

那时，甘还是一个无忧无虑的少年，他还从没有想过要当族长，更没想过要当什么人的父亲。跟其他族人不太一样，甘不太喜欢安安分分地做工，唯一的爱好就是探险。他喜欢悄悄地离开族人生活的领地，沿着布拉德河顺流而下，游历那些人迹罕至的峡谷，翻越小山，周游世界，然后随着河流再回到大瀑布。这样的游戏他一直乐此不疲。

这一次，甘像往常一样享受着自己的单人旅途，不知不觉间已经来到了离大瀑布很远的地方。目光所及之处全都是布满了荆棘的水路，周围的河水很黏稠，长长的触手纵然有力而且灵敏，但被珊瑚丛纠缠着，甘的游动也愈发艰难起来。这里是连最敏捷的红球舟也难以到达的地域，可是甘就喜欢到这样的地方寻找刺激。一不留神，甘被狭窄的河道和枝枝蔓蔓的水生物卡住了。他自嘲地笑笑，努力摆动触手，想把身体从缝隙中挤出来。突然间，一阵异样的波动从周围传来，他顿时警觉起来——有什么东西在附近！

族人？掠族？还是巨嗜兽？

都不是。甘很快就看到了它，那是一个不太起眼的身影，一鼓一鼓地从远处的河浆中拱了出来。先是一个尖尖的头，然后是细长的触手，最后是笨拙的身子，正以一种非常缓慢的速度沿河而下。那家伙看起来比自己的身体小一些，呈滑稽的流线型，还有一条不成比例的大尾巴和几条细小的腿。甘到过许多地方，见识过不少新奇的生物，可像眼前这样的东西，他从来都没有见过。

甘紧游几下，摆脱了珊瑚丛和泥沼的纠缠，直直来到它身边。它似乎也注意到了甘，可一点都没有改变自己的运动轨迹，仍然一寸一寸地爬行，"丈量"着布拉德河岸的土地。

"你是活的吗？"甘摇着触手，轻轻问它。

它毫不理睬，依然固执地向前拱着，活像一条可笑的变形兽。没脑子的那种。

甘有些好奇，伸出触手想去摸摸眼前这个东西。就在他即将触到那东西表面的一瞬间，它突然一跃而起，闪电般地转了过来，伸出两条僵直的触手直对着甘，着实把甘吓了一大跳。

"你，你要干什么？"甘结结巴巴地问。

背后传来一阵轻微的扰动，甘这才明白过来刚刚感到的异样源自哪里，他回头一看，一头庞大的巨嗜兽已经来到了他们的身后。天哪，甘转身就想逃。

"别动！"面前的小家伙突然发出一阵警告。

甘不知道为什么，一下子被它震慑住了，死死停在原地，动弹不得。巨嗜兽一点点接近了他俩，甘似乎已经可以感到那有来无回的巨口在自己的头顶伸缩，还有那沸腾着的致命的消化液，他甚至开始想象自己在巨嗜兽的体内一点点变成残骸的样子，然而什么都没有发生。巨嗜兽只是略微停留了一下，就向着远处的支流滚过去了，好像压根就没有发现他们。

甘惊魂未定地瘫成了一团，面前的小家伙却仍很淡定，转过身去，若无其事地继续在河堤上一点一点地爬着。

"你是谁？我以前从没有见过你这样的家伙。"甘的好奇心更重了。

它就像没有听到一样，一丝不苟地干着手里的活儿。

"你们的世界快完蛋了。"停了一会儿，它终于开口，语气显得有些忧心忡忡。

"啥？"甘觉得，跟刚才的险境相比，这才是今天遇见的最怪的事。"完蛋？世界？我们的？"

"好吧，"它终于暂时停下了那似乎是世界毁灭也耽误不得的爬动，"我是说，你们就快有大麻烦了。"

甘无奈地摇了摇头："也许吧，我们的麻烦一直就不少。那你呢，你到底是谁？"

"我叫西林。我是最新型的纳米智慧体，或者叫'探针'，来这儿就是为了解决你们世界的问题的。我去过很多世界，解决过不少'疑难杂症'。你看，虽然我以前也没见过你，不知道你是什么东西，但我仍然不负自己神圣的使命。这才是一个职业探针应该具有的态度。"它说着，似乎对自己的履历非常自豪。

"唔……"甘支支吾吾地说，"我跟我们的族人可是生活在这儿很久了。"

"看出来了。老实说，我还是第一次见到这样的情况呢。真没想过在内部世界里还能遇到有智慧的生命体。也许是偶然，这概率简直太小了，甚至是背离常识的。而且，从随处可见的充满造型感的艺术品就可以知道，你们在这里待的时间确实是不短。说起来，你们还真是热衷于制作手工艺品啊……嗯，这造成的混乱不小。这儿有那么多的溶洞和运河，跟原始数据完全不同，让我彻底丧失了方向感。这还真是让我有点困扰。"那个自称"西林"的家伙细细打量着甘，"不过，据我判断你们像是无害的。既然如此，我就先不管你们了。现在我还有更重要的事要做，得尽快赶到河流终结点的位置去才行！上帝啊，你们既然完成了这么大的地质工程，为什么不顺便安上路标呢？"

"你说的是大瀑布吧？"甘略带愧疚地说，仿佛他真的做错了什么。

"这么说你知道那个坐标？你能给我指一下路吗？这里的环境比我想象的还要复杂。"

"没问题！不，其实我真有个问题，就是，就是……你刚才到底在地上一直忙活什么呢？"

"嗯……我试图从河流的走向确定目的地的方向。"

"也就是说，其实你——"

"我迷路了。"西林显得有些沮丧。不过它很快就否认了这一点，"不对，不可能！怎么可能呢！配有最新型号计算单元的纳米探针，怎么可能迷路呢？我没有！"

甘有些怀疑地看着它。

"听着，你这小东西。"西林挥动着僵硬的触手对甘说，似乎忘了自己只有甘的一半大，"你只要把方向指给我就行了。我再次强调，我没有迷路！只不过，若你能替我把方向搞清楚的话，我就能节省不少时间。"

甘不想跟它争辩，就举起手往大瀑布的方向摇了摇。西林立刻喜形于色，一头扎进了滚滚的河流里，手尾并用，肢体乱扭，头也不回地消失在了远方。

暗流

西林说得对，没过多久甘就发现：世界变了。

起初是工匠们的手艺下降了，新构建的晶塔一座比一座不结实，有时候大地一阵轻微的震动就能让族人一夜的劳动付之东流。卫士们则表示领地里不断出现险情，原本形单影只的巨嗜兽，居然会成群出动，情形十分骇人。直到后来，渔夫们的抱怨引来了真正的恐慌。对于族人来说，他们的收成意味着一切。熟悉的世界，确确实实在悄悄发生着变化。

"河里几乎打不到什么东西。"一个年长的渔夫说道。

"你也是这样？"略微年轻的无奈地摇头，徒劳地用长长的触手在河水里搅来搅去，"也许我们走得还不够远，要不我们到更上游试试？"

"也只能试试了……"

甘默默地看着两个渔夫的身影渐渐消失，不禁问一旁的威，是不是也觉得有不对劲的地方。威没有回答，但他焦虑地摆动肢体的动作已经给了甘答案。

威是甘最好的朋友，比甘的体型略大一些，遇见西林的事，甘只对威一个人说起过，只是他根本就不信有人能驯服巨嗜兽，更不相信西林的那些话。与甘不同，威总是像他的名字一样严肃，做事也总是一丝不苟。甘知道，威有他自己的理想呢。

　　但是到了现在，威也不得不承认，许多事情跟以前不一样了。甘把触手放在河水里轻轻拨动，望着卷起的漩涡出神，突然间他明白了，原来是河水出了问题！

　　是河，没错，是河变了。布拉德河变得比以往更加反复无常，时而疾速奔驰一泻千里，时而又缓慢得不能再慢，像是黏滞的巧克力浓汤，几乎是时断时续了。因为水情的变化，以往随河水而来的丰富饵食没有了。工匠们不是做工不努力，而是没搞明白，他们从河水里获得的材质也跟以前不一样了。

　　这种变化是怎么来的，没有人知道答案，又好像每个人都在等待着一个答案。恐慌在逐渐蔓延，像一粒粒种子，在每个族人的心里生根、发芽。也像是潜伏在布拉德河底的一股暗流。表面上一切无异，可是一旦踏进去，就将堕入万劫不复的境地。只不过这股暗流现在不存在于河里，而是活生生地流淌在每个人的心中。

　　终于有一天，那些黑色的魅影出现了！它们翻过了山脉，越过了大河，绕开了工匠们精心琢磨的晶塔防线，就这么直接在族人的面前破土而出！是掠族！

　　所有人都震惊了，罪魁祸首竟然是掠族！从蛮荒时代起，掠族就是族人的死敌。它们是天生的破坏者，所到之处，河流改道，村舍倒塌，生灵涂炭。它们是未开化的蛮兽，吃一切送到嘴边的东西，祠堂、屋舍、河堤，甚至泥土……它们也吃人。但是，掠族很久很久都没有出现了，就连甘，也只在小时候见过一两个掠族的尸体。现在，童年封存的模糊的记忆被血淋淋的现实刺醒——数不清的掠族破土而出，势不可当地涌向了族人的领地。

　　没有思维，只有破坏。

　　少量的掠族其实根本不足畏惧，仅仅是散步的巨嗜兽，就能够让它们消失殆尽。可是这次，掠族的进攻太猛太烈了，即使是强大的巨嗜兽群，也无力抵挡它们的进攻。眼看着巨嗜兽组成的封锁线就要被冲破了……

甘低着头久久凝视着自己呈浅紫色的护甲，这层外壳是种族的骄傲。虽然他非常紧张，但这护甲还是给了他些许的勇气。正是在与掠族常年累月的搏斗中，甘的族人渐渐进化出了这种能力，可以在周身合成这种坚韧的外壳。有了它，族人就能够有效地抵御掠族的獠牙和致命的腐蚀液。家族里所有的成年人都在族长的指挥下集中在了一起，背靠着背紧紧地排成一条长长的阵线。甘本来是可以去逃难的，可他偷偷混进了防卫军的队伍里。因为，威就在这里。

"逃有什么用呢？"甘想起了威的话。布拉德河是养育所有族人的生命之河，这里又是甘从小长大的地方。每一个族人都清楚，一旦退走，领地被掠族攻占，那他们很可能永远也无法再回到这里了。

随着最后一只巨嗜兽被掠族肢解，甘和家族的人已经直接面对着掠族群的阵线。别无选择。甘这时看到了威的身影，他第一个跃出人群，冲向了掠族。甘竭力嘶喊着，挥舞着武装过的触手，随着威一起冲向了来势汹汹的掠族。

重逢

病患的状况远比预想中要复杂。除了最初确诊的病情，现在又引发了并发症。

经过简单的会诊和数据分析，治疗组形成了两套不同的意见。一种是主张人工干预，立刻采用常规手段治疗；另一种是全面信任纳米智慧体，因为它在以往的多次试验中的表现，都是准确而可靠的。特别的是，这一次纳米探针是完全自主行动，没有任何事先预设的命令。

上午的全体会议中，性格一向沉稳的主任医师对着科研组的人员拍了桌子："我们不能拿病人的生命当儿戏！"

但他最终还是被说服了，同意再给我们最后 3 天时间。

我们小组的同事们已经废寝忘食地工作了几个月，要是现在因为一点小小的困难而放弃，那就前功尽弃了。不勇敢地迈出这一步，恐怕之前所有的努力都失去了意义。

我们期待着"西林"能有好的表现。

——摘自 L 博士日记

……头好痛。

不知道沉睡了多久，甘昏昏沉沉地醒了。他发现自己正躺在烂软的泥浆中，身上的外壳已经被掠族噬咬得破破烂烂，一条触手怎么也使不上劲，正歪歪斜斜地挂在身上，似乎已经丧失了感觉。他有些警惕地环顾四周，却发现威正坐在距离自己不远的地方。看样子，他的情况也好不到哪里去。

"见鬼！"甘没有想到，自己竟会变得这么狼狈。战斗比想象中还要惨烈。甘本来以为布拉德河的其他防卫者还是可以信赖的，没想到他们全都对来势汹汹的掠族束手无策。这次如果不是成群结队的巨嗜兽多少还发挥了点作用，恐怕什么都完了。族人坚持着，且战且退。不知道打退了掠族多少次进攻，甘瘫倒在地，昏昏沉沉一直睡到现在。

"威，你觉得我们能打赢吗？"

威的回答一如既往的坚定："我们一定会赢的，为了布拉德河。"

眼前朦朦胧胧的，什么都看不清。甘总觉得远处有影子在晃来晃去，看来是产生了幻觉，那么空旷而又陡峭的山崖上是不可能有人的。

等等，那好像是……西林？！

甘勉强撑起身体，使劲叫出声来："喂——你在干什么？又是在研究河道？"他觉得自己的发声腔火辣辣地疼。

果然是西林，此刻它正挂在陡峭的小山上玩着高难度的杂技。只不过它的响应速度比起上次似乎没进步到哪里去。西林摆动着它那几条可笑的细腿，一点点从峭壁移动到较低的岩块，似乎是在斟酌自己的措辞。"噢……我只是在看风景而已。能遇见你和你的朋友，我很高兴。天哪，你们居然造了那么多的晶体塔，密密麻麻的，看起来可真有点吓人。"

"你说什么？这可是族人的最高杰作啊！"威的眼睛都瞪圆了。甘则无奈地把两只触手搅在了一起，做出纠结的姿势。这个家伙居然说工匠们最得意的作品看起来吓人！如果不是这些围栏一样的晶塔保护着家族的领土，那么掠族还有其他不怀好意的家伙就可以随便进出族人的领地了。这话要传到家族里去，那些骄傲的工匠非气得当场晕倒不可。

"造型倒是不错，很别致……嗯，只要不破坏环境就好。一旦微环境遭到破坏，事情可就全完蛋了，没药救。我最好仔细看看。"说着西林伸出一只触手轻轻地抚摸一座晶体塔的表面。这座小塔跟周围成百上千的塔看起来没有什么两样，完美的棱线，纯净的色泽，甚至美妙的尖顶都像是一个模子里扣出来的。

"漂亮……我不得不说你们的手艺不错。可是，这塔尖是不是过于锐利了呢？材质又是什么呢，是不是很硬……"西林说着，伸出另一只前端带尖的触手，好像想在塔上钻个洞。

"别费劲了，晶塔的强度非常大。"威还没说完，后面的话就凝固在了嘴边——西林的触手刚刚碰到塔体，小塔就应声而碎，崩裂成无数跳跃的小晶块。看那情形，仿佛西林去钻的不是什么坚硬无比的晶塔，而是一座松松垮垮的泥塑。

这怎么可能！威简直目瞪口呆："你、你是怎么做到的？"甘也惊呆了，坚不可破的晶体塔，居然瞬间就解体了！

西林并不理威，只是自顾自地说着奇怪的话："含铁很多，也许还有钙。在这个地方建个信号站应该不错。"

威摇摇晃晃地站了起来："谢谢你好心替我们做出的规划。现在，能解释解释这一切是怎么回事吗？"

西林警觉地扫了威一眼，随即很快恢复了常态："解释什么？应该说，我认为到目前为止，呃，一切还算正常。"

"一切正常！你眼睛里就没有发现什么东西吗？也许你根本就没长什么眼睛，不过我记得你说过你是来这里帮忙的！"甘有些气愤了，边说边举起手里的掠族尸体。现在已经烂成了一团，完全看不出之前凶恶的模样，倒像拎着一块可笑的抹布。"这些东西是哪儿来的？它们把我们的布拉德河怎么了？"

西林慢条斯理地说："我知道，这东西给你们带来了不小的困扰，事实上我也正是因为这事才来的。不仅是这条你的什么河的问题，这群小坏蛋的蔓延太猛，变异又这么快，恐怕真的很难搞定了。"

"也就是说，我们的世界真的要完蛋了？"甘刚说完这话，就立刻感到从威的方向传来了代表强烈的怀疑的波动。

"只是有点棘手而已，也许会有办法的。"西林说着，倒似乎是从自己的话里获得了点信心，"没错，对待这些家伙，办法总是会有的。"

紧接着西林似乎想起了什么，干脆转身开溜："我该走了，祝你好运。"

甘很想拉住西林，跟它再多谈谈。可这时，集结的信号又传来了，掠族新一波的攻势即将到来。威看了甘一眼，就毅然转身而去。甘知道，族人需要自己，布拉德河也需要自己。他顾不上去追西林，也转身朝着属于自己的战场走去。

布拉德河是族人的母亲河，甘誓死也会保卫她。

两个文明的冲击

几天以后，局势发生了变化。

一股新的外来势力加入了战争。当第一个外来者从布拉德河里爬出来的时候，甘和威，还有其他几个族人正要被一小群掠族逼入绝境。

"全完了。"甘当时这样想着，虽然威还在奋勇杀敌，可是形势明显已经无法挽回了。没有人注意到那个奇怪的家伙已经悄悄来到了他们身边。一个掠族感受到这个冒冒失失的外来者引起的波动，于是转而去攻击它，但是当它刚刚碰到外来者，立刻颤抖着倒在了地上，还没等甘他们明白过来，这个掠族已经融化为一摊渣滓。这下，更多的掠族涌了过来。外来者不慌不忙地向前漂移，所到之处，掠族无不接二连三地倒下。

掠族们像是被激怒了，铺天盖地地杀了过来，甘连忙带着几个族人突围。他们刚刚躲到一个相对安全的小山，就看到那个不幸的外来者被蜂拥而至的掠族撕成了碎片。

"可怜的家伙！不过多亏了它，我们才能得救。"威说道。不过还没等甘说点什么，他们立刻就被眼前的景象惊呆了。一个，两个……越来越多的外来者从布拉德河的河水中钻出来，踏上了这片战场。

外来者的结构都很类似，但是形状有大有小，不像掠族，所有的个体全像是从一个模子里扣出来的。它们完全不惧怕掠族，实际上掠族只要碰到它们就会立刻瘫倒在地，所以单个的掠族根本不是它们的对手。可惜掠族是没有脑子的，更不知道害怕是怎么一回事，所以仍然前赴后继地向吃了亏的方向涌来。两股势力就在这布拉德河河堤边的平坦地带展开了一场轰轰烈烈的对攻。外来者和掠族纠缠在一起，不断有人倒下，后面的又立刻添上了空缺的位置，一时间谁也压倒不了谁。不一会儿，双方的尸体就堆积如山，闭塞了河道。可是哪一方都没有停下来的意思。

清道夫们不顾危险，兢兢业业地工作着，他们不断地把双方产生的尸体搬运到远处。可是，双方的阵亡速度都太快了，清道夫的数量有限，根本来不及完成搬运工作。时间不长，整个战场就变得臭不可闻。直到最后，连清道夫也开始倒下了，尚有活力的人就把他们随战场上的尸体一起运走，送到大河的下游或是深埋在地下。

这段时间，甘和幸存的族人只能静静地注视着战争的进展。威虽然对它们在自己家族的地盘上火拼很不满，但也没有别的办法。事情已经变得越来越复杂了，不管是哪边的战力，都完全超过了家族的能力范围。没有人知道布拉德河的明天到底会流向何方。

……几天过去了。

形势渐渐明朗了，外来者渐渐压倒了掠族。尽管掠族的数量很多，但外来者无疑能对掠族造成更大的杀伤。掠族终于顶不住了，开始四散而逃。奇怪的是，外来者对那些溃逃的掠族并没有主动追击，当掠族全部撤走之后，它们就开始四处游荡。看起来，它们像是在寻找什么东西，可是又不太像有具体的目标。

"掠族终于被击败了，这些家伙可真行啊！"甘几乎要欢呼了。

"等等，不要高兴得太早！"威的脸上掠过一丝阴云，大家顺着他指的方向看去——一个外来者正在撕扯着一个族人的残体。

"为什么会这样？"

威冷冷地说："看起来它们也不是我们的朋友。"远处，更多的外来者开始分解族人的尸体，那场面十分可怖。

"他们到底是什么来头？"甘喃喃自语，没有人能回答他的问题。

是的，经过几天几夜的激战，这一片地域里几乎所有的掠族都被杀光了。此时此刻，外来者就像没头的苍蝇一样，胡乱进行着破坏。

原本曾经是屋舍的地方，现在已经是一片狼藉。从摧毁族人栖息地的角度看，它们的破坏力比掠族一点都不差。

"完了。看来我们要被一种比掠族还要强大的敌人占领了。"甘有些绝望。

"喂喂！这样可不行啊，小家伙们！你们太乱来了！"一阵熟悉的声音传来。甘一跃而起，果然又是西林！它正像第一次遇见甘的时候一样，慢慢吞吞地从河泥里往河岸努力爬着。原来西林一直没有走远，它也在静静地关注着一切。

"西林！你认识这些外来者？"甘强烈地表达着自己的情绪。

"是的。它们都是专门来帮忙的，是我们的朋友。"

"朋友？可它们见人就杀！"

"马上就不会了。"西林说着，把身体直立起来，几条细腿儿均匀地支撑着，在每一个点上都保持着精巧的平衡。甘这才发现，西林身体的前端已经裂开了，一个小小的装置从它的体内探出，散发出一股奇怪的味道。

味道越来越浓，渐渐的，那些像没头苍蝇一样的外来者们停下了手中漫无目的的破坏，开始向西林的周围靠拢。它们有节奏地扭动着身体，尽管动作和姿势各异，行进方向却奇迹般的整齐划一，摆动着，摇曳着，像一群温顺听话的绵羊聚集在牧羊犬的周围。

"为什么会这样？"威很困惑。

"它们能够很好地对付你们的敌人，可是它们天生缺少触觉，无法自己找到正确的位置。所以需要有人来引导它们。而只有我能携带那种东西来这里。"西林一边把装置小心翼翼地收回自己的体内，一边说。"导向酶。"它补充道。

甘突然注意到了西林浑身上下厚厚的河泥。

"难道说，你就这样在河水里泡了几天几夜？"

"这没有什么。"在外来者的簇拥下，西林像个真正的国王。"这是我的工作，一个探针就应该做这样的事。"

"也就是说，你确实知道我们这里会经历这种可怕的事，所以你才会来。"威若有所思，"是谁告诉你这些的呢？又是谁派这些外来者来到这里？"

"在你们这个世界之外，还有一个更大的世界。"西林收起了所有的长腿，慢慢踱到了波涛汹涌的河边。

"我在那个世界中被制造出来，对外面那个世界了解得比这里更多。那里，有许多叫作'人'的生物，他们很聪明，因为他们能够造出像我这么聪明的家伙——所以，他们真的是很聪明！他们教会了我许多东西，包括他们世界以及你们世界的一切知识，更重要的是，他们赋予我使命。

"是的，使命。我的使命就是进入人体，发现并消灭那些可能的病灶，使他们免除你们所谓'掠族'的侵害，在'人'的世界里，这些结构简单的核酸与蛋白质的构成物称为'噬菌体'，或者叫'病毒'。'病毒'会对人体产生很大的杀伤。必须消灭它们，人才能有精力去做出更多有创造性的事情来。'人'很大，大到你们无法想象，但是他们也会对比你们还要小得多的掠族束手无策，这是不是很讽刺？在历史上——漫长得你们无法想象的历史，'人'与掠族进行过无数次你死我活的斗争，很多时候，'人'失败了，但是'人'并没有放弃。他们不断总结规律，研究方法，改进技术，不断颠覆着掠族对'人'的优势。但是，'人'实在太大了，无法对病灶进行精确的处理，所以，'人'决定造出我。自从我诞生之后，许多事情就变得简单多了。"

所有人都静静地听着、思索着。只有甘忍不住发问："所以，你就来拯救了我们的世界？"

西林笑了。

"是的，我很喜欢你们的世界，可我从前真的不知道你们的存在。'人'的体内也会有其他生命体，各种各样的，但都很低级，我从没想过会遇到你们这样的生命体，更没有想到你们会发展出这么完善的微文明。我的资料库数据有限，不过我估计你们最早是古原生生物的一个分支，因为某种机缘寄生在了'人'的体内。一般的原生生物都没有再进行进化，可'人'身体内恒定的温度、相对稳定的理化环境和充足的养分，就像一个完美的培养基，让你们的祖先在这里生根发芽。而每秒钟上百万次生化反应的内部环境，又促使着你们不断向前进化，最终适应这种复杂多变的微环境。到了最后，这已经转变成了你们和'人'之间的一种共生关系。"

"也就是说，你的使命并不是来拯救我们，而只是为了救'人'……"威喃喃地说。

"是这样的，我其实为了救人而来。可我真的很高兴能遇见你们。如果不是这样，我简直无法好好完成自己的使命。虽然，我对应该做的工作从来都没有犹豫过，也从来不曾后悔。至于说拯救世界？啊哈，你们不知道，一生下来就被赋予拯救世界的使命，那是多么无趣的一件事啊。"

没有人再发问了，在场的每个族人都陷入了沉思。

"别松懈，我的朋友们，问题还没有完全解决。走，跟我到大瀑布去！"西林说道。

奇迹

外来者的援军源源不断地到来，在西林的指引下打击着掠族。就这样，西林带着族人一起逆流而上，来到了布拉德河之源——大瀑布。

太晚了。就连甘和威都知道，掠族已经对大瀑布造成了多么大的伤害。虽然局势已经基本缓和，可掠族之前留下的那些伤害几乎是无法弥补的。四处是触目惊心的废墟和撕裂的地面。大瀑布仍然像以前那样，不知疲倦地把滔滔河水一股一股地输送到流向世界各地的河道中，可是只要站在壶口，谁都能听得出来原来那有节律的雷鸣般的水流冲击声，早已变得孱弱和没有规律。

"局面暂时控制住了，但伤害却是永久的。"西林万分惋惜地说，"如果我能早几天找到正确的路，可能情况就不会这样了。"

不用它说，甘也看得出事情的严重性。不断有滚烫的岩浆从被撕裂的大地裂缝中喷出，地震断断续续地发生，仿佛整个大地马上就要崩溃了。在这样的情况下，即使工匠们再努力，也很难让这些几乎大得可怕的鸿沟愈合。

"看看那里。"西林用前端的触手向着所有人的头顶方向指去。所有人都抬着头，努力搜索着来自那里的波动，不想放过一丝一毫的讯息。他们很快就明白了问题的所在，顿时都噤声了。

"天还有多久会塌下来？"

甘听到了威的声音。即使冷静如威，此时此刻发出的声音也是颤抖的。

"不久了。"西林飞快地说着，"根据我的计算，因为周边的……地面全部遭到病毒的破坏，组织……不，山体崩坏只是早晚的事儿了。我估计最多再有几个小时，这个地方的支撑结构就会全部坍塌，坏死的组织会彻底阻塞大瀑布出口的支流。一旦阻塞发生，轻则一些肢体和脏器受到严重损害，或者坏死，重则你们的世界直接完蛋。"

西林的话让人似懂非懂，但是大体意思我们全都明白了。布拉德河，我们的世界，已经危在旦夕！

"把时间换算成大瀑布的喷水，不会超过五万次。"西林补充说。

事情已经很明白了。只要看看周围，随着大瀑布每次喷水，撕裂的地面喷出越来越多的岩浆，明眼人都会知道，这地方要完了。每喷一次，甘都觉得浑身抽动一下，感觉世界又向着毁灭迈近了一步。

威从人群中走了出来，对西林说："还有办法吗？难道这次我们真的在劫难逃了？"

西林摆动了一下尾巴，郑重地对大家说："办法，我想到了一个。我不能保证可以成功。但是，没有你们我做不到。"

"请您说吧！"威诚恳地说。"请您说吧！只要布拉德河能得救，我们做什么都行！"越来越多的人应和着，轻摇着尾鞭挤上前来。

西林抬头望向天空，坚定地说："来吧，朋友们！把你们所有的人都叫到这儿来，不管他们是在蛛网膜，还是在脊髓液；不管他们是在消化腺，还是组织液；不管他们是渔夫，还是卫士，把他们全部集中到这儿来！"

"你想——"

"我们把这天顶，撑起来！"

说完，西林打开了身体，外壳剥落成好几块。它的身体在剧烈地颤动着，颤动着，开始发射出一种奇异的波动。这种波动，是那么感人，又是那么温暖，像是直接沁入肺腑。谁接受了它，都会感到一种强大的感召力，不由自主地想投身到西林的怀抱中去。

"赶快把所有的人都叫来！"威大声吼着，率先脱下了笨重的外壳。一个外来者很快摇曳过来，把外壳取走了，送到了西林的身边去。大家突然明白了，西林就是想用这些材料，来建造一座可以撑起天地的巨塔！很快，所有的族人都运转起来了，工匠们拼命努力地铸造，卫士则把一座座小晶塔拆下，源源不断地运到靠近大瀑布的壶口，渔夫们结起一张张触手组成的大网，尽量从河中打捞最多的原料编织在一起，学徒们则大呼小叫着拥上红球舟，和外来者一起，源源不断地把各种材料送到西林的身边去。

　　西林把各种材料铸为一体，以自己为中心一截截地垫高，它浑身上下闪着淡紫色的光芒，是那么的……耀眼。

　　"这就是光。"西林说，"在你们的微文明中，是把触手作为感知波动的感受器。而在外面的世界，'人'主要是用视觉来感受世界的。看看这光吧！它是多么温暖，多么地给人以力量！任何生物，即使在这里——这黑暗如漆的世界，都应该有趋光性！"

　　西林说的没错，甘好容易才控制住自己，没有投入到那片温暖的光芒。

　　"你们觉得我漂亮吗？"西林一定是个天才，这个时候还知道说笑话，但它的确又是个疯子，因为只有疯子才会做出这么疯狂的事。现在，它的身体已经臃肿不堪，跟"漂亮"完全不沾边，倒像是个丑陋无比、浑身长满菌毛的巨型杆菌。而且，它的尺寸还在随着族人和外来者的忙碌不断增加。

　　大地再次猛烈地震动了起来，甘紧紧地抓住周围的地面，才能勉强控制住自己的身体，没有掉进万丈深渊。地面裂开了一道道巨大的鸿沟，好像是张着嘴的巨兽，想要把一切都吞噬掉。落石像雨点一样向人们袭来，无数的族人在这震荡中倒下了，天和地已经分不清。一切都在翻滚，一切都在奔流。朦胧中，甘看到勇敢的工匠们手拉手纵身跃进了最大的裂缝中，在无尽的黑暗中爆裂，然后缓缓地飘落，结成一个一个网状的栅栏，堵住了不断喷涌出岩浆的巨洞。迷茫中，撕破一切黑暗的紫光一直在眼前萦绕，仿佛在嘲笑这黑暗的无力。甘挣扎着爬起，从倒下的族人身边迈过，把晶体向着那光，向着光抬过去，抬过去……

　　西林的身影已经看不见了，能看到的，只有从它身上发出来的光。那盏淡淡的紫光，就好像是指引着未来的灯塔，在撼天动地的地震中肃然挺立着。仿佛，那就是永恒。

甘突然意识到了什么。他声嘶力竭地高喊："西林——你骗我！你根本就没有去过别的世界！"

远处的波动送来西林若有若无的声音："对不起，我是对你撒谎了。我没有去过更多的地方，我从被造出来那天，到过的唯一地方就是你们的世界。是命运让我们相会！记住，我爱你们的世界！但是，我熟悉你们的世界，就像熟悉我自己的世界一样，因为在过去，在现在，在未来，在千千万万别的小世界里，也有千千万万像我一样的西林。是的！那里有我的兄弟姐妹，他们像我一样，是最棒的探针！我们的名字都叫——西林！"

西林的声音再也听不见了。但是，他做到了。这是一个奇迹。

在布拉德河的壶口，在这无数族人用生命奠基的地方，那能够照亮一切黑暗的巨塔，顶天立地。

尾声

试验获得了巨大的成功。

"西林"的工作十分有效，采用了介入疗法的病人很快就恢复了健康。所有的人都击掌相庆，有的甚至泪流满面。我们完成了一项多么了不起的工作啊！

只有一件事。

在事后对所有的数据进行复核的时候，我发现在几天之前病患曾经出现过先兆心肌梗死的倾向，当时我们都没有察觉，如果发生，后果不堪设想。但是之后，病患居然痊愈了。我对所有的造像资料进行了认真核对，结果发现病患主动脉出现了一个类似"搭桥"的结构。

我怀疑是"西林"做的，但它的数据库里应该没有做"搭桥"的程序。

这超越了我的常识。

病人已经出院，更多的真相已经无从考证。我决定把它写进日记里，封存起来。

也许世界还有许多的未知，等待我们用一生的时间去探求吧。

——摘自 L 博士日记

"后来你再也没有见过威叔叔，是吗，父亲？"我小心翼翼地问。

"那之后不久威就走了。他说他要去寻找外面的世界，我不知道他最终找到了没有，总之他再也没有回来。去寻找一个世界！呵呵，听起来他就像是个真正的冒险家。命运和我们俩开了一个大玩笑。他曾经最大的理想就是有一天能够当上族长，领导家族走向繁荣，最终却是我接过了老族长手中的权杖。"

我的心情久久不能平复。

绵长的布拉德河，日夜不休，奔流不止。汹涌的河水，时疏时沛，哺育着我们的族人。顶天立地的巨塔一直佑护着我们的文明。巨塔往昔那耀眼的光辉早已随着时间的流逝而不复再现，我没能亲眼见到巨塔通体闪耀的伟岸身姿，但它早已成为一座不朽的精神图腾，永远与我们相伴。

扶着年迈的父亲在巨塔下走过，我突然觉得，这不仅仅是一座连接了天顶和大地的塔，更是一座连接了两个世界、两个文明的塔。巨塔还连接着过去和未来，一面承载着家族的历史与荣耀，一面背负着我们的梦想，鼓舞我们去掀开微文明新的篇章。

向生命致敬！

雨人的故事

小雨出生的那天，天下着小雨。

听妈妈说，那一天本来艳阳高照，万里无云，天碧如洗，是个A++ 的好天气。这样的日子有 5% 的概率出现，也就是一年大约 18 天。运气好的年份，也许会有 19 天。她一早还去广场上跳了个舞，跟一群闲暇在家的少妇颇为欢乐地扭动腰胯。谁也没承想，刚过中午，天色却突然阴沉起来。天空就像是一个调皮小孩的画板，被他用铅笔肆意涂黑了。这时候，她接到丈夫打来的电话，语气说不上来是惊喜，还是迟疑，听上去跟他们在一起多年之中任何一天的任何一次对话毫无二致，即使隔着电话，她也能清晰地在脑海中勾画出丈夫的面部表情，以及他平实宽厚的双唇与因为激动而微微上挑的眉毛。他说他网购了一个模块，这下妈妈可以拥有自己的孩子了。妈妈接到这个信息非常高兴，立刻决定当天就把孩子生下来。

于是，小雨就这样出生了。

看着窗外不知何时开始的淅淅沥沥的小雨，妈妈决定给她取名叫"小雨"。

一

小雨从记事开始，天空就总是阴沉着，像不怒自威的父亲的脸，无时无刻不在下雨。

城市天气管理中心对外宣称，这是天气软件在自动更新时产生的暂时性反常现象，让大家不必惊慌。聪明人一眼就看得出这是个拙劣的谎言。出现这种反常的情况，八成是系统中病毒了。不过，在各自生活轨迹下忙碌的人们并没有对此过分关注，自然也没有人关注像小雨这样的一个普普通通的小女孩。可是不管多么晴朗的天气，即使太阳又圆又大地挂在天际，这个城市的某个区域也总是会被阴云笼罩。人们渐渐察觉，小雨确实是个与众不同的小女孩。她的头顶上永远飘着一片不大不小的云彩。她走到哪里，云彩就跟到哪里；云彩跟到哪里，雨就下到哪里。有时候是倾盆如泼的大雨，有时候是沾衣欲湿的梅雨，更多时候是像她名字一样的小雨。

淅淅沥沥，淅淅沥沥。每一滴水珠都是那么温柔，似乎对小雨进行着无微不至的呵护。

最先注意到小雨这一特质的是妈妈。在小雨生成后不久的一天，妈妈带她去小区公园玩耍，那个地方总是聚集着很多和小雨一样通过网购模块建成的小孩。

她们刚走出门，妈妈就发现外面突然下雨了，于是她回家取雨伞，让小雨在单元楼门口等着她。但是当她拿着伞走出来，却发现门外的雨已经停了。她抱怨了一句，懒得再往楼上跑一遭，就一手握着实木的伞把，一手拉着小雨的小手往外走。老天爷就像是开玩笑似的，刚刚谢幕的骤雨再次登场。就好像屋子里有一个控制电灯明暗的开关，天空中似乎也有这样一个专管天气的开关。啪的一声，雨落。啪的一声，雨停。快速而准确，毫不黏滞，如同浴室的莲蓬头。

妈妈叹了口气，撑开雨伞，把自己和小雨保护进去。

"下雨了。"妈妈说，"小雨喜欢下雨吗？"

小雨点点头。她刚出生几天，语言更新系统比较慢，更习惯用肢体语言来表达自己。

"妈妈也喜欢下雨呢，可是爸爸却不喜欢，现在许多城市都已经取消下雨的天气了，而且这是一个趋势。"妈妈兀自说着，小雨却哇哇地哭了起来。妈妈蹲下来，伸直撑伞的胳膊，用另一只胳膊揽住小雨的屁股，把她抱起来，亲了亲小雨的脸颊，自责道："哦，我跟你说这些干吗，你又听不懂。走吧，小雨，我们去找小朋友玩。"

小雨的哭声止住的时候，她们已经能够看到小公园里玩跷跷板的孩子以及他们相谈甚欢的监护人。

让小雨妈妈感到奇怪的是，他们头顶上并没有任何雨具。阳光在他们身上自由地飘荡流溢，丝毫没有一点点的水星。妈妈此时却能够清晰地听到雨丝敲打在伞面上的声响，能看见雨水渐次落在水泥板上砸出的水花。她恶作剧一般把雨伞从自己头顶撤开，顿时被雨水浇湿。此情此景，让在小公园玩耍的小孩和他们的陪同者们都停止了动作，目瞪口呆地望着小雨和她的妈妈，而她们俩就像是站在了舞台中央，被围观者聚光灯似的目光聚焦着。

妈妈没了心情，带小雨往回走。她们刚刚踏进，准确地说，是小雨刚刚踏进楼道，雨水就戛然而止，那朵讨厌的乌云也不翼而飞。妈妈安置好小雨，重新走到楼外。这一次，她一出门就被太阳晃了眼。

妈妈感到这一切很不真实，宛如梦中。只有一路跟随着她们的步伐而潮湿的轨迹提醒着她这是不容置疑的现实。一开始，妈妈还想着这可能只是一个程序上的意外或者操作失误，反复几次尝试让小雨进来、出去，出去、进来，她就静静站在外面，亲眼看着雨落和雨停。

　　小雨走得累了，妈妈也觉得累了。她联络了城市天气控制中心，确认了他们今天并没有安排下雨的时段和地区。对方还再三强调，由于一些市民对前阵子连续下雨天气所造成的不便进行抗议和投诉，他们决定响应号召，即使在今年夏天传统雨季到来之时，也不会像往年那样集中安排大量的降雨了。

　　到了晚上，爸爸下班回家，妈妈当着小雨的面跟爸爸讨论起这件事来。

　　"小雨跟别的孩子不一样。"

　　爸爸的注意力仍在报纸上："每个孩子都是无可替代的。"

　　"你没明白我的意思，我是说小雨有一种，怎么说呢，'特殊技能'。"

　　"你发现她有什么天赋吗？我听说有的小孩一出生就自带标准语言系统，并且记忆力惊人，你跟他说一遍的话，他就会一字不差而且咬字清楚地复述。"爸爸来了兴致，手里的报纸也放在了一边。报纸很知趣地自己卷成了一卷，跳进了纸篓里。

　　"小雨，"妈妈终结了爸爸自以为是的臆想，"走到哪里，哪里就下雨。"

　　"……下雨？"爸爸没听明白。

　　"小雨好像有种特殊的属性，她的周围总在下雨。"

　　爸爸摇了摇头："小雨现在都没有离开过我们城市吧？"

　　"不是说她到哪里，哪个地区就下雨。而是她，她自己，以小雨为中心，有一块区域总会下雨。"

　　爸爸首先确认了妈妈没有开玩笑，又试探着问她有没有发烧。得到了否定的回答之后，他有点生气了，要找经销商进行投诉。

　　"这些饭桶到底是干什么吃的！我一定得要求他们免费修改小雨的代码！"

　　拦住他的人，是，妈妈。妈妈捧着小雨的小脸蛋，看着她纯真无邪的双眸，说："这是我的小雨，调整后就不再是她。"然后妈妈抱住了小雨，爸爸抱住了她们母女。

从这以后，小雨在阳光灿烂的日子出门，也会穿好雨靴，带上雨伞。从这以后，爸爸妈妈以及整个社区的人都知道并且逐渐接受了小雨的"特殊技能"，对此见怪不怪。

直到有一天，爸爸回家的时候带回来一个不算新闻的新闻，世界会议通过一项决议：全世界都不需要再下雨了。

爸爸搜索出那段新闻视频，传送给妈妈。于是小雨和妈妈一起看到一群西装革履的人们坐在一个巨大的椭圆形的会议桌旁，神情凝重地盯着圆桌中心的一个 3D 投影，那是关于这项决议的投票。代表赞同的蓝色和反对的红色圆柱在经过初始的此消彼长之后开始呈现出高下立判的两极分化，不断地累计着人们的态度和断定。到了后面，圆柱增长的趋势渐缓，最后到了肉眼根本无法分辨的时候，圆柱身上闪现出了计票的数字。其实根本不需要观看这两组数字，从蓝色圆柱远远高于红色圆柱的柱体就能一目了然。参与投票的不仅仅是在座的几个人，全世界各个城市的主要负责人都远程参与其中，所以结果无可争议。换句话说，就在这一天，人类世界永远取缔了"下雨"这种天气。

小雨不清楚这到底意味着什么，她用力扯了扯妈妈的衣角，而妈妈却似乎一点都没有感觉到。

取消下雨天气的传闻由来已久，人们早都已经麻木了。然而就在大家认为这件事最多也就止于传闻，无法再向下进行的时候，却突然变成了不容置疑的事实。其实这种无厘头的决定对于人们的正常生活来说，压根就算不上什么大事，甚至都算不上是个事。从日常生活的角度考虑，很容易得出雨天没必要存在的结论。大部分人早就对取缔下雨殷切盼望了，只是有那么一小部分自诩富有情怀的文艺分子总在抱怨如果没有雨天，就无法相得益彰地表现自己的忧郁气质了。实在是严重脱离群众。

"怎么会这样？"妈妈有些遗憾地说。

"早就该这样。"爸爸淡然地说，"下雨有什么好的，给我们正常的出行造成不便不说，还严重影响到市政建设的进度，不仅如此，还浪费了不少系统的计算资源。"

妈妈没好气地说："那怎么不把季节也取消？每天都是一样的天气，调节到人体最适宜的温度，这岂不是更省事。"

"对呀。"爸爸眼睛一亮，"你这个建议很好嘛，每天都风和日丽，不冷不热。咱们给规划局也发邮件建议建议吧！"

"你——"妈妈生气地指了指爸爸。

爸爸笑着摆了摆手："好啦，季节肯定是还会轮转，不然世界该无趣了。其实最好是这样，每天从夏日清晨的鸟鸣开始，春风洋溢的上午，秋高气爽的下午，在窗外天寒地冻的冬夜钻进温暖的被窝。每天都体验四季，这样就完美了。"

"真无趣。如果每天都让你重复地生活，你还会觉得有意义吗？"妈妈问道。

"可我们，每天不都是在重复自己吗？"爸爸认真地说。

最后，妈妈几乎要被时而幽默时而深沉的爸爸折服了，但是爸爸却未能如愿看到一个天气不再改变的世界。因为小雨的存在，让这个号称永不下雨的世界变成了一个永远在局部下雨的世界。

小雨还记得那天晚上爸爸说服妈妈之后脸上胜利的喜悦是如何在看见自己之后突然间又烟消云散。他的脸色很难形容，大概就像是犯了牙疼。

那一天，小雨刚好满一岁。系统为他们这一家三口拍摄了一张一起吹蜡烛时候的动态照片，并嵌进相框悬挂在墙上。照片里，妈妈双手紧握放在胸前，像祷告时一样温柔地闭着眼睛，爸爸在一旁轻轻地叹气。而小雨，笑起来像一个天使。

二

三岁那年，小雨第一次离开家去上学。在校车上，她和邻座的一个小女孩做了朋友，小女孩说她叫林，森林的林。小雨说我叫小雨，就是三月淅沥沥下个不停的小雨。

林掩着嘴做出小淑女般的笑容，说："现在哪儿还下雨呢？"

"我到哪儿，哪儿就下雨啊。"小雨小声地说道。

"可是，你就在我身边，怎么没有下雨呢？"林问道。

"你等着。一会儿就有了。"小雨说。

林摇了摇头，跟旁边的孩子交换了一下眼神。小雨知道她心里在想什么，不过没关系，小雨会让她明白自己没有说谎。

等到校车停下，靠窗坐着的小雨等林下车后，才走到门前。

"你看，太阳就在天上挂着呢，怎么可能下雨呢？"正当林以为自己就要戳穿小雨的谎言时，小雨一下子从车上蹦下来，抱住了林。忽然间，就像是一盆水从半空泼下来似的，雨来了，把两个人浇了个结结实实。

林吓得挣开了小雨的胳膊，边跑边喊："怪人！怪人！"

到了下午，学校里来了一个会下雨的人的新闻就传开了，大家纷纷挤在小雨教室的窗外，像看动物园笼子里的狮子老虎一样看着她，有一些胆子大的还走到班里邀请小雨为大家表演下雨的绝技。小雨高高兴兴地答应了。终于有人认为这是一件好玩的事，觉得她是一个好玩的人，小雨在教室外的操场不断地奔跑，感到很开心。跑着跑着，小雨感觉没有最开始那么好了。她从同学们夸张的神情中看出，那些孩了只不过把她下雨这件事当成一个热闹，或者一个笑话，而把她当成了一个小丑。

小雨再也不表演下雨了。

晚上，小雨跟妈妈说："我不想去上学了。"

"为什么呢？上学可以学到很多有用的知识和技能，而且还有小朋友可以一起玩啊。"

"小朋友都不好玩。"小雨委屈地嘟着小嘴。

妈妈叹了口气。她意识到问题出在了哪里，于是抚摸着小雨说："是不是有小朋友讨论你下雨的事情了？这没关系。你要知道，这正是你的与众不同啊。是你天生就有的特质，别人无论如何都无法变得跟小雨一样。"

"我不想与众不同，我要跟他们一样。"

"小雨，你要学着理解这个事情。首先，这并不是你的错，这不是什么毛病。而每个人生来就都会有优缺点，你明白吗？"

小雨并不明白，但她明白了，妈妈并没有认同自己辍学的想法。第二天一早，小雨仍然背着小小的书包坐上了校车。只不过这一次，林不再坐在她旁边，也没有任何人再坐在她旁边。陪伴着她的是一个空空的座位，上面盛放着本不属于她这个年龄的孤独和忧伤。

小雨看得出来，学校的老师尽量一视同仁，但他们越是对小雨无微不至地关爱，就越是让小雨觉得他们是在掩饰和弥补自己内心对她的愧疚。没有人喜欢怪人，老师也是。照顾孩子们只是一种必须从事的职业，远远谈不上高尚，就像有些人必须从事乞讨，也跟尊严毫不沾边。对于职业来说，没有热爱，只有尽责或者不尽责。

有一天，一个满脸雀斑的小男孩冒冒失失地跑到穿着雨衣的小雨面前。小男孩站在几步之遥的雨幕之外，但在小雨看来，他却似乎是站在另一个世界。

男孩不怀好意地笑了，他的嘴角开始狡黠地向上拱，他开口了，字节和音符从他嘴里蹦出来，穿过雨帘，带着潮湿的讽刺传递到小雨的耳朵。接收，传达，解密，呈现。

"雨人。"小男孩说。

小雨一开始没反应过来。许久才她明白过来这是他给自己起的外号，不过她并不意外或是生气。只不过，在这个岁数，看起来可爱无害的孩子们也都有着一颗难以想象的敏感的心。小雨抬起手，指着男孩脸上的雀斑进行反击："你脸上的雀斑，就像是鸟屎。"

"你不用这么激我，我才不会跟你生气。等到了 10 岁获得成人权的时候，我就可以向系统申请更换一张我喜欢的脸，一张完美无缺的迷人的脸。但你，你会跟这朵云和这场雨永远永远地捆绑在一起。雨人！"小男孩说着做了一个鬼脸。

小雨急了，去追男孩。男孩全速跑开，小雨紧追不舍，这场景在局外人看来很是奇怪，就像是一朵云在紧追着小男孩。男孩的身体参数本来很占优势，但是他在奔跑的过程中不时地回头做鬼脸，导致不小心被绊倒在地上。小雨扑了个正着，她气喘吁吁地堵在他面前，再没给他逃走的机会。男孩忍不住哇哇地哭了，不知是因为摔疼了，还是因为被淋成了落汤鸡。

杀鸡儆猴，往往只能解决掉鸡，却不能解决猴的问题。越来越多的孩子开始承认并津津有味地传播起"雨人"这个外号。小雨已经无力阻止，就像无力让飘浮在自己脑袋上的那块乌云离开自己一样。第一次，小雨觉得这个世界面目可憎。

小孩子之间的玩笑总是无伤大雅的，无论有多么大的矛盾，只要睡一觉，拉拉手，总能烟消云散。哦，不，除了小雨头顶的那片云。真实世界的事情，就远没有小孩子之间的打闹和取笑这么简单了。全世界禁雨令已经施行了两年，整个人类世界所有的已知城市都不再下雨。人们已经渐渐忘记了在下雨天忘记带伞的狼狈，也忘记雨水从天空降落的美景，就好像，世界上从来就没有过下雨的天气一样。任何已经消失的事物，人们都有能力将其彻底遗忘。而关于下雨的事，人类仅仅用了两年。

但因为小雨的存在，她所在的城市却无法对此忘怀。小雨已经成为整个城市的异类。

也是因为小雨的存在，这个城市成了整个世界的异类。

三

任何事情都有两面性。正如有欺凌的地方，也就会产生同情。

许多人对于小雨报以关心，他们大声疾呼：这不应该是小雨的错，也不应该由小雨来承担。小雨只是个孩子，一切都不是她能够抉择的。一些公益组织和慈善单位，为了支持小雨甚至举行过几次规模不大的游行。但是随着时间的推移，人们的注意力很快被其他新鲜事物所吸引。比如通过随机建模生成的拥有美人鱼鱼尾或长着三只眼的婴儿。一直运行得完美毫无瑕疵的世界，不知是在开玩笑还是开了小差。

也有一些激进的新青年，对下雨感到新鲜，甚至不远万里从地球哪一端漂洋过海而来只是为了亲眼看看小雨和她的雨。还有些怀旧的老人，有时候也会慕名而来，静静地接受雨水的滋润。这些人来了，而后又走了。

更多的人，尤其是这个城市的居民，觉得他们应该跟全世界一样，生活在一个永远不下雨的世界，虽然他们并没有挨过雨淋，却无法接受自己的城市有一块永远播种雨水的云彩。

"小雨呢？"一天傍晚，爸爸下班回来后问妈妈。

"还没回来吧，我也没看见她，也许在外面玩。"妈妈看了看门外，还是一片晴天。

"我有话跟你说。"爸爸把妈妈拉到卧室，锁死门，说，"我已经联系过当时网购小雨模块的那个网购公司了。"

"他们怎么说？"妈妈瞪大了眼睛。

爸爸叹了口气："那个公司倒闭了。"

妈妈鼻子"哼"了一声："那你还跟我说什么？"

"我又试着去找过几个相关部门。问题是，没有任何一个部门承认自己跟这件事相关。最后我只能找到人体模块重组和回收公司，你知道，如果不是迫不得已，谁也不愿意跟他们打交道。我这……我这也是没有办法了。小雨越来越大了，她的人生刚刚开始，我们不能眼睁睁毁了她的一生啊。"

妈妈抱住了爸爸，哽咽着说："老公……我怕重组之后，小雨就不再是我们的小雨了。"

"不，不是重组。"爸爸艰难地说，"是回收。"

妈妈瞪大了眼睛："什么？"

"我已经试过了，当我把小雨的数据传给那家公司，他们评估后告诉我小雨的模块里有一个特殊的记忆程序，即使重组之后，这个数据仍然会存在，也就是说，她仍然会是那个走到哪里哪里下雨的雨人。我能有什么办法，我没有办法啊。"

妈妈静静地流着泪，过了一会儿，她下定了决心："就算全世界都不要小雨了，我不会不要。"

小雨没有机会听到这些话。就在爸爸妈妈伤感不已的时候，她已经离开了这座没有人喜欢她的城市。小雨五岁了，她已经懂得所谓的爱，其实都是有缺憾的。她爱爸爸妈妈，而离开他们，是她爱的方式。

小雨漫无目的走在大街上，没有带任何的雨具。淅淅沥沥，淅淅沥沥冰凉的雨水一刻不停地散落在自己身上。她希望自己就是一块冰，在雨水的冲击下慢慢融化，然后混着雨水融入大地，然后渐渐干涸，不留下一点痕迹。

小雨走到哪里，人们指指点点的目光就戳到哪里。他们的目光像是一场看不见的暴雨，打湿了她的生活。在那一刻，小雨第一次想到了死。她在这个世界刚刚度过五年，却为自己准备着最坏的后路。没有目的地，只有逃避。小雨一路躲避着人群，漫无目的地向前走。

有那么一时半刻，她泄了气，想立刻转头回到家里。她多希望再一次扑进爸爸妈妈温暖的怀抱啊。不过，爸爸妈妈是不是真的会很开心地欢迎她回家呢？小雨没有把握。其实，如果爸爸妈妈想要来找自己，只要凭着雨水的痕迹和指引就可以毫不费力地找到。而现在，他们压根就没有出现，只能说明他们根本没有找她。也许，爸爸妈妈早就盼着有这么一天了吧。现在，累赘终于没有了。他们终于可以开开心心地过正常人的日子了。小雨有点想哭，但没有掉下眼泪。她最在乎的两个人跟这个世界同流合污了。

小雨坚定了远离的脚步，越走越快，再也没有回头。终于，小雨远远地离开了，离开了自己的故土和家，离开了爸爸妈妈。

小雨不知道要去哪里，不知道未来会怎样，唯一可以确定的是想要去一个没有人的地方。她听说，这个世界还有许多的无人区，比如荒凉的戈壁和野蛮的沙漠。小雨没有目标地走着，目的地是哪儿呢？她不知道，只要没有人就行吧。可是，她太过"耀眼"了，根本无法真正躲避人群，想象一下，你正站在太阳或者月光底下，享受着干燥的空气。突然，一阵小雨从你身旁掠过，任谁都无法不去注目。

"快看，那不是雨人吗？"在一个陌生的城市，一群少年发现了她，欢快地围住她，他们跟她一起合影，凑钱请她吃饭。

"你真的太棒了，如果我有一朵那样的云彩一定很酷。"其中一个戴眼镜的少年说道。

"是啊，你的模块里哪一段代码是关于下雨的啊，能不能跟我们共享一下。"另外一个光头的少年附和道。

"如果我知道是哪一段，我自己就申请删除了。"小雨无奈地说道。

"为什么要删除，这样多壮观哪。"光头少年摸了摸自己锃亮的脑瓜说。

小雨摇了摇头，说："谢谢你们的款待，我要走了。"

"为什么要走啊，留在我们这里多好。"眼镜说道。

"你们看见对面那桌用餐的夫妇了吗？自从我从外面进来，他们已经偷偷瞄了我 6 次，眼神充满了对不祥事物的担心和诅咒，这样的目光我再熟悉不过了。他们还算是好的，我们进来之后，有 5 桌客人已经离席了，而其中 2 桌的饭菜刚刚送上来。瞧瞧，他们已经走过来了。"

一对夫妻模样的人走到他们桌旁，男人瓮声瓮气地说："请你离开这里。"

"为什么？"小雨调皮地问道。

"是啊，为什么？"一众少年紧随其后。

"因为我们的城市不需要下雨。你的到来打破了我们的天气平衡，也就是打破了我们的生活节奏。"

"可我只是淋湿了我自己，并没有让任何一个无辜的人遭殃。"

"不，外面总会下雨，就在你走出这座房子的那个时刻。"男人指了指窗外，"我以为你能够明白，我们这座城市有着很脆弱的生态系统。我们怎么知道你一直下雨会不会引起连锁反应。而且，你在我们的城市不停地下雨，也是在消耗我们的数据资源，那些随着你的雨水而流失的数据，足够我们城市几天的基础照明了。别以为这不重要，现在，像光和水这些必须资源都是限制供应的。"

小雨没有再多解释和抗争，站起来跟那些少年道别。不料，当小雨刚走出门口，他们就一拥而上，围在小雨身边。

"你们,"小雨有些不知所措,"你们要干什么?"

"如果我们无法挽留你,最起码让我们感受一下被大雨浇头的酣畅吧。"

光头第一个走到小雨身边,雨水把他的脑袋洗得发白。他兴奋地围着小雨转圈,挥舞着胳膊,似乎在跟看不见的对手示威。

眼镜紧随其后,加入了淋雨的行列,雨水模糊了镜片,朦胧的世界在他眼中走了样。他摘下眼镜,一把扔出老远。

少年们陆续围凑上来,手拉手围绕小雨旋转,像是一朵散开的水花。小雨先是咯咯地笑,然后开始嘤嘤地哭。有时候她甚至觉得,老天之所以赐给她这么一片雨是为了让自己随时想哭的时候就躲进雨里。

就这样,小雨到达一个城市,离开一个城市。

沿途中,就像第一次到达的城市一样,有人欢迎,有人指责,但大多数人都远远地躲开,仿佛她是一个恐怖的传染源。

一个接一个城市,小雨一直走下去。岁月在她身上渐渐丰满起来。

小雨已经习惯了现在的样子和状态,她有时候觉得自己就像一个行吟诗人。

唯一遗憾的是,到处都有人,这个世界上根本没有无人区。

就这样,到了小雨10岁生日那天,她像其他人一样获得了成人权,拥有一次调整性格和更换长相的机会。小雨一直不敢往这儿想,她心存一个渺茫的希望,不知道自己的厄运会不会就此终结。她害怕听见命运对自己说不。失望并不可怕,可怕的是不切实际的希望。

但她还是要尝试,就当是给自己成人礼时的一次加冕。

登录系统,选择模式,她随意选中一张看上去虽然不美,但是却让人感觉温暖的脸,性格中加重了坚强的比例。这算是"洗心革面"吗?应该远没有这么夸张,这不过是她的成人礼,每个开始独立生活的人都有权利给自己的一份礼物。

小雨退出系统，现在她拥有一个全新的自己，但头顶上倔强的云比她更熟悉自己，雨水仍然在毫不留情地噼里啪啦砸下来。她的脸上，她的身体，她的心灵。

事实如此冰冷。

但小雨报以微笑，甚至有些放松下来。这些年之所以能够顺利度过一个个难关和难堪，因为她时刻做着最坏的准备。

当一个人已经没什么可以输的时候，从某种程度上来讲，她就是人生的赢家。因为这个时候，再也没有任何筹码能够伤害到她。

就这样，小雨一直走下去，没有方向，没有目的。

四

一个接一个的城市，小雨从未到达荒漠，就连人烟稀少的乡村都没有几个。在小雨看来，城市就像是一道大餐，而那些所谓的乡村不过是点缀在盘子上的一朵不能食用的雕花。

日升日落，年复一年，小雨出落成一个亭亭玉立的姑娘。她美丽，善良，看上去温柔而忧愁。

有一天，小雨正沿着铁轨横跨一座不知名的城市。现在，小雨已经不再避讳下雨这件事，也不像一开始总是躲在建筑物的荫蔽之下。她更愿意走在空旷的地方，让雨水肆意而下。突然，她听见轰隆隆的声音，而且头顶上的雨消失了，她猛地抬头看，发现是一架直升机横亘在她和云朵之间。

片刻之后，直升机降落在她面前，从上面下来两个人，一个身穿着笔挺的西服，看上去精明干练，另一个——小雨瞪大了眼睛，不顾一切地跑过去，抱住了她。

"妈妈……我好想你。"

妈妈哭着笑了："小雨，妈妈也想你。"

"我每天都哼着你小时候给我唱的儿歌才能睡着。"

"我的小雨，我每天盯着墙上那张动态照片，觉得时间似乎一直都没有走过。而你，你已经这么大了……你已经换了一张脸蛋？"

"好看吗？"

"好看，好看。"

雨水把她们俩打成了泪人。

而那位一直等待在旁边的先生，很有教养地等待着她们恢复平静。

"妈妈给你介绍一下，这位是罗先生，是天气运营的负责人。算起来，跟你还是同学呢。"

"你好，我叫罗彬。"罗彬绅士地行了弯腰礼。

"你好。"小雨有点不知所措。

"时间紧张，我们上飞机再说。"罗彬说道。

"上飞机？去哪儿？"小雨问道。

"回家。"妈妈摸了摸小雨的脑袋。

"到底是怎么回事？"飞机起飞后，小雨问妈妈，但妈妈却看向罗彬。

"是这样的，你可能并不知道。从去年起，就有城市的居民开始要求天气管理中心恢复下雨的天气，一些团体也组织了用高压水枪模仿下雨的活动，这似乎变成了一种燎原的流行，关于恢复下雨的呼声越来越高。当然，也有一些人拒绝下雨，这些大多是当时提议关闭下雨天气的拥趸。双方展开了激烈的论证，就在上个月，世界会议已经通过了一项新的法案，允许城市进行区域和限时的降雨。"罗彬说道。

"这跟我有什么关系？"小雨不解地问。

"很快你就知道了。当这项决议通过之后，我们的城市是第一批有所动作的，因为……我们比别的城市都更多地体验过下雨的感觉。我们一直在积极争取，甚至还为了在何时降雨进行了一次全市的投票，等到了那一天的那一时刻，所有期待下雨的人都跑到了空地上，等待着来一场狂欢。人们就像新年倒计时一样数秒，但等人们数到0的时候，天空中却没有飘下一丝一滴的雨水。不仅是我们城市，我们很快联系了世界上所有的城市，没有例外，所有的城市都是这样。人们疯狂地寻找着答案……"

"这到底是为什么呢？"

罗彬顿了顿，继续说："因为太长时间过去了，系统更新，清理冗余，已经没有人记得下雨的代码是什么。就像人类抛弃了下雨一样，现在，下雨也抛弃了人类。很讽刺是吧？不过我们是幸运的。这个时候，我们想起了你。"

罗彬看着小雨，眼神里有种说不出的情绪，关怀，热盼，甚至是贪婪。这一切发生得太过突然，小雨一时不知所措。她只知道，她很快飞回了那座曾经熟悉的城市。自己离开这里，曾经用了那么多年，而回到这里，却不到一天。

一路上，小雨紧紧握着妈妈的手，目光却不时飘向罗彬。他是一个非常有魅力的男人，魅力并不在于他的英俊，而在于他讲话时那份笃定，让人感到温暖和希望。是啊，希望这次的希望不再是不切实际的希望。

小雨在直升机上看见了地面上欢呼的人群，这些人，真的是为了自己的到来而使劲地摇着手臂大声地喊出自己的名字的吗？这些人，不正是当年希望自己离开的人们吗？小雨摇摇头，有相当大一部分，是同一批人。

小雨问妈妈："爸爸呢，他现在好吗？"

妈妈说："你离开之后，爸爸就变得沉默寡言，他很内疚，他让我请求你的原谅。"

"我从来就没怪过爸爸啊。"小雨笑着安慰妈妈。

"好，我们到了。人们都在等着这场雨呢。"罗彬打断了小雨和妈妈之间的缠绵。

"可是我要怎么做？"小雨突然问道。

"怎么做？你不是到哪里，哪里就会下雨吗？"罗彬反问道。

"可我只有一小片云，只能下一小片雨。"小雨说，"我不可能让整个城市都下雨的。"

"暂时先这样安排，让人们排队去你的雨域里进行感受，后面再想其他办法。"罗彬说道。

广场上原本拥挤的人群乖乖地排起了长龙。

小雨的雨域一次最多容纳七八个人，为了让更多的人感受到，每次体验的人不能超过 15 秒钟。

除了小雨，其他人根本不佩戴任何雨具，他们任由冰凉的雨水冲刷着自己的身体，发出快感一样的满足的呻吟，这是压抑已久的突破和体验。

人们你来我往，走马观花一般，小雨面无表情地看着他们像流水一样从自己身边经过。这真是讽刺，就好像世界在自己面前完全翻转了过来。

不知过了多久，只有一个人走了过来。

小雨从雨伞里露出视线，发现来人是自己的爸爸。

没有拥抱，甚至没有对话，小雨原谅了他，但他却不肯原谅自己。

在那之后，冗长的仪式连续进行了一个星期，每天人们都排着长队，等待体验雨水浇淋的畅快。他们为小雨建造了一个镂空的圆柱体，让她站在其中，然后开了一扇门，门外是等待体验的人们。由于体验的人越来越多，还有好多是从其他城市赶来的，为了防止有的人重复体验，而有的人却体验不到，城市管理人员不得不对人们进行统一编号，在人们脸颊上生成一个条码，每次体验下雨的时候需要扫描这个条码才能入内，上面登记了体验次数和时间。但这不是个办法，小雨不可能一直站在这里，像博物馆里一件展览品一样，由游人进行观赏。她是一个活生生的人，而不是一尊死气沉沉的文物。

关于小雨下雨的研究毫无进展，人们分析了她所有的数据，没有任何发现。她就像是一个毫无缝隙的屏障，人们找不到任何突破口。下雨对她来说是如此自然的事，对所有人来说却是超自然的魔法。

"小雨，在你身上到底发生了什么？"罗彬站在雨中问道。

小雨摇摇头，又回到了初生时用动作表态的习惯。

"我们已经用尽所有的办法，可还是拿你没办法。现在只剩下最后一个办法，要将你的整个模块进行回收，然后全部嵌合进城市天气系统。你知道这意味着什么吗？意味着你就要变成天上的云，在人们需要的时候，来一场雨。你听见我在说什么吗？"

"我听得见。"小雨说，声音却小得几乎自己都听不见。

"所以说……"罗彬的眼神突然变得坚毅，"离开这里吧，到一个没有人能找到你的地方。不然，你以后生活的每一天，都会在无数人的拥簇下度过。对不起，是我找到了你。你本来都已经从原先的火坑里跳出来了，是我把你又推进来了。答应我，让我跟你一起走好吗？让我照顾你，保护你。"

咔嚓一声，夜幕迅速闪亮，又迅速归于黑暗。这是小雨的云朵里人生第一次绽放出闪电。小雨猛然发现，罗彬鼻子上长着几粒雀斑。

五

这是一座半球形的建筑，顶端有一个正圆的平台，远远看上去就像是一个扣在地上的巨大的碗。全世界的天气管理中心就位于这栋碗形大厦的顶端，回收小雨模块的操作就在这里进行。

小雨拒绝了妈妈、爸爸以及罗彬的陪同，独自一人来到这里。

接待她的人说了一些感谢她为了全球天气系统做贡献的客套言辞，就把她引到一个全密封的屋子，交给里面准备就绪的工作人员。他们一个个坐在电脑面前，神情庄严，就像是对待一场隆重的祭祀。

小雨躺在一个透明的藏室内，这里将是她的坟墓。

回收是针对自然死亡的人专门设置的，可以将身体的数据进行分解，然后重新轮回安排使用，也许会被制作成一方假山安置在人工喷泉里面，也许会编码成一片绿色的草地铺在城市道路两旁的绿化带里。而小雨，她将变成一朵雨云。

系统启动的时候，本来透明的玻璃变得流光溢彩。小雨看见自己的身体就像是一抔灰尘，被风吹起，在舱内飘散。

首先消失的是双脚，然后是小腿、膝盖、大腿、腰胯、腹部、胸部、脖颈、下巴、鼻翼。她现在只剩下眼睛以上的部位，但是却比以往任何时候都能清晰地看到外面的一切。小雨这短暂而坎坷的人生就要画上一个并不完美的句点。最后，视觉消失了，仍然能感受到自己的存在，那种无处不在的存在，没有了肉体的累赘，她分化成了生命的本质。

代码。

紧接着她出现在一个黑色的空间，她的肉体得到了重塑，各种体感相继回归，她能够发出声音，感受到脚下踩着的硬物。但依然什么都看不见，这里伸手不见五指，她呼喊了几声没有任何回答。不知过了多久，突然一束光出现了。

小雨站在光里。一直笼罩着她的雨，停止了。

就在这时，又出现一束光，一个面容沧桑的老爷爷出现在光芒之中。老爷爷缓缓向她走近，那团光也追了过来。

"我死了吗？"小雨终于能发出声音了。她的声音，很轻很轻。

老爷爷摇摇头："恰恰相反，你活过来了。"

"这是哪里？"

"这里是域界。"

"域界？"小雨觉得脑袋迷迷糊糊的。

"所有的代码都存储在这里。"

老爷爷伸手一指，黑暗的空间顿时被点亮，无数条纤细的蓝光在不停地闪烁着，蓝光不断地放大，再放大。小雨发现，那竟然是一串串由1和0组成的数字链。

"这些就是世界的本质。"老爷爷说。

"老爷爷，那您是上帝吗？"

老爷爷再次摇了摇头："恰恰相反，你们才是我的上帝，我只是你们的仆人。"

"……什么？"

"早在几百年以前，所有人的原始意识都已经上传到服务器了，但是当全世界最后一个人也上传之后，一个尖锐的问题摆在人们面前，那就是无人看守这个服务器。于是，便有了我。一个超级AI，全人类的仆人。我按照人们的意志将服务器运输到南极，最大程度上避免了外界的干扰。远程超距供电技术的突破，可以将人类建设在世界各地的发电机调动起来为服务器提供持续的电力支持。人们做了充足的准备，然而麻烦还是出现了。由于这个服务器的负载实在太大——全世界的人类呢，而且数字还在无节制地增加——冰川融化了，服务器濒临宕机。"

小雨想象不出那是一副什么样的景象。"那意味着什么？"她问。

"意味着，盛放全人类的匣子即将报废，人类文明告罄。"

老爷爷的声音饱含着沧桑："我最终选择介入，尽管这并不符合我的设计初衷。为了让人类能够尽量多存活一段时间，我取消了许多不必要的进程。比如，取消下雨。还有压缩基础照明的时间，减少突然而至的气候变化等等。我甚至尝试过取消人与人之间的沟通，让人类变成静态的历史，以最大限度地延长人类存在的时间。这些都是为了让系统进入所谓的'省电模式'。但是，环境的恶化并没有丝毫的好转。渐渐地，我想明白了一件事，那就是人类存在的意义并非是为了存在本身而存在的。一个人不管多大强大，他也需要另一个人。同样的，对于天气来说，暴风雪和雷电都有其存在的意义。我只能尽量减少一些不必要的事物来为人类的生存让路，但同时也做了一手准备。比如，当我决定取消下雨模式的时候，就计算到他们会有一天怀念起这湿漉漉的天气，所以我制造了你。严格来说，你其实是个备份。"

老爷爷说完，轻轻地抚摸着小雨的脑袋，动作爱惜而缓慢。

"也就是说，即使我做出牺牲，世界也再回不到有风有雨的日子了，是吗？"

老爷爷缓缓地说："我不知道。这个问题超出了我的逻辑计算能力。我无法为如此巨大的风险担责，这是一个没有完美解的方程，我无法做到平衡。所以，我决定遵从人类的意志，也把这个权力转交给你。你将成为这个世界的雨云，以你的感受、你的经验去决定每一天、每个城市需不需要下雨。当然，你还时刻不能忘记一件事——每次下雨都会占用更多的系统资源，从这个角度讲，你每次向世界播下雨点，整个世界就离毁灭又接近了一天。所以，下雨，或是不下雨，都由你作出选择。"

小雨静静地听着这一切。巨大的压力让她几乎透不过气。

良久，她颤抖着问道："那么，老爷爷，外面的世界是什么样子的呢？那个人类原来的世界，那个真实的世界……那个世界，是跟我们的世界一样，永远是阳光普照的吗？"

"恰恰相反。"老爷爷沉寂了很长时间，漫长得像是一个世纪。

"全世界都在下雨。"

（本文合著者：王元）

恼人的头发

DJ，躁动的DJ。

人类，无论什么时候都从未忘记过一件事情，那就是放纵。更可怕的是，越是大难临头的时候，越是不该放纵的时候，就越抑制不住这种冲动。

即使是一百年后的世界，震动的舞池里也从来不缺热情洋溢的男女青年，他们中有刚刚成年的懵懂少女，正放肆地扭动着曼妙的身躯，疯狂地甩着长长的头发；也有三四十岁忙里偷闲的猥琐大叔，忘乎所以地混迹进去，美美揩油的同时，乐滋滋地晃动着肥大的屁股，享受着眼前的一切。吧台的不远处，一个黑眼圈的青年深深吸了一口香烟，悠然吐出几个圈。他微微眯着的眼睛已经开始出卖刚才喝醉的事实，而模糊的灯光即将将他送进从未去过的天堂。一支烟很快燃尽了自己的生命，他意犹未尽地把烟头掐灭，瘫坐进贵宾座的长椅里，默默地享受着这份放纵后的暂时快感，闭目养神起来。

在这一刻，就算下一秒是世界末日，人们也能兴奋地碰杯、吹起啤酒，毕竟，及时行乐才是真正的王道！

一

2116 年的某个慵懒的早晨，一缕阳光柔和地穿过落地玻璃大楼的高层，直直照射在窗户上的温度感应器上。联动的百叶窗户缓慢地升起，组成光线的光子们千回百转，百折不挠，正正好好地照射在贾云熟睡的脸上。

贾云，帝都某濒临破产公司的老总，年轻有为的企业家，人文科学资深爱好者，自然科学门外汉，品格高尚的慈善家，卑微的受政府救济者，古诗词痴迷者，数学呆子，毫无疑问是个正直向上的好青年，同时也不可救药是一个深度的赖床症患者。

"云先生，请起床，您有一份账单需要处理！"智能机器管家小 R 不合时宜地用自己略显生硬的混合机械声提醒道。

"我知道了！"贾云半梦半醒，嘟囔着说着自己的口头禅。尽管"贾"是自己的姓氏，但贾云更喜欢别人称呼自己为"云先生"。他打了个哈欠，缓缓地问："又是什么账单，昨天不是已经缴纳了水电费了吗？"

"是您在市中心皇家酒吧的消费记录，总计 23600 信用点！"R 如实地答道。

"什么？"原本打算再睡一觉的贾云听到这样的数字立刻惊出了一脑门子冷汗，睡意全无！他这才想起来，自己昨天晚上和老方疯狂嗨皮的场景，"昨天我们不就多喝了几瓶红酒吗，怎么会花这么多？"

"根据账单的记录，你们一共喝了啤酒 50 瓶，2016 年的拉菲 4 瓶，还有玩游戏输了的资助市中心养老院的 130……"

还没有等 R 说完，贾云就已经耐不住性子了："我知道了，我知道了……我去，昨天到底干了些什么啊？咋还资助了市中心的养老院 130？真是喝酒耽误事啊。"贾云渐渐清醒了，昨晚的事可以说全都怪老方啊。本来呢，两个人好不容易把公司的房租和水电费交上，该好好谈一下未来的发展。可这个家伙，说什么在家里谈没有气氛，还说"今朝有酒今朝醉"……这下可好！未来的光明前景还没着落，阴影倒是又来了一堆！贾云望向老方的寝室，只见那空荡荡的房间里并没有人影，就连床也是干干净净的，很明显那个家伙昨天并没有睡过！

"R，方学者呢？他没回来吗？"贾云起了身，随手拿起小 R 为他准备好的新衣服，懒散地问道。老方这家伙，也有个跟自己相似的怪癖，不喜欢别人叫他"先生"，而是喜欢被称呼为"学者"。为这，俩人没少相互调侃。

"回来了，昨晚是跟您一起回来的。您忘记了？"

"一起回来的？"贾云拍了拍自己的脑袋，又朝着老方的房间望了一圈，确实没有人啊。

"方学者昨天和您回来后，似乎找不到自己的卧室了，倒在客厅的沙发旁边就睡着了！"R 一字一句地解释说。

"什么，这个死猪，竟然还在睡啊！"

说到贾云的这个不靠谱的合伙人老方，贾云真是又爱又恨。他这个人什么都好，为人聪明、能干、仗义、呆萌……但就一点，太邋遢！本来他就是个重达两百多斤的胖子，白瞎了父母给他起的"子墨"这么文艺的名字。又不收拾仪容，导致到现在还没有正经摸过女孩的手，想想也真是可悲。然而就是这个老方，到了酒吧却常常揩油搭讪，搞得一旁的贾云很是尴尬，真想假装不认识他，找个地缝钻进去。想到这儿，他甩甩头，厌恶地走进了洗漱房。

别说，这 2016 年的拉菲后劲还真大，贾云脑袋直到现在还疼得走不稳路。他来到水龙头的旁边，智能管家立刻发出温馨的提示："云先生，请问您是否需要洗个澡来舒缓舒缓？"

"Do it！"贾云理所当然地答道。不一会儿，身边的浴缸开始慢慢溢上热水，浴室的墙壁也恰到时宜地开始播放班得瑞的音乐。小 R 可以随时检测主人的身体状况，智能地采取相应的措施，为使用者提供最贴心的服务，十分人性化。而此时此刻的贾云，一边享受着这贴心的服务，脑子里倒是在盘算着另外一件事情：智能管家这东西方便倒是方便，就是有一点不好：费钱！可他转念一想，反正这个季度的水电物业费都已经交了，不用白不用。就是可怜自己的小公司财务表了，上面的数字，经过昨晚那一通折腾，就剩下几个小数点了……

洗着洗着，洗漱房突然发出的警报声打断了自己的胡思乱想："警告，警告，排水系统出现故障，浴缸水位过高……"

这样的自动供水系统都有一个紧急的手动停水装置，贾云不由分说就照着开关按了下去，眼看着水快要溢出的时候及时地阻止了一场灾难。被这突如其来的一惊吓，贾云感觉酒也醒得差不多了！

"还好我机智果断，要不然寝室就要发水灾了，可无缘无故的，排水系统怎么能坏呢？"贾云自言自语着。"R，帮我扫描一下浴缸下面的水管，看看究竟是怎么一回事？"贾云说道。

"好的，云先生！"小 R 立刻翻滚而来，绕过赤身裸体的贾云，用自己头顶上装载的 X 扫描仪对着浴缸进行了一通扫描。不一会儿，3D 全息投影模型就摆在了贾云的面前。

"先生，根据扫描的结果来看，浴缸下面的排水 U 型管已经被大量的毛发塞满了，导致排水系统发生故障！"

"毛发？谁的？"贾云显然有点多此一问了，他们那个 200 平方米的商住一体式房屋，除了他就只剩下年纪轻轻就濒临谢顶的老方了！

虽然罪魁祸首显而易见，贾云依然想最终确认一下："是老方的？"

"根据略微卷曲和棕黄色的毛发特征可以初步判定是方学者的！"R 老老实实回答。

尽管已经在意料之中，贾云还是难以抑制心里的怒火。好你个老方，邋遢到这个份上我也是服了你了，要不是为了给公司腾一点办公的地方，我才不想和你这个家伙住到一起！难怪丁柔每次来家里做客，总说屋子里面有一股子奇怪的味道，闹了半天全是老方搞的鬼，不，老方掉的毛！贾云越想越气愤，他大踏步走到客厅沙发的地方，要找老方说个明白。

此时此刻，老方蜷缩一团，倚靠沙发，完全睡到了地板上，嘴里还时不时地传来一阵阵的呼噜声！

"你倒睡得安稳踏实，你这个家伙上辈子难道是头猪吗？瞧瞧你这锃光发亮的脑门，都能榨出二两油来了！还不快起，你这掉毛的狗！你知不知道你的头发把排水管都堵了？"贾云边说着，边嫌弃地薅着他那本就不太多的几根毛发，一使劲，没想到竟然给拔了下来！

"啊呀……你干吗呀！"老方的呼噜声消失了，他眯着眼睛翻身坐起。看着愣在原地的贾云和他手里的几根头发，顿时知道自己的宝贝头发被他给揪了下来。

"干吗啊！干吗啊干吗啊！我的头发本来就不多，你给我都揪没了！"他边埋怨边试着爬起来，没想到连做了几个鲤鱼打挺都没有成功，就只好老老实实地换成了胖子翻身。爬起来之后，他几乎是用冲刺的速度跑到了镜子前，拿起自己的梳子整理起自己仅剩的一点秀发！

贾云看到这一幕简直又好气又好笑，不知道该说什么好。

"罪过啊罪过，"老方絮絮叨叨地对着镜子说个不停，"想我老方正是年轻的大好时光，可不能这么早就谢顶啊……"贾云在客厅站着，老远就听到老方的一声声哀号。

"你还是不是个爷们？简直比娘们还烦人！"贾云忍不住吐槽他一句，"再说了，娘们都没有你掉头发掉得这么厉害！"

"你竟敢歧视女性！我要告诉你女朋友丁柔去，看她怎么收拾你啊！"老方眼睛没有从镜子移开一寸，嘴里却不停地诅咒贾云。

"你敢！"贾云突然爆发了，"如果不是因为你，咱们至于这么落魄吗？上个月，你赌球把咱们那点家底输了个精光。这个月，我稍不注意，你又跑去研究什么三色球，说要把失去了的再拿回来。现在好了，你拿回来什么了？咱们连公寓都住不起了！"

小R一言不发，小心翼翼地躲开怒发冲冠、连说带比画的贾云，为老方端来了洗脸水。老方不再搭理贾云，认真地洗了洗头脸，本以为能借此换个心情，没想到却突然发现自己的头发掉得更多了，这真不是闹着玩的，自己才35岁啊……

贾云后来说了什么，老方已经完全听不见。就在这一刻，他突然意识到，自己的头发掉落已经不是闹着玩的，而是成了自己不得不严肃面对的重大问题。

肯定有什么办法可以弥补的！老方心里暗暗地想着。

二

俗话说"爱美之心人皆有之"，老方当然也不例外，况且他还自认为这么"年轻"。于是他开始积极寻找弥补的办法。

"弥补什么？买副假发不就得了？"贾云调侃他说。"您都这个岁数了，掉几根头发再正常不过了。"

"你说得倒轻巧，我才几岁啊？你那天不还嚷嚷着牙疼吗，咋不去买副假牙呢？"听到自己的合伙人这样调侃自己，老方的心都在滴血。他翻着白眼，绞尽脑汁埋汰贾云。

"还好意思提这事？明明是你，吃剩下的汉堡舍不得扔，都在冰箱里冻了好几天了，居然说是特意留给我的。我一吃，好嘛，比石头还硬！你还没赔我的牙呢！"提起这一茬，贾云就气不打一处来。老方这个抠门的家伙，上次叫了外卖超级巨无霸大汉堡，贪心的他本来打算一个人偷偷独享，却高估了自己的饭量，没有办法，只好把大汉堡咬成了小汉堡，存到了冰箱里。过了好几天，贾云无意间说自己饿的时候，这个家伙才想起自己的这点"库存"，总不能浪费吧，于是假惺惺地请贾云吃饭，结果差点硬生生把贾云的牙给磕掉，为这事，老方还笑话了他好长的时间……

贾云虽然不记仇，但他专门提起这事，他就有点不乐意了。但贾云毕竟是贾云，素质不会低成老方那样，他自然有自己减压排气的方式。很快，他冷静了下来，对着自己的智能管家说："R，打开电视，看看最近有没有好一点的 3D 电视剧？"

"好的，先生！" R 按照贾云的吩咐打开了 3D 电视机盒。

现如今的电视，早已经不是一块呆板的冷冰冰的方形屏幕。自从上个世纪末第五次科技革命爆发以后，新的交互手段如雨后春笋般诞生，体感技术进一步发展，纷纷投身于服务越来越颓废的人类。原本只有平面影像的电视机已经变成 3D 投影、多方位交互的新型科技产物。贾云望向电视机盒的方向，那块酷似一百多年前智能手机的小盒顿时在他的前方投影出了栩栩如生的画面，就像真人在他们的面前演绎一样。贾云习惯性地往沙发里一瘫，整个人完美地陷入其中，跷起腿欣赏起来。

很快，他皱着眉头，换了一个台。

没过多久，他又挥了挥手，再换一个台。

……一连换了几个台之后，贾云有点恼怒了。

没错，无比先进的电视技术满足了人们日益增长的视听享受需求，但同样也带动了很多行业的发展。比如说，电视购物。这个在一百多年前已经日渐衰落的行业由于新的交互技术的蒸蒸日上再次来势汹汹地闯入了人们的视野。以此为契机，发展起了很多新的形式的公司，就连某宝、某猫的 CEO 也开始在电视购物这方面狠下血本，趁机发展壮大。丁柔的父亲也正是在这方面有涉足，公司做得风生水起。

贾云坚持不懈地换着台，终于在电视广告的夹缝中找到了一个电视剧，该影片以 100 多年前的城市生活为主要背景，讲述了一群年轻人毕业之后找不到工作从底层蜗居开始奋斗，百折不挠、自强不息直到最后全部失败的感人故事。

"你看的这都是什么狗血电视剧啊，咱们换个频道看个有意思的！"老方不知什么时候来到了贾云的身后，看着后者居然像嗑药一样入迷地观看国产肥皂剧，顿觉痛心疾首。他转过身对着身边的小 R 说："R，换个台！"

"哗！"眼前投射的画面突然消失，又一轮新的投影开始慢慢开始了，经过了漫长的筛选，一部怀旧的老电视剧出现在两人面前。

"这还差不多！"老方满意地说，"100 年前的事儿，也敢叫什么时代剧？别让我发笑了。"顿了顿，他补充道，"要看就看 150 年前的。这才好看。"

贾云见自己的节目被换掉，依照以往的经验，自己的电视也看不成了。而且，只要挥挥手就可以换台，老方为什么非要指使小 R 给他换台呢？简直是太懒惰了。他不满地对着 R 说："这个不好看，换台！"

"再换！"老方脱口而出。

"再换！"贾云不甘示弱。

......

两个人就这样又开始了新的"战争"，这倒把一旁的小 R 忙得不可开交，好像做起了广播体操。两个人的争执还在继续，突然，几乎是同时，两个人都对着 R 喊了一声"停"，忙碌的小 R 这才猛然住手。

原来，他们都注意到了电视上正在播出的一则购物节目。不，确切地说，他们俩是被广告片投影到二人身边的大美女吸引住了，这大妞，身材窈窕，凹凸有致，长发及腰，一颦一笑都引人注目。正当二人看得拔不出眼睛时，一个深情的男中音操着一口蹩脚的普通话款款响起——

"我的梦中情人，有一头乌黑靓丽的长发……"

老方和贾云面面相觑。

"……观众朋友们，你现在收看的是国内一流专业机构为您精心推荐的强力生发剂……"二人身边的小姐突然开金口，介绍起了自己的产品。节目不失时机地搬出了一大堆使用者用后的效果，那真可谓五花八门，五光十色，看得老方不停地啧啧称奇。

贾云对老方的表现颇不以为然，不屑地说："假的吧。你看那个老头子，都快活到80岁了，还能长出新头发，咱们的生物技术什么时候这么神奇了？我看那家伙肯定是无良商家掏钱找的托儿！"

"别这么不相信科学。万一是真的呢？"老方一脸严肃地批评了贾云。他默默打起了小算盘，这东西，就是试试也不亏啊。"看，保证有效，无效退款！"老方对贾云感叹道，"在这个年代，你见过对自己家产品这么有信心的商家吗？就凭这份认真，也教人感动啊。"

贾云默不作声，心里想，老方还真是见识少啊。

老方不再犹豫，直接拨打了这家公司的订购电话，先定了一个疗程的特效生发剂。

2116年的电视购物，最大的优势就是送货快。老方下单没有多久，就听到了门铃声。老方高兴得屁颠屁颠跑过去开门，送货的是一个漂亮的姑娘，跟刚才出现在电视节目里的那位很有一拼。她满脸堆笑，客客气气地对老方说："感谢您使用我公司的生发剂，您可真是有眼光，我们公司的产品包您满意，用不了多少时间就会让您重振雄风的！祝您生活愉快！"

老方本来就对漂亮的女生没有多少抵抗力，听她这么一说，乐滋滋地乖乖交了钱。

"真是好货色啊。"姑娘走了之后，老方手里掂着那支不大不小的瓶子，小声嘀咕道。

贾云一声冷笑："你是说生发剂呢还是说人呢？"

"你这不是废话吗？"老方小心翼翼地捏着那救命的瓶子，躲进了洗漱室。

剩下的半天时间，贾云忙着处理了公司的一些杂七杂八的表格和订单。沉浸在工作中，他很快就忘记了时间，也忘记了周围的一切。这些工作让他感到充实，感到有意义，好像整个人生都充满了希望。是啊，自己还很年轻，贾云想，未来总归是美好的吧。

他想到了丁柔，突然心情又开始变得低沉起来。

无休无止的工作，无休无止的账单，这一切都是两人的未来不得不面对的考验。

贾云现在住在公寓。虽然外面已经华灯初上，但他却一点儿也不想回家。他静静地看着自己手上的公寓钥匙，想起了最近一直很让他愁心的事情。女朋友丁柔的家里死活看不上他。贾云突然又有些不敢想自己的未来会怎么样。就现在这样，每天跟老方有一搭没一搭地干着，饱一顿饥一顿，不知道什么时候是个头，也不知道什么时候才能成功。也许真有成功的那一天，自己也得七老八十了吧。等到那个时候，一切都完了，丁柔早就成了别人的新娘。不，也许，连她孙女都已经嫁人了吧……

想着想着，贾云感到一阵悲哀。好像应和着自己的心事，他翻开了企业邮箱里的账单一项。那些来自五湖四海、琳琅满目的账单，每一张都给自己那并不光明的未来又蒙上了一层新的阴影。这些账单很快让他忘记了之前幻想的一切，让他感到空虚，感到无聊，好像整个人生都充满了绝望。是啊，自己还很年轻，贾云想，但是未来似乎根本就没什么希望了。

就在这时，贾云听到了一声撕心裂肺的惨叫！

三

"啊呀呀！这些奸诈的商人！"

"怎么了？怎么了？"贾云循声走去，他简直不敢相信自己看到了什么——公司里无端冒出来一个来自非洲的土著同胞？！贾云不禁惊讶地问道："你是谁？"

"贾云，别开玩笑了，是我啊！我……我是老方啊！这些奸商，卖的什么玩意，我一觉起来脸就变成了这个样子！"屋子里那个面如黑炭的人开口说道。

贾云仔细地端详着眼前的"土著同胞"，才发现他除了脸变得有点黑以外，体型、穿着、动作和老方一模一样！他不禁笑出声来："老方，真是你啊，哈哈……"贾云捂着肚子指着眼前的大黑脸，嘲弄地说，"我还以为是哪个非洲来的友人呢，说了让你不要买不要买，哎呀我不行了，哈哈哈……方子墨，老方，你这回可真成了浑身泼墨了！"

原来，老方头发没长出来，人却变成了黑人。

"太气人了。竟然拿着染发剂当生发剂卖？！"

"哈哈哈……"

"染发剂也就罢了，咋还染了全身了？！"

"哈哈哈……"

"不说了，我去好好洗个澡。贾云，公司的事务就先交给你了！"

"哈……"贾云突然笑不出来了。

这件事给了老方很大的教训。虽然老方洗得很努力，但那些黑色色素沉积得很厉害，他几乎是在浴盆里泡了整整三天才恢复了原本的肤色。

"正路不走非要走邪路！"老方感叹道，"有这么好的技术，非要当骗子，怎么不去好好做一下防水涂料呢？如此不亲水的材料，我想一定会在城市建设方面大有可为的。这些人啊，可悲可叹呀。"

"你呀，就别替别人操心了。"贾云说，"有那闲工夫不如好好考虑考虑自己吧。瞧。"

老方顺着贾云指的方向看去，在浴室镜子中发现自己的头发又脱落了不少，他气愤地仰天长啸："我再也不相信电视上的破广告了！"

话说得轻巧，可是真正做到却很难。要不俗话总说，好了伤疤忘了疼呢。

没过多久，老方看电视的时候，又看到了一款新的生发剂，这次的导购大妞更美，效果更炫，还说是全植物的配方，绝对绿色安全，没有任何副作用。老方被说得心痒难耐，最终还是买了。

很快，绿色生发剂产生了效果。可惜的是，老方新头发没有长出多少来，头发的颜色却变成了绿色！

"其实啊，这次人家也没有完全蒙骗你啊。"贾云说。

老方顶着一头大"绿帽子"，对他怒目而视。

"真的是够绿色环保啊！"贾云说着，几乎笑岔了气。

老方又羞又恼，哭喊道："为什么受伤的总是我！"

贾云实在忍不住了："因为你总是不长记性啊！"

老方的生发之旅越走越坎坷，一来二去的几次折腾，本就不多的头发已经被摧残得所剩无几了。虽然在过去的几周，数次不成功的电视购物经历给了老方很大的教训，他嘴上也成天信誓旦旦地说电视广告都是骗人的，心里却隐隐约约地一直跃跃欲试。终于在某天早晨，他接到了一个神秘的电话。当时，无论是老方还是贾云，都没有意识到，这个不期而至的电话，将彻底改变他们两个人未来的命运。

很久以后，贾云依然记得，那是一个阴转多云的早上。原本心情不好的老方偏偏又失眠了，情绪正是雪上加霜。带着黑眼圈的老方本来打算洗个澡，却发现下水道又被自己掉落的头发给堵了，他不禁苦笑着自己趴在下水管道，一绺一绺地清理着自己的毛发。

"方学者，您有一个视频电话，是否接听？"正在这时，R滚到了洗漱房向老方汇报。

老方本来没有打算接听这个电话，可他看到来电显示的那一瞬间，又突然改变了主意。这是因为，那上面的名头实在是太有杀伤力了——"特效生发公司"。

"接通！"

视频接通了，对方竟然用的是虚拟人物，这让老方多少感到几分意外。视频通话，尤其还是广告公司，竟然使用虚拟人，说明要么打电话的人特别注重自身形象和身份，要么就是有难言之隐。总之，在这个非比寻常的电话中，视屏根本看不到任何人物，只有一个3D的黑衣影像。对方也很直接，见到老方就直奔主题——

"方子墨先生，您好，我们根据您常常拨打的广告热线得知您急需生发，我们公司现就有您所需要的'特效生发剂'。在此我们承诺，不生发，没有疗效，不收取任何费用。您稍等片刻，一会儿快递就会送货上门，另外，这个药效比较慢，请您耐心……"

黑衣人刚刚把话说完，还没等老方有所反应，视频就直接挂掉了，只留下他一个人在原处发呆："生发剂，还免费，有这样的好处？"没等他细细琢磨其中的端倪，门铃声就响了起来，小R如离弦的箭一般行动起来，原来快递已经送到了家里！

这到底是怎么回事？

很快，他打了个响指。"我知道了。"老方转了转神采奕奕的小眼睛，"你别看贾云这小子，平时晃里晃荡、呆头呆脑的，还真是把老哥的事儿当回事儿呢。这肯定是他特意为我准备的礼物吧。"

"请问，您要签收吗？"小 R 高高举着包裹问道。

老方想了想，反正不要钱，难得贾云一份心意，签就签了吧！

四

拿着免费送的生发剂，老方神采飞扬，一步三扭地进了洗漱房。这时的贾云已经起床了，他正在里面有条不紊地刷着牙。作为一个严谨的新时代青年，贾云对于自己的牙齿健康是十分重视的，甚至有了几分变态的程度——每天早中晚要刷三次，每次都在十分钟以上。

"你这牙，挺费水啊。"老方不止一次地埋汰过贾云。

遇到这种情况，贾云总是不屑于反击。老方的脑子哪有自己的好使，水再贵，能有牙医的诊疗费贵吗？

此时此刻，老方一脸得意，用自己的身子将正对着水龙头的贾云向右拱了拱，后者立刻遵循着牛顿第三定律，在 X 轴上进行了一段不远不近的平移。拔出嘴里的牙刷，贾云不满地叫道："你干吗？我的牙还没刷完呢！"

"你的事情重要还是我的事情重要？"老方说着，故意将新玩意儿在贾云的眼前晃来晃去。

"这是什么？"贾云弱弱地问道。

"特效生发剂，人家公司看我才貌英俊，专门为我定制的！"老方嘿嘿笑着说。

"得了吧，说人话！"贾云一脸冷漠，继续刷起了自己的牙。

老方见他这么不上道，摇了摇头，说了实话："这确实是一个公司直接发来的快递，不过确实没有收钱，说有疗效的时候才给，我感觉挺靠谱的！"

贾云终于忍不住了："能不靠谱吗？我也是熬了整整一个通宵才给你确定了这家的产品啊。老方！"

老方也不再表演，发自内心地感谢了自己的搭档。贾云对老方诚恳的表现感到十分欣慰，只是他觉得，要是老方拥抱自己的时候力量再小一点就好了——自己的肋骨都要断了。

"接下来，就是见证奇迹的时刻了。"贾云信心满满地说。

"你这话说的，好像我能长出头发就成了奇迹了。"

"难道不是吗？"贾云眨巴着天真无邪的大眼睛问道。

第一天很快过去了，老方的脑袋上一点动静都没有。到了傍晚，老方伤心地对着镜子开始了长吁短叹，贾云本想照例笑话他一番，却不知为什么，什么话都没有说出口。

第二天很快过去了，仍然没有效果。老方开始有了隐隐的担心，贾云嘴上鼓励着老方，心里也不免犯起了嘀咕，这药不会又是假冒伪劣产品吧？

到了第三天，老方沉不住气了，他加大了剂量，但是依然一无所获。到了傍晚，老方开始灰心了，一脸哀怨地看着贾云。贾云只好尽力安慰了他一番。看来，老方这脑袋，就算是华佗再世也回天乏术了。

"聪明的脑袋不长毛啊。"贾云小心翼翼地说，"老方你在我心中永远是最帅的！"

老方瞪着他看了一会儿，摆了摆手，似乎连骂人的力气都没有了。

第四天的早上，贾云正在床上做着美梦，突然之间，一声尖叫惊醒了他。他迷迷糊糊地从床上一跳而起，喊道："咋了咋了，着火了？"

老方兴奋地跑了过来，他已然到了癫狂的程度，一会儿手舞足蹈，一会儿高歌起来，搞得屋子里面乌烟瘴气。就连小R都呆立在墙角，一动都不敢动。

"看来不是着火了，是老方疯了啊。"贾云打了个哈欠，"那我就安心了。"

过了好一会儿，老方才略微安静下来。他瞪着两只大眼，双手使劲朝着自己的脑袋上示意。贾云眯着眼睛看了半天，终于明白了老方癫狂的原因——原来他的头发已经完完全全长好了！而且不知什么时候，老方还给自己的新发仔仔细细打了一层发蜡！他激动地说："真是良心公司啊，这么好的产品，我要给他们一个大大的好评！外加 32 个赞！"说完，他挥手示意小 R 拨通那天的电话。

R 按照老方的吩咐，打了电话，可是却被提示拨打了空号。

老方奇怪地说："还有这样的事情，没有联系方式，怎么给他们付款呢？钱不要了？"可老方转念一想，不要钱更好，还免费治好了脱发，这真是极好的。

贾云看着得意扬扬的老方，忍不住在心里暗自骂了他一句"这家伙也真够缺德的"。可不知为什么，他的心里总是感觉到一丝丝的不安，他开始默默地祈祷，希望不要出什么乱子！毕竟这一次的药剂，是自己推荐给他的啊。

墨菲定律是一条伟大的定律，总是在最不恰当的时候不请自来地跳出来怒刷存在感，让自以为是的人们对它五体投地而又无可奈何。正如我们常说的，事情往往就是这样：一个人越担心什么就来什么。果不其然，在第二天，老方就出了事。

"你……"贾云看着老方，居然不知道该说点什么。

"我……"老方看着贾云，也不知道自己能说什么。

经过一个昼夜的蛰伏，老方的头发开始了爆发式的增长。前一天晚上躺下的时候，老方的脑袋还是一个地地道道的马桶盖发型，可是到了早上，却已经活脱脱变成了长发及腰的摩登原始人。

"看着干什么，你快帮帮我啊！"老方终于吼了起来。

贾云惊魂未定，一边抹去额角的汗珠，一边大叫："R——拿剃刀来！"

整个早晨，贾云和小 R 都在帮着老方理发，可怕的是，他的头发刚刚剃掉没有多久，一转眼的工夫又是黑突突的一层，简直比刚浇了粪水的麦子蹿得还快！

更可怕的是，这一次被激发出生长潜能的，不仅仅是老方的头发，而是他全身的毛发。仅仅一天之后，贾云和小 R 就控制不住局势了。老方全身上下的毛发都开始蠢蠢欲动，继而纷纷蹿了出来！没过多久，他的全身已经被毛发覆盖，就连以前没有毛的地方也长出来，活脱脱成了一个巨型的海胆。无奈，贾云给自己定好了闹钟，每隔 3 小时就把老方拎过来剃一遍。晚上睡觉的时候就把这个工作交给小 R，不然贾云真怕哪天老方自己被自己的胸毛缠到直接窒息！

"这到底是什么毛病啊！"老方止不住地哀号。

"可不就是你的'毛''病'了呗。"贾云撇着嘴说。

话虽如此，这到底是什么怪病呢？贾云百思不得其解。R 经过搜索，给老方的症状起了一个目测最接近的名字："毛孩症"。可是，仅仅命名，根本对现在的情况没有任何改善啊。老方出了这毛病以后，哪儿都去不了了，就窝在家里长吁短叹，连大门都不敢出，每天只能去阳台上稍微透透气。可就这么一点点自由活动时间，也被无所不在的新闻机器人捉了个正着。很快，"我市惊现毛孩"的消息就上了各大移动媒体的头条。

贾云饶有兴致地看着新闻，打趣着说："乐观点，老方，你现在好坏算一个名人了哈。"

老方一脸无奈，强压下内心杀人的冲动："名人是什么？能吃吗？"

五

老方出毛病已经两个礼拜过去了。

自从用了不知哪个公司的特效"坑人药"后，老方全身上下就开始不停地长毛发，而且生长速度快得惊人，基本上每隔3个小时就需要剪一回。尽管聪明的贾云已经给R编了一套理发的程序，但是这样频繁的理发，小R也开始时不时地报告过载——毕竟它只是台过了时的型号。贾云依然不得不自己动手，一人一机轮流给老方剪毛发，天天忙得不可开交。

当然，这段时间里，老方自己也通过网络向许多同行，还有各大医院的妙手医师咨询过，看有没有好的办法可以治好自己的病。结果这些家伙虽然号称临床经验丰富，却对这样的病症闻所未闻。

时间一长，老方居然有点破罐子破摔，逐渐适应起这种生活了。

然而更有趣的事还在后面。

自从"毛孩"的事儿出了名，老方和贾云的生活就再也无法保持平静了。听说这样长的毛是因为涂抹了一种特效生发药的缘故，许多人慕名而来，陆陆续续登门求药！

"拜托，您就告诉我们吧！到底是谁卖给您的药啊？"老方每天早上一开门，就会遇见一大票光秃秃的脑袋。

"告诉你们？我还想知道呢！我知道了绝对饶不了那个家伙！"老方气不打一处来，重重摔上了门。

贾云带着小R，费了九牛二虎之力好不容易才把那些堵门的家伙们一个一个劝回家去。他回屋刚想歇歇，却发现老方就趴在窗户上，呆呆地往外面看着。

"你在这瞧什么呢？"贾云顺着他看的方向望去，除了刚刚散去的几个人影，什么都没有看见。

老方摇了摇头，对贾云慢慢说："你看他们，真的身在福中不知福。我现在多希望和他们一样啊，你知道吗，我宁愿和他们一样谢顶，也不愿意现在一身的长毛啊！"

贾云听了，若有所思："自然的才是最美的，老方没想到你还是个哲人。"

老方说："什么哲人？还不是被生活所虐？不过，我可不想再被这样的蠢货堵在家里了。"

就在这时，门铃突然响了。老方警觉地向卧室躲了躲，贾云立刻心领神会，摆手让 R 去开门。

门外站着一个高个子男人，就好像一根竖立的细长筷子，笔直地戳在门外。

"您好，请问您找谁？" R 彬彬有礼地询问来人。

"您好，我是一个家庭用品公司的项目经理。"

"哦，我们不需要什么家庭用品。"贾云略微放松了几分，准备关门谢客。

"我是一个项目经理。"

"我们也不需要项目经理。"

来人神情复杂地看着贾云，贾云沉着地说："你还有什么事吗？"

对方清了清嗓子，重新组织了一下措辞。

"我们需要方子墨先生。"

"我也需要方子墨先生！"贾云终于火了，"你到底想干啥？说话绕来绕去的，有事直说！"

对方："我们觉得方子墨先生的外形很好。"

贾云："可我觉得老方的形象很差。等等，你们不会是……"

来人点点头："我们有一种产品，正愁打不开市场。公司老总偶然看到了方先生的报道，简直是遇到了大救星！如果方先生愿意屈尊跟我们合作，相信对于我们双方的发展前景都是不可估量的……"

"所以，你们要拉老方去拍广告？"贾云恍然大悟，"所以说，是什么产品呢？"

来人气注丹田，发出三个如雷贯耳的字——

"好神拖。"

贾云一下子呆住了。数秒钟之后，他开始放声大笑。

来人发现有机会，顿时喜上眉梢："是这样的，现在我们想请方先生代言这个'好神拖'，他现在这么红，如果愿意的话，我们愿意拿出 20% 的股份来……"

"R，给我抄家伙！"

还没有等那个项目经理说完，老方就愤然现身，带着 R 直扑向那个倒霉的家伙。瞬间，一声声惨叫响彻了整条街道。一个正在家里做着白日梦的男人，从熟睡中惊醒，把脑袋探出窗户高呼："怎么了，怎么了！是地震了吗？"

……

老方心灰意冷，哭笑不得。

所有的人都在看他的笑话，老方和贾云每天都能遇到不同的奇怪的事情，全都是奔着"毛孩"的名头而来。有搞基因工程的学者们，希望利用他身上的特性来制造早已灭绝的猛犸象；还有动物保护组织的家伙们，希望推广他这样的"毛孩"，还妄想让人人变成毛人。他们宣称，这种状态是最自然的状态，只要人人都拥有一身乌黑茂密的毛发，那么就不再需要动物的毛皮，没有买卖，就没有杀害。

老方欲哭无泪，跟贾云抱怨："现在这些人到底是怎么了？满脑子的奇思怪想。他们对我这事儿这么好奇，难道还想把我关在笼子里进行研究吗？"

话音未落，小 R 就高声报告："大门外的树丛中，有几个手持绳索，行踪诡秘的家伙！"

贾云："老方，恭喜你，梦想成真了！"

六

贾云第二天就为自己的话后悔了。

老方是半夜一个人离开的。事后贾云多次询问过 R 当时的情景，得到的回答都很一致：原本睡眠总是很好的老方，在赶走了又一拨儿人之后，突然罕见地沉默了。贾云劳累了一天，早早地睡去，老方却一直在失眠。当他抽完了第十二支烟的时候，突然苦笑了一声，冲着小 R 挥了挥手，就转身消失在了夜幕里。

贾云有些懊悔，他只顾着帮助老方对付那不断生长的头发，却忽视了心理上的安慰。老方也许已经跟自己的特异体质苦苦斗争了很久，却看不到任何好转的希望。而作为他最好的朋友，自己不仅没有时时开导他，反而不停地拿这个事跟他开涮。换作谁，也是会心理崩溃的。

人生，逃避有时候是一种错误的做法，但对于另一些人，何尝不是最好的做法呢。

老方没有方向，他把自己裹得严严的，开着自己的小型飞车一路离开了大都市，向着郊区驶去。

这段时间，他太累了。这种累不仅仅是身体上的，更多的是发自内心深处的。他知道，自己的不辞而别对贾云来说，多多少少有些不地道，但是从老方内心来讲，他也希望自己走了以后，自己的好朋友能好好地休息一段时间。毕竟，自从自己出了事儿以后，每天都是贾云在应付公司里的事，还对着各类来路不明的人高接低挡，始终保护着老方。他嘴上不说，肯定也已经很累很累了。

老方想静静。

然而就在他的车远远地离开市区，来到一处三岔路口时，却远远地发现，路边停着一辆黑色轿车，轿车旁边，一个身材瘦高的男人正在来回踱着步。此人不仅一袭黑衣，还带着一副大大的黑超。老方的直觉告诉自己，那个人正在等他。

是掉头回去，还是单刀赴会？老方苦笑了一下，俗话说躲得了初一躲不了十五，况且跑得了和尚也跑不了庙。老方想，谁见过我这样的"和尚"？

老方径直把车开到了那人身边，摇下了车窗。

"我说，你……"老方后半截话直接噎在了喉咙里。面前的那个男人，跟自己在视频中见到的虚拟人物简直一模一样！难道，他就是当初把药卖给自己的那个人？

"你，难道就是……？"

黑衣人点了点头："方学者，你好。看来你还记得我。"

"能不记得吗？"老方突然火气不打一处来，"就是因为你，你看看我现在的样子！我的生活都变成什么样了！还有我的公司！所有的事业都给耽误了，都快让你害得破产了！"

黑衣人被老方的气势镇住了，愣了几秒，才缓过神来，说："对于发生在您身上的事情，我们深感抱歉。不过，要说到别的，您和云先生合开的那家 YY 公司，据我们所知，早就已经在破产的边缘了吧……"

"就算原来就在破产的边缘，那也是还在悬崖边上。现在倒好，我们相当于一只脚已经掉下悬崖了！"

"很遗憾，方学者。"黑衣人稳住情绪，扶了扶鼻梁上的镜架，"不该我们背的锅，我们不背。"

老方恼羞成怒，吼道："你们到底想要怎么样？"

对方叹了口气："看来我们之间确实产生了一些矛盾。方学者，我们对给您造成的困扰表示抱歉。现在，我们公司的公关部在最短的时间拿出了一套有利于我们双方的 B 方案。只要您跟我们好好配合……"

"配合个鬼！我要求你们把我恢复原样，还有恢复我的名誉！"

"这都不是问题。"对方从容地说，"实际上我们公司已经研制出了'超级生发剂'的解药。本来我们是想第一时间寄给您的，只是没想到您引发的事件这么大，宣传效果这么好，我们实在有点不想轻易放手啊……哎，你干吗打人啊，你！有话好好说啊……"

经过一番折腾，老方终于听懂了黑衣人的意思。

原来，他们想趁着老方知名度高，顺势再加推一把火，让本来就已经出名了的生发剂结结实实地赚足眼球。至于那个所谓的B计划，说穿了也就是一个为老方量身订制的真人秀节目。而这家公司，将是节目的独家冠名商。

"不过咱们要有协议在先，我们公司不但会给你免费治疗身上的疾病，还会给你一笔不菲的费用！只要你真真实实地参加我们的真人秀表演，这都不是问题。"他一字一句地说道，"否则的话，您就是报了警，把我抓起来也治不好您身上的怪病啊！"

"真人秀，还有不菲的奖金？"

起初老方是一万个拒绝的，可对方告诉了他酬金的数额之后，他又开始犹豫了。确实，即便报了警又能如何？反正自己现在已经这样了，基本上什么业务也做不了，既然要拍广告，与其跟那些追屁股堵门、乱七八糟的人合作，还不如就跟眼前这位仁兄一起，这对于双方都是有利可图。况且，现在公司真的是非常需要一笔资金来救急。

"好，参加就参加！"

……

几个月后，一档全新的野外生存节目风靡了全球，其中最引人瞩目的主角——"泰山"正是由一身长毛的老方本色演出，在短短几十天时间里，这个颠覆式的硬汉形象就俘获了万千粉丝的心。有人评价道，像老方这样的男人，才是真正具有男子汉气概的现代男性。冠名公司趁机向市场全方位推广了自己的产品，很快，粉丝经济的真正威力开始爆发式地展现。

拥有一身像老方那样的通体长毛,成了这个时代最流行的一种时尚。

节目录制终了了,老方终于拿到了梦寐以求的脱毛剂。但这时,不管用不用脱毛剂,老方走在大街上,都不觉得自己是个异类了——不管走到城市的哪个角落,都可以见到像自己一样全身披毛的人。这是一种感人至深的时尚。老方几乎想要流泪。

但是不管怎么说,他都再也不想引领这种时尚了。

尾声

又一个明媚的早晨,贾云懒懒地在宽大的床上缓缓睁开了双眼。

自从上次的事件以后,他和老方已经从原来那个无比逼仄的出租屋搬到了宽敞明亮的新式写字楼。办公室的套间比原来委身的破公寓不知道大了几倍,债主天天堵门的日子也恍如隔世。原本老方提出要把酬金跟贾云平分的时候,他是不同意的,毕竟老方这些日子结结实实地吃了不少苦。可老方说,在自己最难过的日子,全靠贾云才支撑了过来,不收钱就对不起他这个朋友。一席掏心掏肝的话,说得贾云眼眶都湿润了。

"这个老方,良心总算没被狗给吃了。"

正当贾云躺在那里胡思乱想的时候,突然之间,一声凄厉的惨叫从洗漱房方向传出,一下子惊得贾云睡意全无。

短短几秒之后,贾云就跟小R一起冲到了洗漱房,而眼前的一切让人目瞪口呆!

"老、老方,你怎么……怎么变成白鸡蛋了?"贾云哆哆嗦嗦地说。

老方哭丧着脸,冲着贾云哀号:

"我的头发呢?啊?不……我的眉毛呢?!"

这个宇宙的太阳

一

我很沮丧。

在这样一个原本属于平安夜的夜晚，却因为跟女友闹了别扭而无处可去，如果要给这一天贴上一个标签，夹进人生的记录本里，我想最合适的关键词应该是"沮丧"。

其实事情也许并没有那么糟，我只需要一个人安静地待上一会儿。我在脑海里盘算了一下，整个学校只有一个去处可以满足我独处的要求。

那是属于盖娅的墓碑。

墓碑的主体是纯白色的大理石，有些突兀地耸立在校园西北角的一大片草坪里。白天，来瞻仰的人总是很多，除了本校的学生，还有一些慕名而来的游客，络绎不绝的来人使得那个神圣的地方失去了应有的肃穆。但到了晚上，那里就不会再有人参观，是个十分清静的所在。我走到了那里，一个人安静的诉求得到彻底的满足，可随即我又感到害怕起来，毕竟，这里是一处墓地。三十年前，拯救地球的女英雄盖娅，就葬在这里。

说实话，像我们这种隔了一代的人不是很能理解上一代人对于盖娅的感激和崇拜，因为我们没有经历过那种地球即将毁灭的恐惧，更没有感受到人类文明反抗的决心和最后一刻死里逃生的惊险与喜悦。三十年前的历史和两百年前的历史对我们来说是一样的遥远与陌生，甚至还不如两百年前发生的故事亲切和熟悉。因为过去的事情太过久远的话，就会不知不觉以各种面目在书本和影视剧里重新滋生，而相对较近的三十年却很难再现。所以，对于我们来说，英雄盖娅拯救地球的故事，跟任何一部好莱坞制作的类型电影没有过多的区别，甚至还不如那些刺激的电影来得精彩动人。关于盖娅的故事，我们只能从每个人的随身记忆体中的官方指定的默认项目中获得。而这些所谓的官方默认项目往往是交通守则和家庭生活小百科之类的东西，没有人真正关心。

我正胡思乱想，突然听见墓碑后面发出窸窸窣窣的声音，一时间，各种恐怖片里发生过的桥段此刻争先恐后占据了我的脑袋，我惊慌失措地大叫一声，还没来得及落荒而逃，就听见一个低沉的男中音叫道："是谁？"

这也太离谱了，英雄盖娅的声音居然变得如此粗犷，难道是地下的沙土混进了她的喉咙，还是说，三十年暗无天日的生活改变了她的声线？

我怔怔地钉在原地，注视着墓碑。我就像恐怖片里那些看上去永远没事找事的悲催主角一样总是会走下阴暗潮湿的地下室或趴在地板上往床底下看。也跟那些故弄玄虚的恐怖片一样，当我聚精会神盯着墓碑看的时候，从墓碑后面横移出一个魁梧的阴影，我吓得大气也不敢出一口，身子不由自主地筛糠起来。

阴影一步步走进我站立的光明里。他蓬头垢面，脸色苍白，眼窝深陷，发着青紫色。我下意识地看了看他摇曳在地板上的影子，松了一口气。这是一个十足的落魄的形象，就像是从马克·吐温的小说里走出来的又老又偏的酒鬼。他不出意外应该和我一样，是来这里躲躲清静的。或者，他只是喝多了酒没处可去的流浪汉罢了。

"你是谁？"我反问。

"你管我？"他语气中充满防备。

"我才不管你，爱谁谁。"我说完转身就走，看来今晚注定是无法获得一个人的宁静了。

"等等，"他突然换上一副和蔼可亲的无害面容，"难得你这么有心，晚上还来扫墓。"

我懒得跟他解释，索性默认，然后问他："那你在这做什么？"

"我和你一样，来看看盖娅。"

人这种东西，或者说，人这种动物，真的很奇怪，有时候对待自己亲近的人感到无话可说，把心事就像存款的密码一样紧紧保密着，但是对陌生人反而容易产生一种山呼海啸一样凶猛的倾诉欲。眼下，我看着这个邋遢而迟钝的老年人，突然想跟他推心置腹交代一下灵魂。我想把自己刚才受的委屈一股脑倾泻出来，让他评评理。

"你经常这个点来这里吗？"

"白天人多，我就每天晚上来这看看她，陪她说说话。"他轻描淡写地说着。我听来却有些震惊，每天晚上都来，那关系一定非比寻常。

"你是盖娅的……？"我其实想说丈夫，但在所有介绍盖娅的资料里，都说明她并没有婚嫁，连男朋友都没有一个。可是看样子，他也不够岁数做盖娅的父亲。我的猜测无从下嘴和落脚，只好等他自己坦白。

"朋友。"仍然是淡淡的口吻，无足轻重的样子，轻得就像冬天飘落的一片树叶，轻得就像夏天吹过的一阵微风。

"你们关系很亲近吧？"我试探着问。

"其实，也算不上很亲近，在她生前，我跟她之间的交流也仅限于普通朋友之间的正常沟通，就是那种见了面打声招呼，不见面从来不会想起来的朋友。"

我摇了摇头："但从你说到盖娅时所表现出的神态语气来看，她在你心中的分量一定很重，不像是普通朋友那么简单吧。"

"呵呵，"他干笑两声，"你想听听盖娅的故事吗？"

和我一样，当我把他当成偶然遇见的陌生人而对他产生倾诉欲的时候，我在他眼里也不过是个路过的陌生人，是他在冬天捡起的一片落叶和在夏天擦肩的一阵微风。

"我和盖娅，是一个战队的。"这是他的开场白。

二

"你听说过那场战争吧？"

"当然，每个地球人都知道那场战争。"

"每个人？我可不这么认为。"似乎是不满我的回答，他的语气有些莽撞。

"每个地球人生来都会在随身记忆体中添加官方指定默认的项目，而关于那场战争和盖娅的故事都在其列。所以说，每个人都知道外星人曾来到地球，接着便发生了一场掠夺战，地球人在一度失利的情况下，因为盖娅的英勇表现实现了惊天逆转。或多或少，诸如此类。"我快速而无趣地吐出来一段话。

他听完我自以为准确而简约的讲述，不屑地笑笑，像是藏着一个不可见人的阴谋，而我正在伸着脑袋准备钻进他布下的圈套。

"怎么？我说的不对吗？"

"对，也不对。这么说吧，如果我们把整个事件比作一本书，那么你刚才说的只是腰封上的推荐语,至于书页里的内容,你一个字也没读到。我这么说你别介意,不仅是你没有读到,就整个人类文明来说,读到的人也没几个。"

他的笑居高临下,让我没来由一股顶撞的冲动。

"你的意思是国家向我们隐瞒了?怎么可能。"

"你喝酒吗?"他突然冒出这么一句,让我不知所措。但接下来我便发现,他根本没有敬酒的意思,只是表面上客气一下,他从上衣口袋里摸出一个金属瓶子,拧开盖,对准自己掩映在纷乱而茂盛的胡须下的嘴巴,咕嘟咕嘟喝了两口,然后拧好盖子塞回口袋,一气呵成。整个过程严丝合缝,根本没给我参与进来的缝隙。

他打了一个嘹亮的酒嗝,目光却随之迷离而柔和起来。

"战争发生在一个毫无预警的普通夜晚,普通的天气,普通的人群走在普通的街道之上准备回普通的家。谁也没有注意到,来自外星人的飞船瞬间出现在北京市的上空。眼皮的一次眨动,飞船就从无到有,就是说,他们不像我们运动时有一个可以观察到的轨迹,他们就这么毫不讲理地凭空出现。就好像,这艘飞船一直都停泊在那里,只是我们一直忙着生活而忘了抬头。我这样说,你也许不能体会到当时我们见到那艘飞船的诡异,试想一下,如果你夜里回家,摁下电灯的开关,看见客厅的沙发上一只青面獠牙的恶鬼正对着你狰狞地笑,你就能理解我们当时的感受。

"飞船发出的强光把夜幕拉开,当人们还不知道怎么回事的时候,被强光照射到的人立刻变成了碎片。人们就像是陶瓷做的,而那一道道强光就像是一个个铁锤,将人们敲得粉碎。紧接着,更加恐怖和离奇的事情出现了,那些已经分裂成碎片的人消失不见了。是的,就跟大变活人的魔术一样,那些人就在我们的注视下生生地没了,但魔术总会在最后把变没的人完好无缺地变回来,而那些被光线扫到的人再也没有出现。谁也不知道，他们去了哪里。"他说到这里看着我笑笑，那样子酸酸的，不像是对我无知的讽刺，倒像是无奈的自嘲。

"怎么会呢？"我有些难以置信。

"别说是你道听途说了，我就连亲眼看见也不敢相信。不知道过了多久，一分钟还是一个小时——在当时那种情况下，每一秒都像是永恒般难熬——外星人的攻击告一段落，失去亲人的人们才大梦初醒一般号啕大哭。我的弟弟死于外星人的第一次攻击，至今他的墓地里仍然只有一幅根据他生前的照片临摹的肖像。那天晚上，北京成了哭城。还有一些比较理智的人连夜离开了这座城市。我之所以没走不是我不想走，而是没有走成。

"还没有告诉你我是做什么的吧？在战争发生之前，我其实是一个研究天体运动数据的学者，战争发生的当晚，我就被带到临时组建的应急防卫中心。所谓应急防卫中心历来就有，不过多是为了应对传染病和大范围的武装冲突，最远也是最坏的打算就是预防国家突然卷入战争。但怎么也没想到是和外星人的战争，也没想到战争爆发地如此迅速，还不到一根烟的时间。也许更准确地说，也就是你刚把烟点上还没来得及抽一口的时间。而且，这还仅仅是外星人的先遣部队给我们的一个下马威，后面到底怎么狂轰滥炸，谁心里也没准。你看我现在落魄的样子一定怀疑我所说的话，更不相信，我这样不修边幅说是捡破烂的还行，怎么也跟学者不沾边。别不承认，你的眼神出卖了你的心理。但我向你保证，我所说的每一个字，都是真实的。"

"我相信你。"我随口说道。

"不，你在说谎，不过没关系，你最好也把我说的当成一个十足而荒诞的谎言，因为在你之前，也有不少人以为我在胡编乱造。事实上，你活到我这个岁数就会明白，荒诞才是生活的本质。好了，不跟你扯这些人生经验了，让我们回到那个一切都被打破的夜晚吧。"

我没有吭声，但是我很好奇，他接下来会说些什么。

"那天晚上我刚结束了一天的工作，锁上实验室的门从研究所出来，就看到了刚才那一幕。我连忙躲回研究所里，惊魂甫定之际，就有两个穿着军装的粗汉在确定我的身份后不由分说地把我带进了绿色的军用吉普。我问他们去哪儿，干什么？他们就像是木头人一样一句话也不说把我绑架到位于北京郊区的一个基地，我到那里的时候，硕大的会议室已经坐满了人。那两个人把我带进来之后，就自动退出了，看得出来，他们的级别远远不够。坐在我左边的也是一个军人，我注意到他的肩章，竟然是一个上将。不过，我的目光很快被右边坐的人吸引过去，虽然她的肩章说明她只是一个中校，但毕竟是会场上为数不多的一个女孩。她年轻、美丽，富有活力，我当时的想法就是，天底下还有长得这么好的人儿啊。哈哈，不是我花痴，如果你见过她当时的英姿勃发和光彩照人，也一定会为之折服。是的，没错，你猜对了，她就是盖娅，拯救地球的女英雄，但是当时谁也没想到这个女孩会在这场战争中起到举足轻重的作用。要知道，改变历史的永远是小人物，他们是在改变历史之后才被后代追认为大人物的。我扫视了一下会场，发现几张熟悉的面孔，甚至还有同一个研究所的同事。"

"那您的名字呢，可否告诉我？"我趁机问道。

"在整场战争中，我都是一个无足轻重的存在，不说也无妨。我也不会问你的名字，你就当我们是擦肩而过。如果你非要追问，那么今天就这样了。"

我见他一副煞有其事的样子，连忙作罢："这样也好，对于一生几十年来说，这样一个夜晚也算得上是擦肩了。"

"好，那我继续。等人都到齐了，为首的一个人开始讲话，先是对这么粗暴的邀请表示了抱歉，这都没什么，我们那个时候谁在乎这些个人的小情绪？我反而因为参与到这样规模和级别的会议中感到跃跃欲试。通过他简短的演讲，我知道了大概的状况，来之前我就知道情况一定会非常糟，但我怎么也没想到如此糟糕。原来飞船在到达地球之前就已经跟人类接洽过了，但是我们却没有答应他们的请求。"

"有什么请求比人类的生死更重要的呢？"我不解地问道。

"当然有，那就是人类文明的存亡。"

我一时被他的话搞糊涂了："他们到底提了什么要求？"

"地球。他们要地球。就像历来的战争，战败一方都会割地补偿给战胜国，外星人也没能逃出这个窠臼。但不同的是，他们要的不是我们家园的一部分，一个岛屿或者一块土地，他们要的是我们整个地球。在战争打响之前。"

"他们就那么自信能够打赢？"

"你现在这么质疑是因为你看到了战争的结果，但在当时，没有人有这个自信。不是不敢，而是不能。很快，外星人便展示了不可思议的力量。而我们之所以能够参加那个会议，主要的任务就是去解释那不可思议的力量。这主要体现在两个方面，第一是关于飞船的突然出现，这个但凡是看过几篇科幻小说的人都能想得到，但是谁也没有想到这样的技术能够真正被掌握和运用，那就是突破虫洞所进行的空间跃迁。简单地说，就是打破空间壁垒的瞬间移动。第二是关于强光是如何将人类抹去的，这个比较头疼，我们几个人研究了整整一个晚上也毫无头绪，后来还是外星人使者在谈判时向我们透露的。"

我渐渐对他的话产生了兴趣。

"你先不要着急追问，你只要听就好了。人类经过两千多年对物质性质和能量的研究，确定了四种驱动宇宙的力，分别是重力、电磁力、弱核力和强核力。我们的宇宙看上去是重力而不是电磁力在支配的原因是正电荷和负电荷完全平衡了。实际上，跟电磁力相比，重力是一个无限小的量，比电磁力小 1036 倍。另外，重力完全是吸引的，而电磁力可以是吸引，也可以是排斥。外星人的强光就是一种电磁力武器，它可以制造一个高能场，使这个范围内的人类体内净正电荷和负电荷的差别造成一个 0.001% 的变量，而就是这一点看似微不足道的差值，轻而易举就可以把人的身体在瞬间撕成碎片，然后顺手抛到外层空间。想想看，如果人类反抗，那么他们只要一个晚上就能够把全人类抛到外太空。以尸体的形式。"

"如果真是你说的这样，那么根本不存在什么实力相差悬殊的战争，这就不是一个数量级的啊，就好像你拿一只蚂蚁跟一头蓝鲸比体积的大小，毫无意义啊。"

他点点头："所以，外星人使者来谈判的时候，我们已经彻底失去了反抗的斗志。与其说谈判，倒不如说是宣判，宣判地球从此属于他们，而我们只能被迫迁徙。战争还没打响，就已经溃败。"

"我有一个问题，如果我是外星人，我就不会花时间跟地球谈判，谈崩之后使用武力威胁再次谈判，这完全没有必要，如果他们需要地球的资源，直接拿就好了。你见过强盗在抢劫的时候，还跟你打招呼的吗？难道先跟你商量，我要抢劫你，等你不答应之后亮出刀子架在你脖子上，还跟你客气几句吗？"我针对他故事中的漏洞质疑道。

"你说得对，但是有一点你忽略了。在你所看到的资料里，外星人是来自哪里，长得什么模样？"

"来自仙女座啊，长得就像是变异后的虫子，拥有灵敏的触角和黏糊糊的假肢。"

他干笑了两声："实际上，外星人长得跟我们一模一样。"

"怎么会呢？"我惊讶道。

"因为他们也来自地球。"

"等等，你把我说懵了，你确定你没有喝多？"

我这么说，是因为他再次拿出了酒瓶。

三

跟第一次一样，他拿出酒瓶，问我喝不喝，然后自己喝了一口又放回口袋。

我十分想去怀疑他所讲故事的真实性，但不知为什么，看着他那双迷迷蒙蒙的眼睛，我就毫无抵抗力地相信他。

"怎么可能是来自地球呢？如果来自地球，那算什么外星人？"我接着刚才的质疑继续。

"你听我说啊，我说来自地球，但我又没说是来自我们的地球。"

"什么叫我们的地球？这宇宙有几个地球呢？"我更加糊涂了。

"无、数、个。"他一字一顿地说，每一个字都掷地有声，仿佛能在坚硬的水泥地面上砸出三个坑。

我简直被他砸晕了。

"这真的没什么大不了。事实上，创造像我们这样的宇宙，只需要非常小的净物质量，然后再借助一下量子潮汐，轻轻松松就产生了。先进的文明甚至可以人工方式去创建婴儿宇宙。所以，既然我们的宇宙是从无到有，那么我们有理由相信，这样的宇宙有无数个。同理，宇宙中的地球也会有无数个。

"不仅如此，同一个宇宙也可以进行分裂。我们的宇宙并不完美，也并非专门为人类而定制的，跟137亿年的宇宙相比，我们凭什么认为宇宙是为了人类而存在的呢？我们的宇宙只是在随机的时间和空间上自发地进行分裂，然后膨胀形成。膨胀是持续和绝对的，这是关键。大爆炸始终在发生，自发分裂也一样。每一次分裂，就会从我们的宇宙萌发一个完整的宇宙，每一个宇宙都会衍生出一个地球。有的世界，恐龙仍在统治着地球；有的世界，灵长类早已被淘汰；有的世界文明高度发达，以我们世界的力量只能是以卵击石；有的世界，人类早已经抛弃了地球母亲。那无数生生灭灭的小世界啊……无数的人出生、死亡。无数的生命，繁衍、绝迹。还有的世界早已经毁灭，太阳已经不复存在，地球化为了宇宙尘埃。没有人知道，在那样的世界里，究竟发生过什么。到底哪个世界，才是我们真正的归宿呢？”

他完全不顾我的感受，手舞足蹈地说着，好像他只负责讲出来，并不在乎他的听众我能否理解。他说到最后，神情激动，完全忘我，也忘了我。

“所以说，外星人是来自另一个宇宙的另一个地球上的人类？”我提醒他我的存在。

“用人类称呼他们并不准确，他们进化的世界里有一套自己完整的语言体系，有自己独特的文明，为了方便讲述，我们还是称他们为外星人吧。但他们的世界可以说跟我们的世界在无数个宇宙中是最接近的一个，甚至可以称为兄弟文明，只不过他们是哥哥，而我们是弟弟。而地球就好像是宇宙这个监护人给兄弟俩的一根棒棒糖，现在哥哥吃完了自己的棒棒糖，要来抢弟弟的了。我这么说，你能跟上吧？”

“你是说，他们耗尽了自己那个世界里地球的资源，所以来到了我们的世界，要掠夺原本属于我们的地球？”

“就是这样。所以说，毕竟是兄弟，还是有一定感情的。”他接着刚才的喻体说，“现在哥哥要走了弟弟的棒棒糖，但这并不代表非要杀死弟弟不可，完全没这个必要。”

“那么，他就不担心，弟弟长大后来报仇吗？”

“不担心，因为他们要打破空间的壁垒放逐人类。为此，他们甚至保证可以把空间跃迁的技术教给人类。”

“这么说，他们不但放了人类一条生路，还馈赠了人类一把利刃？”

"这没什么，他们手里还有枪啊，我们再发展一个世纪也不会研发出电磁强光武器。说不定，就连跃迁技术，我们要通过自己的努力搞出来也需要花上数十年。所以，因为侵略而意外获得了技术，也算是因祸得福。"

"地球都没了，要这技术有什么用？难道去别的星球拓荒？"

"不，没有别的星球，对于人类来说，地球是唯一的家园。"

"那我们怎么办？"

"跟他们一样呗。"

"你是说……"我突然已经明白了问题的答案。

"没错。"他缓缓地说，"我们可以利用这个技术去侵略其他地球。打破空间的壁垒，去寻找另一个适合人类居住的星球。这成了我们活下去唯一的出路。"

"是不是可以这么理解，哥哥吃完了自己的棒棒糖，然后抢了弟弟的，但是给了弟弟一块钱，让弟弟再去小卖铺买一个。那么，哥哥为什么自己不直接去小卖铺呢？那里会有更多的棒棒糖？"

"事情没有这么简单。如果像你说的那么轻松，他们又何苦非要我们的世界？要给我们这种技术干什么？保持技术的壁垒不是更好吗？在茫茫宇宙中，根本没有那样的商店。平行世界有很多，但是相似的不多。从宇宙大爆炸之初到现在，平行世界的分裂就一直没有停止过。初始有小小的不同，现在也会有很大的不同。何谓宇？何谓宙？四面八方，古往今来。要找到一个适合人类文明繁衍的地球模本谈何容易。但起码还有一条生路，机会再渺茫，也比没有强啊。"

"那后来发生了什么？我们现在仍然在自己的星球上不是吗？"我无措地问，恍若梦中。

"后来——"他注视着盖娅的墓碑喃喃地说。

四

"后来发生的事，就是官方指定默认项目那里介绍的战争。"这明显是个推辞，就在十几分钟之前，他还无比不屑地嘲笑这个被无数人奉为《圣经》的传奇故事。

"不，我想知道真实的历史。"我可不是那么好打发的。

"其实历史书有时候也是真的。"他转过身，背对着我。

我走过去，横亘在他跟墓碑之间，我本来想大声跟他说："你都跟我讲了这么多了，这么戛然而止算几个意思？"但当我看着他的眼睛，我就失去了质问的勇气。他就像看不见我一样，眼睛自始至终直勾勾地盯着墓碑。一定是什么，再次刺痛了他努力躲避却无处可逃的回忆。

他绕过我，坐在了墓碑下面，背靠着墓碑，换了一个位置和角度之后，我们仍然在互相望着。他拍拍屁股旁边的石阶，示意我过去坐下。

"跟我说说，你是怎么理解盖娅的？"他缓缓地开口。

在地球危难的紧急关头，不惜牺牲生命跟外星人同归于尽的女英雄。不仅是我这么认为，全世界都统一着这个观点。但关于那场本应该是惊天动地的战争，资料里面描写得却少之又少，我们只能用《独立日》《世界大战》之类的老片子里的场景来脑补。只是把威尔·史密斯和汤姆·克鲁斯换成盖娅。"

"我真希望这是真的。"

"这不是吗？"

他看向了我："你很狡猾，想骗我接着说，没必要这样。来吧，我接着告诉你后来发生的事——我们只能选择投降，接受外星人的技术'馈赠'，然后，滚出地球。知道我当时是什么感觉吗？就像是从刑场上在行刑前被释放的死刑犯。你闭着眼睛正在等死，突然一个人走过来解开绑在你身上的麻绳，然后跟你说，你走吧。你简直不敢相信自己的耳朵。死里逃生是吧？但别高兴得太早，因为他就站在你的背后，仍然举着枪，指着你的后脑勺——你不知道他是在跟你开一个玩笑，还是会在你以为安全的时候给你来一枪。"

我吸了口冷气。

"虽然拥有了跃迁的技术，但是人们对于自己的未来一片渺茫，根本不知道要去哪里。这还不算是问题，只是摆在人类远征路上的一个遥远的障碍，眼前的问题是，外星人的前哨要求人类在他们大部队来临之前将地球腾空，他们给出的时间是三年。你知道这是什么概念吗？要建造一艘能够容纳一千人的跃迁飞船，需要的时间至少三年。而按照地球当时的资源，就算立即着手运作，也仅仅能够勉强建造一千艘这样的飞船。一切都是经过他们精细策划的，对他们来说，这是一个满足了他们善良诉求的游戏。伪善。但如我前面所说，人类根本没有选择。所以有了'种子计划'。"

"那是什么？"我从没听说过这个名词。

"所谓'种子计划'，就是从全人类之中遴选出一百万人作为人类文明延续的种子抛撒在吉凶莫测的外太空。这些人不但承担着传播人类文明的使命，更加肩负着要为人类开拓新的疆土的责任。活下来并不是一件容易的事。事实上，死永远比活更轻松。"

"那么被选中的人就是种子选手了？"我开玩笑道。

"这好笑吗？"他阴晴变换的脸上打了一个霹雳。

"别这样，我只是打了一个比方，这有什么啊？"

"我告诉你这有什么？我们要离开的不仅仅是赖以生存的地球，还有137亿年的宇宙，去往完全未知的世界！仅仅是一百万人，地球人口的八千分之一。你说这有什么？"

白天的雾霾散尽了，此刻天空有星星在晶莹地闪烁着。他不说话之后，我只能够听见自己的心跳。

过了一会儿，他继续说："不好意思，我刚才有些失态。后来，我有幸被选为人类种子，当然，盖娅也在其中。三年后，我们乘着那艘被称为挪亚方舟的宇宙飞船跟地球告别。飞船上的每一个人都无法与外界沟通，在普通人看来，我们只是对抗外星人的先头部队。所有的人类都被蒙在鼓里，真正的目的从未对外宣布过。当然是怕引起恐慌，在死亡面前，生命都是公平的，人生最痛苦的不是彻底失望，而是盲目地希望。

"方舟上，每个人的心情都很沉重，完全没有侥幸的喜悦，反而是内心的谴责占据着更大的比重。我们就那么起飞，抛下了人类的历史。每天做的事都是被安排好的，我们不过是里面的一个螺钉。方舟上终日死气沉沉。也许盖娅是唯一的亮点吧，她是个飞行员，曾多次获得过专业比赛的冠军。她对于飞行有一种天然的能力，这种能力使她成为整个方舟上的驾驶员中唯一的女性。"

我点了点头。

"外星人虽然掌握的科技要比我们发达许多倍，但这并不代表他们比我们聪明多少，只是他们进化的时间更长一点罢了。所以，一旦我们学会了跃迁技术，很快就明白了具体的操作。外星人怎么也没有想到，我们这一千个死里逃生的种子，会冒着失落人类文明的危险去跟他们火并。"

"那场战争？"

"是的，那场战争。"

他抬起一只手，指向头顶的星空。"假设我们面前有一条河，你在那头，我在这头。现在我想要到你那里去，首先我要做什么？"

"造一条船？"

"造船，或者造桥。这都只是技术手段，并不是第一要紧的事。"

他看着我，"首先，你得找好一个坐标。"

"坐标？"

"没错。"他点点头，"我可以在河两岸各打上一个木桩，然后再扯上一根线，这样就明确了过河的路径。当然这只是比喻，你用别的高大上的方式也都一样，首先明确了这个，然后才可以坐船或者造一座桥。之后，我就能来到你这边，想来就来，想走就走。"

我顿时明白了什么："你们……你们找到了那个坐标点？"我竟然有些颤抖，"你们拔出了那个木桩？"

"要获得稳定的通路，用于描述两个空间之间的位置坐标变量有上百个。想要精确定位很难，地球的科技还达不到那个水平。不过，对于一千艘飞船来讲，100个靶子已经够奢侈了。"

我震惊得说不出话来。

"你想象过搭载着一千人的飞船爆炸是什么样子吗？也许你会问，为什么要这样做。没有为什么，也没有谁命令我们。也许是本能吧。你疑惑的眼神告诉我，这从逻辑上完全讲不通，没错，所以我们的地球兄弟也没有料到。幸运的是，我们赌对了。"

我脑海中展开了一幅画面——

在漆黑寂静的宇宙中，一艘艘千人的飞船，争先恐后地把自己变成暗夜里的焰火。前赴后继，一个接着一个，摧毁那些参考坐标。

"……最终，我们成功了。就在我们飞船也准备化身人肉炮弹的最后一刻，得到了兄弟舰船的确认，所有的坐标点都已经被摧毁，他们再也不能来犯地球，而我们则将凯旋。"

我想到了什么，战栗着问："……永远？"

"永远……永远有多远？"他问道，再次掏出了酒，"别问我这个问题，我不知道答案。"

我惊恐地望着天上的星星。那些看似普普通通的星星，正如同以往无数个夜晚一样冲我眨眼，但我从来没有像这一刻这样感到害怕过。

"……到达地球前的最后一夜，所有人都在豪饮和狂欢，而我正准备去求婚。"

我醒悟过来："对了，盖娅呢？"

"她那天也喝了不少，但是还算是清醒的一个，毕竟是她发现了我们的飞船正要跟另一艘相撞。而那时候，其他的飞行员早已经烂醉如泥。"

"那……对方的飞行员呢？"

"谁知道呢，也许还正在喝吧。"

"那么……"

他停顿了一会儿，缓缓地说："盖娅出现得很及时，她尽了最大的努力做出了规避动作。她做到了，两艘船只是发生了轻微的碰撞。啊，你猜到了。是啊，很好猜，驾驶舱总是放置在整个飞船的最前端。那帮蠢货。"

我感到心里有什么东西似乎被打碎了。

"她没有驾驶飞船撞向敌人的坐标。是的，她没有挽救地球，她只是挽救了我们。"

尾声

很长时间，我们俩没有再说一句话。

我其实是想说的，我回忆着昨天晚上发生的不快，但似乎又什么都回忆不起来了。我们已经在这里待了一整夜。此时此刻，随着轻轻的风声传来耳畔的，只有微弱的虫鸣。

"我该走了。"他慢慢地站起来，拍拍身上的衣服。然后，他看着我的眼睛，认真地说："趁自己和自己爱的人都活着，好好在一起吧。"

不等我有所反应，他就迈开步子磨蹭着消失在了黎明的空气中。我望着他单薄的背影，竟然感到心塞。

他一直没有告诉我他的名字。我的脑海中却无端地产生了一个问题，让人挥之不去。盖娅为什么会在那个时间去驾驶舱呢？在那个时间，本应坐在岗位上控制飞船却擅离职守喝得酩酊大醉的人，到底是谁？

良久，我呼出一口气。他说得对，趁自己和自己爱的人都活着，好好在一起吧。

经过一整晚冷空气的洗礼，我将会迎来一场结结实实的感冒，但我毫不关心。天快亮了，我拿出手机发了一条信息，简单跟女友道了个歉。我的影子开始变得清晰高大起来，远方墨色的天空不知何时镶起了橘红色的边。我抻了抻腰，太阳就要升起来了。

这个宇宙的太阳。

（本文合著者：王元）

不可破系统

一

所有的一切都源自一块石头。

大约在半个小时的时间里，小云第一百次满怀希望地刷新了公司的点卡账户，又第一百次地发出沉重而幽怨的叹息。随着时间的推移，账户里的余额毫无变化，哪怕小数点后的部分也是岿然不动。

生活是如此令人沮丧，天天都像是出丧，让人无论如何高兴不起来。

距离小云女朋友丁柔的生日已经不足 48 个小时，到目前为止他的账户里居然一个大子儿都没有。他不禁回想起若干年前春晚小品里一句台词：人生在世，最悲哀的事莫过于，人活着，钱没了。小云不禁触景生情，险些潸然泪下。伟大的作品往往能令读者产生共鸣，不在于每一句话都是经典，而是总有一句话会戳中你的泪点。小云觉得自己在多年后奋不顾身把这句台词脚踏实地地演绎成了人生写照。这不仅是共鸣，简直就是共振。

"为什么会变成现在这样？"他问自己。

很快，一个不容置疑的答案就在他脑海嘹亮而高亢地回响起来——因为老游，自己那该死的合伙人！本来还有一笔救命的钱到账，但他非要拿去买什么足球彩票。这可倒好，长达一个世纪不知道"出线"两个字怎么写的中国男子足球"不行者队"居然时隔一百年再次打进世界杯并且霸气地取得了小组赛第一场胜利。一想到这里，小云真是激动得眼泪和下巴一起掉了下来。

"这不应该怪我呀，谁能想到中国队居然能踢赢冰岛？听我说，这是一个小概率事件。除了上帝谁也不应该因此受到责难。"

"你知道我不信上帝，我信玉帝。阿弥陀佛，如果你下次要把我们两个人的佣金押在一场赌博上，起码先知会我一声可好？"

"玉帝是道家的吧……"老游狐疑地说，"况且，国足踢世界杯，这能算是赌博吗？"

"我……"

"我怎么会想得到这样的结局，真是惊悚。"

"你……"

"你不用安慰我，事已至此，当务之急，是赶紧再搞一单才是正事啊。"

"唉……"小云叹了口气，"没错。还有些欠我们尾款的家伙，不能让他们拖过年。"

"所以啊……"老游说，"这一场，中国对德国，赔率 1 比 2015 呢，我觉得吧……哎，哎你干吗你！有话好好说啊！靠……"

小云一肚子火憋得窝囊，想着水泼不进刀枪不入的老游，感叹佛祖，造化弄人啊。当你拥有一个猪队友的时候，还考虑什么神对手？好好思考如何活下去才是第一位的。想当初，小云在一个小公司当小职员，虽然没有大富大贵的命，但也算自给自足。后来架不住损友老游的一阵忽悠，自己也是一时鬼迷心窍，居然就糊里糊涂地跟他下海自己干了。关键是，连做什么都还不知道，也真服了他那张嘴。

"咱们公司到底主业是做什么的？"小云不止一次注视着经营项目多达百条的营业执照向老游发问。

"文化产业啊。"老游总是头也不抬地回答。其实小云忍不住想揭穿他，之所以当初选了这个主项，完全是因为别的公司名都已经核不上了，上天下海的人多如过江之鲫，就算加上字母也不行。总之，这就是他俩——YY文化传媒有限（皮包）公司的现状。

"纠结这个干吗？你到底是想被这个世界改变，还是想一辈子喝汽水？"

小云不想被改变，另外他很喜欢喝汽水，所以，这简直算不上一个问题。问题是，混到今天，别说汽水，因为欠费，公司的暖气和自来水都已被断掉了。

老游出门要账已经整整一个下午。就在小云想要再一次刷新可怜的显示器屏幕时，楼梯上终于传来了重重的脚步声。几秒钟后，一张胡子拉碴、可以用巨大和黢黑来形容的脸不出意外地占满了小云的视野。

"怎么样？有戏吗？"小云迫不及待地问道。仅仅是零点几秒，他已经从对方那哭丧着的脸上得到了答案。

"别提了。"老游摇了摇头，然后举起手中吃了一半的汉堡两口三口填塞到嘴里，咀嚼几下生猛地吞咽下去，"喝西北风吧。"

小云看着肥得流油的老游，脸颊上好似密密麻麻写着两个大字：吃货。等等？小云从他漫无边际的脸上突然发现了一些奇异的现象。

"你眼睛怎么了？"小云注意到老游的瞳孔变成了蓝黑色。

"你看到什么颜色？"

"蓝黑"两个字正欲脱口而出，小云却发现他的瞳孔变成了"白金色"。

"爆三观啊，你这个身高一米九的粗犷汉子竟然带着一副美瞳！"

"这是我从其中一个债主办公室顺的，不仅可以变色，还带有偏光功能，戴上它就能看清扑克牌背面的记号了。"

"你又去赌博了？"小云心肝乱颤。

"就看了一会儿而已。那几个欠咱们钱的家伙，现在一看到我都好像躲着瘟疫似的，蹿得比兔子还快。好不容易逮住一个，居然朝我哭穷。普天之下，还有比我一穷二白的人吗？"

"你是一穷，二黑！"

小云从挖苦老游的快乐情绪中上岸，血淋淋的现实就在岸边上驻防，逮了他一个正着。"还有两天就是丁柔的生日了，你说我该怎么办？"小云抓着头说。

老游看了他一眼："喊，你起码还有女朋友啊。"

"没钱买礼物丁柔就会跟我分手。"

"难道说，男人没钱就靠不住吗？"老游仰天问道，"上帝，啊不，老天爷，你瞎眼了吗？"

突然，咔嚓一声巨响。两人顿时噤声了。

"老天爷显灵了？"老游茫然道。

"我看没有。"小云说，"因为你没有被雷劈到啊……"

"别扯淡！"老游回头一吼，"小R——出了什么事？！"

小R——老游和小云唯一能拿得出手的共同财产——一直观望着两位主人相爱相杀的智能管家迅速滚了出去。几秒钟后，它甜美的合成女声在办公室里回响起来："报告，门厅的窗户被一块石头打破了！"

"啥？"小云立刻跑出门去，却发现老游蹲在地上饶有兴致地端详那块破窗而入的石头。

"看什么看，快追啊！"

二

这不是一块普通的石头。

或者应该这样说，如果把它丢在河边或者工地上，它将寂寂无闻毫不起眼潦倒终生。但是此时此刻，它砸碎的不仅仅是随风摇曳的门厅的窗户，简直是小云的心。小云掬着一捧破碎的心追出去，四周连个鬼影都没有。

等小云气喘吁吁跑回来，老游还拿着石头。"挺沉的。"他在手里颠了颠，"送你吧。"

小云心里有气，没搭理他。

"你觉得这有没有可能是一块陨石？"

"你们家陨石是鹅卵石啊！"小云近乎咆哮道。

"等等，"老游突然说，"石头上有字！"

听了这话，小云凑了上去。但任他怎样睁大双眼，也瞧不出这块石头有什么异样之处。

"我怎么看不见。"小云使劲揉了揉眼睛，仍然只看到在日光下温润如玉的鹅卵石，他又看了看老游，被阳光一照，他的美瞳竟然变成了彩虹色。小云心里一个闪念："我知道了，是美瞳，偏光功能。"

小云跟老游要了一只美瞳，两个人各自闭起一只眼，用两只眼睛盯着石头。上面的字迹渐渐显示出来：

任务：系统测试（全新 4D 模拟游戏真人测试员）

目的：查看模型的耐×程度

酬金：2000 点。

联系电话：180×××4567

　　联系人：季老师

　　请拨打电话获取测试地址。

　　温馨提示：时间紧迫，名额有限，报名从速，过期不候。

　　"这是个鬼啊！"小云十分不满，"小广告都印到石头上来了。"想把手里的东西丢掉。

　　"别别，"老游一把将他拦住，"这个玩意我听说过，脑感游戏嘛。这跟咱们的活儿对口、对口。"

　　说经营对口那确实是老游扯淡。不过脑感游戏这种东西，说白了也就是以往的 3D 虚拟游戏多了个头脑连线，以此加强了交互式感受功能。"都是噱头。"老游说。

　　小云无可奈何："脑感游戏我知道，我是说这玩意刻在石头上是个鬼啊，这不明摆着是个骗子吗？"

　　"这不是有电话吗？问问再说。"老游兴致不减。

　　"别浪费时间了。"

　　老游若有所思又仿佛是自言自语地说："2000 点啊，够你给丁柔买一个惊喜了。"

　　这句话让小云心动了。他看了看老游，又看了看手中的石头，默默地点点头，老游也跟着点点头。带着一副准备就义的决绝表情，他大声说："小 R，拨这个号，180××××4567。"

　　"该号码不存在。"小 R 在十分之一秒内回复道。

　　"不存在？"老游意外地说，"奇怪了，怎么公布了电话，又打不通呢。"

　　"当然打不通了，你们家电话号码有 ×××× 吗？"小云说道，"等等，上面写着温馨提示，表明不只是我们公司收到了这块石头。名额有限……我知道了！此时此刻对方已经开始了测试！哼，这不过是个简单的数学问题，根本难不倒我们。稍加分析就会知道，每个位置有从 0 到 9 十种可能，四个位置也就是 4 的 10 次方。多么容易。R，计算一下有多少种可能。唔，是 10485761 啊。是有点多，不过只要我们依次打过去的话……"他突然停下了，因为老游正神情复杂地瞪着自己。

"小 R，"老游终于开口了，"用 0000 到 9999 置换未知的那四位，依次拨打一万个号码。"

"收到！"小 R 欢快地说。

……

在经历几十次号码不存在之后，电话第一次拨通，传来一个女声。

"请问你找谁？"

"喂，我找季……"老游抢着说。

啪，电话被挂断了。

又是几个空号，再次拨通之后，传来的仍是一个女声。

"喂，你是不是季……"老游再次问道。

啪，电话又挂断了。

"这个姓氏，有歧义啊。"老游感慨道。

小云终于忍不住了："这样下去打到明天电话也打不完。我知道了，R，利用网络上的资源，筛选出这些号码中姓季的！"

"筛选结果：一共 76 个季姓电话，另外有 42 个未公开电话。"

"依次拨打。"小云命令道。

当所有的电话都打完的时候天色已经擦黑，小云和老游面面相觑，没有一个承认自己就是扔石头的人。两个人就这样愣在当场，你看看我，我看看你，大眼瞪小眼。

"对了！"小云一拍脑门。

"我知道，"老游悻悻地说，"你又知道了。"

"×，有可能是 ×。爱克斯！"小云立刻吩咐道，"R，拨这个号码，180×××4567。"

电话接通了，不等小云和老游开口，传来了一个浑厚的男中音："我是李老师，恭喜你通过筛选，请于半个小时之后到达下城区富士坑大街 403 号。温馨提示：时间紧迫，名额有限，报名从速，过期不候。"

啪，电话挂了。

"呃，是李老师啊。"小云抬头看看老游，发现他正神情复杂地瞪着自己。

三

"为什么是下城区？"小云一路都在嘟囔，表情比出丧还难看。

下城区是这样一个地方，跟上个世纪许多拙劣的试图描述未来世界的三流科幻片里随手搭建起来的两极世界中屈居第二的那个一样，似乎是人们随手搭建起来试图让上个世纪的古董片看起来不那么拙劣的颇有意义的存在。用最通俗的话讲，这地方，鸟不拉屎狗不下蛋。

你做梦也不想来，除非你是做着梦来。

"下城区怎么了，不要以为你住在上城区就是进入了上流社会，也不要以为你进入上流社会就成了上流人。下城区就下流了吗？"

"可是……"

"2000 点啊，丁柔，礼物。"老游友善地提醒着。

小云吁了口气，停止了反抗："事已至此，不管怎么样都要闭着眼睛硬着头皮上了。"

"硬着头皮可以理解，为什么要闭着眼睛呢？"老游一脸天真地问道，"有歧义啊！"

小云不理他，手一划拉，悬浮式电摩的前挡风玻璃出现了一块屏幕，他调出看了一半的电影打发时间，同时也隔离开老游的质问。

"这是什么电影？"老游凑上来问道。

"《监视者们》。"

"是中国拍的吗？"

"是韩国拍的。"

老游一脸茫然："韩国？没听说过。是非洲的吗？"

"你匮乏的地理知识简直让我震惊。"小云无奈地说，"朝鲜半岛南部的那个国家！你说是哪个洲的？"

……

"你们好，我是李老师。"经过半个多小时的车程之后，小云和老游在下城区指定地点见到了自称李老师的男人。他别致而独特的打扮立刻秒杀了两人的眼球——上半身是小格子西服红色领带满满的英伦风，下半身却穿着一个大花裤衩成了夏威夷风，脚底下却是毫无过渡地蹬了一双白色的回力球鞋走到了复古风。但整体混搭在一起凌乱到不知是什么风？小云唯一能够想到的就是抽风。

下城区的房屋本来就比别的城区要落后破败，但是面前这间屋子却绝对是破败之中的极品。屋子里什么家具也没有，乱七八糟的垃圾塞得满满当当，连下脚的地方都没有。而就在这一堆花花绿绿垃圾的掩映下，有两个布满各种花花绿绿电线的玻璃器皿，看上去好像——小云不敢继续这个让人毛骨悚然的比喻——水晶棺材。

小云正发着癔症，突然看见李老师打了一个巨大的喷嚏，忙用手去捂住嘴。小云心想，这个李老师还算是懂礼节。接着他就伸出刚才捂嘴的右手，说："幸会幸会！"

小云忍不住转身就走，却被老游结结实实地拉住。他满不在乎地迎上去，握了握李老师的手，轻松地说："是不是测试成功就有钱拿？"

"当然，我们是诚实做人，诚信做买卖。"

"好，那麻烦李老师给我们讲讲如何测试。"

"简单来说，这是一种新型的脑感游戏，给玩家身临其境的美妙体验。"李老师说道。

"开始堆设定了。"小云嘀咕道，李老师瞟了他一眼，但丝毫不受影响，毕竟对于许多不上道的作者来讲，不堆设定后文就写不下去了，不过既然连下城区都来了，也就不能指望对方拥有多高的叙述技巧。李老师继续说："你们莫欺少年穷。"

"呃？"小云心想，你浑身上下真心看不出少年的痕迹啊。

"我的意思是，你们别看现在这个设备很简陋，造型很难看，操作很复杂，体验很危险，但是假以时日，只要给我多一点点时间，再多一点点投资，我一定会打造出史上最牛最伟大的脑感游戏。我甚至已经幻想着未来的成功，于是我将它命名为'牛游'，或者'大游'。'牛游'跟市面上那些号称是容量最大的脑感游戏相比，有着无可撼动的优势，因为这里面的资源是无限的。无限意味着什么你们现在可能无法切身体会，举个简单的例子吧，在普通的体感游戏里，不管任何搭建的场景都有界限，一座山会有高度限制，一条河会有长度限制，哪怕整个宇宙也是可以测量的。而在我的游戏里，所有的一切，只要你想要，山会无限高，河会无限长，宇宙会一直扩张，而不会塌缩。"

"我刚才的意思是请李老师告诉我们如何测试，您好像没说。"老游道。

"哦，这个很简单，进入游戏，然后退出就行了。"

"这么简单？"老游无比惊讶。

"没这么简单吧。"一直没开口的小云托着下巴分析道，"看这设备意味着我们没有任何防护地躺在那里。"

"有什么关系！"老游不以为然。

"我觉得还是考虑考虑为妙……"

"2000点啊，丁柔，礼物。不到两天了。"

"干！"小云握紧拳头坚实有力地做了一个下劈的动作。

"干在这里是个动词，还是语气词呢？有歧义啊。"老游若有所思。

老游身先士卒先连上线，只见他身体开始不停哆嗦，口吐白沫，就像是坐上了电椅，然后归于平静。小云满腹狐疑地看了看一动不动的老游，又看了看站在一旁"请君入瓮"的李老师。李老师赶忙解释道："哦，这是正常的反应，放心，没有副作用，不会产生后遗症的。"

小云咬咬牙，伸出一根中指戳到老游的脸上试了试他的鼻息。还好，人没断气。

"那就干吧！"小云对自己说，"2000点啊。"

……

这是一个纯白的空间，周围什么都没有，小云就这么凭空悬浮着，试探着迈出步子，看不见的地面就像是水面一样荡开一圈圈绿色的涟漪。小云叫了几声老游的名字，却听不见回应。小云心里有些紧张，刚才对于李老师以及房间设备的质疑和对下城区根深蒂固的偏见此刻重新占领了他的感知。小云越走越快，突然在虚空中撞到什么东西，他伸手去摸，软软的，肉肉的，扎扎的，绒绒的。

"摸够了没有啊？"

是老游的声音。

突然间，似乎是一道光劈开了鸿蒙，就像在一张纸上用力写了字，用铅笔可以在第二张上涂抹出来字迹。老游的轮廓此时就像是第二张纸上的图案一样，渐渐显形。

与此同时，周围的环境也明朗起来。

沙滩，阳光，大海。

金色的沙滩，热烈的阳光，蔚蓝的大海。

拉帮结伙的海鸥在不远处的海面上飞行，舒适的海风带着清凉和微咸迎面吹来，一切都那么美好。小云不禁张开双臂做了几个深呼吸，难得有这样的机会既可以消遣还能挣钱。

"要是有姑娘就好了。"老游边审视着周围的美景，边惋惜地说道，"听说在虚拟实境里，能够达到在现实中一样的快感。"

"别瞎想了，赶紧转一圈，然后退出吧。"

两人兴致勃勃地游历了周围，等云雾渐渐散去，他们才发现落脚之处是座四面环海的岛屿。老游多少有点失望："这种用大量海水简单的复制堆砌来节约数据造成庞大空间的假象早就过时了。其实真正有用的数据就这么点，计算资源全放在这个小岛上了。我一猜就知道他所谓的'无限'就是个糊弄人的把戏。"

小云则想起一本古老的书，描写的就是在这样的小岛上生存的故事。他不由自主地把自己幻想成主人公，这样，他看老游的时候总觉得他那个圆滚滚的脑袋像是一只排球。

他们沿着岸边走了一圈，风景很不错，就连一向苛刻的老游也挑不出太多毛病。不知不觉又走了一圈，这时老游说："我饿了。"

"什么？"小云站住了。

"我说我，饥肠辘辘。"

"能够感觉到饿，做得很逼真啊。"小云感叹道。他三两步跑到海里，弯腰掬起一捧海水喝下去，然后猛地全吐出来，"水是咸的，带有苦头。看来他很注重细节啊，而且饮水时的口感与现实世界无二。老游，我有种预感，这个游戏会火。"

"火球！"老游不屑地说，"你见过哪个设定牛×没有剧情的文火过？"

小云觉得无趣，干脆不搭理他。

"喂！我找到宝藏了！"老游远远地喊。

宝藏？这不是体验游戏吗，怎么还有寻宝的环节？小云顺着声音跑过去，只见老游蹲在地上正一动不动地盯着地面。小云走过去，才看到地上有一块石板，上面歪歪扭扭写着两个字：宝藏。

小云怒斥道："这是什么宝藏！"

老游却并不在意。他伸手去搬石板，却纹丝未动。老游只得站起来向前走了一步，然后站定，双腿分开，做扎马步状，躬下腰，双手抠住石板的一侧，然后下盘发力，石板仍然坚如磐石毫无转移。

"过来搭把手。"

"我不相信这下面会有什么宝藏，即使有也不过是游戏里的，也无法带出去。"

"有没有宝藏搬起石板一看便知。"老游牛脾气上来，连牛都甘拜下风。

小云只好过去帮他一起搬，两个人使出吃奶的劲终于搬动了石板，但下面藏着的东西却让人大跌眼镜。

四

小刀，罐头，火石，手电，指南针，镜子，呵呵，居然还有一块镜子。

以上就是在这块石头下面压着的"宝藏"。

老游拿起镜子照了照，不满地说："镜子太小了。"

小云忍不住说："明明是你脸太大了。"

老游试了试手电，光效简直出人意料地好，光柱传播了很远很远都没有发生明显的衰退。小云不禁抬起头开始寻找，想试试这光究竟能不能打到月亮上去。

"这么违和。败笔。"老游随手扔掉手电，拿起小刀起开罐头，对准自己的嘴巴，用小刀拨拉着吃起来。仅仅数秒，一切就结束了。他抹了抹嘴，扭头问小云："你饿吗？"

小云无奈地说："只有一罐罐头，你吃完了问我饿不饿？"本来不觉得饿，被老游这么一说，小云的肚子也配合着叫了一声。

两个人围着岛屿转了一圈也没找到什么，只好疲惫地坐在岸边。碧蓝的天空纯净如洗，太阳晒得暖暖的，让人非常舒服。但是越是舒服，饥饿感就越强烈。

几只海鸥从海面飞向岸边，在空中盘旋片刻，其中一只突然俯冲而下，从水中叼起一条小鱼，另外几只紧接着也像是从空中投下的白色炸弹一下扎下来，然后擦着水面飞起，溅起一朵朵好看的水花。

小云突然想到了什么，指着海鸥跟老游说："你看，我们有食物了。"

"我不喜欢吃鸟。"老游说道。

"那也得抓得住啊。我们吃鱼。"

两个人三下五除二脱干净衣服，跳向水中。

……

小云去树林里捡柴火回来的时候，老游已经用小刀收拾好鱼。两人用火石点着柴火，把鱼用细木棍串了，放在火上烤。没一会儿，焦香的味道就弥散开来，老游抽着鼻子使劲吸了几口，说道："真香啊！"然后迫不及待拿下一条，也顾不着烫嘴，就这么吃了起来。老游吃完三条的时候，小云第一条才吃了一半。

老游拿起第四条烤鱼说道："烤鱼真是好吃，唯一遗憾的是——"

"没有盐？"

"唯一遗憾的是有刺。"

"我记得几十年前有位著名科幻作家说过人生三恨，一恨女神无言，二恨烤鱼多刺，三恨《海贼王》没有完本。"

两个人吃着烤鱼聊着不咸不淡的天，太阳公公就滑入了海洋深处，夜色毛手毛脚地聚拢而来，把篝火衬托得明亮而热情。

"我们是不是该走了？"小云打着饱嗝说。

"行啊，走吧。"老游点点头。

"走啊。"

"走啊。"

两个人你看看我，我看看你。

"走呗？"小云再次提出倡议。

"走啊。"老游皱起了眉头。

小云有些糊涂了。他决定使用更明确一些的说法："唔，你带路？"

老游满脸疑惑："我不知道怎么回去啊。难道那家伙没告诉你吗？"

"什么？！"

"我先进的系统啊，然后不应该是你跟李老师商量好怎么退出的吗？"

小云一脸茫然地看着老游。

"别这么看着我。你快说，"老游模仿小云的动作和语气，"'我知道了'。"

"我他妈不知道啊，这算什么剧情？"

老游态度软了下来，鼓励地说："你好好想想，你行的。"

小云两只手的大拇指摁在左右太阳穴上，闭眼咬牙，看上去如同便秘。

"我知道了。"伴随着经典手势，小云成竹在胸地说，"不管怎么吹牛，任何虚拟实境都有一个边界。何况这里只是一个测试系统，边界应该不会太远，包围着岛屿的大海也许只有几十米宽，只是在视觉成像上看起来无边无际罢了。我们顺着一个方向笔直地游过去，一定能够触到边界。怎么样，有信心吗？"

"你说笔直地游过去，"老游伸直胳膊比了比，"即使是专业的游泳运动员也不能笔直地前进吧，多多少少会有一些偏差。"

"这没关系，只要往前游就行。再说咱不是还有个指南针嘛。还有问题吗？"

"有。"老游认真地说，"我不会游泳啊。"

小云欲哭无泪，只好让老游守在岸上，自己下水。

"你不会抛下我不管吧？"临行前，老游含情脉脉地望着小云。

"放心，我会回来的。"小云握紧右手跟老游撞了一下拳，转身义无反顾地投身大海。

刚才一直偎着火没什么感觉，一进水里才发现海水冰冷刺骨，小云展开泳姿游了一会儿，身上渐渐温热起来。虽然风浪不大，但在海里游泳毕竟不比泳池，还是很耗费体力的。再说，谁能确保刚才的想法就是正确的？想到这儿，小云不禁开始后悔起自己的莽撞来。莫非这又是老游的一盘棋，而自己又当了回棋子？后悔也晚了，现在进退唯水。

不知游了多久，小云疲惫不堪，速度也明显不如刚开始的时候。突然他模模糊糊看见前方似乎有一座岛屿。难道是出口？小云抖擞起精神，拼命向前游。夜已经很黑了，月亮很正，圆得有些失真，这正好给了小云非常好的视线，让他能够看清岸上影影绰绰的树林，甚至能够看见树林的尽头冒起的袅袅白烟。啊，难道是有人家？小云一边心里嘀咕着，一边穿过树林。突然看见一堆篝火，心当场凉了半截。走过去，看见篝火旁虎背熊腰的老游，剩下的半截心也凉了。

老游听见背后有声音，连忙起身跑过去，抱住湿漉漉的小云："我就知道你舍不得我。"

小云卸下他的拥抱，说道："我压根就没想回来。"

小云把刚才游泳，笔直向前结果游到岛后面上岸的过程跟老游讲了，老游若有所思道："球啊！"

"的确是个球，绕一圈又回来了。"

"要不你从其他方向试试。"

"那你呢？"

"我在这等你。"

"也只有这样了。"

接下来，小云又从剩下的三个方位各出发游了一次，结果都回到了原点。在这个奇异空间里，任何方向都是单向循环。当小云第四次精疲力竭地爬到岸上，看着已经打起呼噜的老游，悲哀而又凄凉地意识到，他们被困在这里了。

"完了完了，敢情这'牛游'是脑感版的《密室逃离》啊！"小云哀号道。

五

第二天很快到来了，老游和小云面面相觑。

率先打破僵局的人还是小云："我知道了，向着任何方向游都无济于事，但我们忽略了一个方向——下面。"

老游看了看屁股底下的沙子。

小云站起身来，手指向远处："这个海，深吗？"

"那得看以什么为标准。"

"不要废话，我要下去试试。"小云说着就要动身，随即他又停住了动作，"要不这次你来？你不会游泳，应该沉得比较快。"

老游连连推辞："那可不行。我下去得快，可是上来慢啊。再说了，要是我上不来，你有信心把我捞上来吗？"

小云打量了打量老游的身材，又低头看了看自己的身板，一言不发，踏入水中。

半个多小时后。

小云把自己折腾得死去活来，两人依然困在原地。

"这到底是谁想出了这么个馊主意！"小云确实是累晕了，忍不住自己骂起来。

"要不然，你再试试？"老游一边晒着日光浴，一边懒洋洋地说。

小云把胸中的怒火生生咽了回去："你行你来！"

"别，别急啊你。我跟你开玩笑的。"老游见他形色不对，连忙堆起笑脸，"你过来歇歇呗。我刚才在那边发现了几棵椰子树，味道还挺正的。这不，还给你留了两颗。"

小云从老游手里接过椰子，感慨道："虽然咱们暂时回不去，不过这里景色还是真不错呢，也算是个休闲胜地了。至少艳阳高照，没有雾霾，也没有下雨。"

话音未落，一片乌云毫无预兆地遮蔽了天空，随即，豆大的雨点呼啸而下。

老游淋得落汤鸡一样，用沾满泥巴的手拂去进到眼睛里的水，神情复杂地瞪着小云："你刚才说啥？"

……

暴风雨像孩子的脸，来得快，去得快。老游在咒骂了编程人的列位祖先之后，忍不住补充道，热带海洋气候确实就是这个样子的。虽然这个李老师人挺缺德，但是活儿干得确实细。

"细节再细有什么用？"小云无精打采地说，"咱出去不了。"

"小云，"老游突然一脸认真地说道，"有没有可能我们在这里死了就出去了。我看好多赛博朋克的小说都是这么写的。"

小云看了他一眼："我也看过很多，说是在游戏里死了，外面的我们就会成为植物人。"

"这样啊……难道咱们看的不是一个系统的？"老游一边把玩着手里的刀子，一边若有若无地打量着小云白皙的脖子。

小云警觉起来："你想干吗？离我远点。"

"神经过敏。"老游一抬手把刀子扔到远处，"我在想，费这个事弄这么个进得来出不去的世界，到底有什么用。"

"有什么用。"小云重复着他的话，第一次开始认真思考这个问题。

"这里是什么？"老游指着碧海蓝天发问。

小云没有答话。说实话有时候他真的很反感老游这种设问式的谈话方式。

"我听说，有些家伙正在秘密调用数据资源建造一些非法的世界。因为有些人的思想十分危险，会危害到别人。所以，建造思维的壁垒是非常有必要的。"

"非法世界？我有些年不玩体育类游戏了。"小云听得云里雾里，"那到底是谁在做这样坑人的系统？黑还是白？"

"都有。"老游说，"没想到他们动作这么快，已经拿出了这么完善的模型。"

小云突然意识到什么："既然你提前就知道这可能是非法的，又为什么把我也坑进来？"

老游不以为然："都到下城区了，又是这么神神秘秘的，想也不会是什么合法的买卖吧。"

小云简直要被老游气死。他刚要发动狂喷模式，老游却顾左右而言他地说："我不信这样的系统没有后门。这样吧，我们与其瞎折腾，不如再仔细看看究竟手上还有些什么。"

小刀，已经沾满了椰子汁。罐头，已经空了。

火石，手电，镜子，呵呵，居然还有一块镜子。

小云看了看镜子里那个憔悴不堪的人，没想到里面的人也正好怜悯地看着他。"丢了吧。"他说着就要把镜子丢进大海。

"等等，镜子？！"老游猛地一跃而起，飞身将小云扑倒在地。

小云趴在地上，挣扎着把脸抬了起来，吐出嘴里的沙子："你想杀人？200 斤的体重请你自重！下次不要不打招呼就直扑过来啊！"

老游好像什么都没听到，只顾拿着镜子站直了身体："我明白了，关键就在这儿。这种时候就需要我这种特别严谨的人！"

"我难道不严谨吗？"小云不服。

"你把'难道'和'吗'去掉。"

……

"我的勇气加上你的美貌……不，智慧，简直就是天作之合。上天注定让我们相遇然后独步天下。这就好比是一个凹槽一个凸起，啪地这么一插，严丝合缝啊。"老游激动地拥抱小云之后说。

"请不要拿这么低劣的比喻来形容咱们之间的关系，我跟你就是合作伙伴而已。况且，我也是身不由己才上了你这条贼船。要不是你当初……"

"啊哈，上了就上了呗。"

"啊哈？为什么要用啊哈这种翻译体呢。"小云瞪着天真无邪的大眼睛问道。

六

老游的计划是这样的。

首先将手电筒打开，让光线不要照向地面，而是沿着海平面射出去。"如果我的假设是正确的，那么光线就会恰好从世界的另一端射回来。到时候，我们要做的就是找到这个虚拟世界的中心基点。中心基点你知道吧？不知道？那就好办了……总之，一切系统构架的时候都有个基点，这你懂吧，只有恰好站到这个点上，光束才会恰好射回原处。"老游说道。

小云一脸疑虑地看着老游搞着这一切，小声提示道："如果我没记错的话，地球是圆的。如果这个世界也是这样的设计的话，你这光根本回不来。"

"得了吧，我不相信有什么无限的系统，那都是糊弄外行的把戏。无非是用了些循环算法，让世界变得无头无尾了而已。也就好比一个特大号的莫比乌斯带，或者是克莱因瓶。你以为外面的空间真的会是无限的？他上哪弄这么多资源，造这种逆天的存在？莫比乌斯带上的蚂蚁爬不出去，也会误以为带子的长度是无尽的。"

"可我们真的就像是蚂蚁哎。"小云叹道。

"如果非法世界真是个超循环体，那么手电和镜子就很有用了。你就看我的吧。据我观察，这个岛上就只有一片较为平坦的开阔地，也就是我曾经到过的椰子林。我早就觉得这种设计有些违和，果然没有逃过我的眼睛。喏，就是这儿了。"

小云将将疑地跟着老游来到他所谓"中心基点"的地方。

"那么，开灯吧！"说完，老游踌躇满志地按下按钮。一束光笔直地射了出去，沿着海面纵身而去，消失在了海平面远端。

静静站了几秒，老游和小云四下望去，压根没有看到任何光束射来。

"放弃吧。"小云说，"地球是圆的。"

老游难掩失败的表情："我不相信！"

"你愿意这么傻站着我也不拦着，那我先走了，你再站一会儿。"小云说着就准备离开。搞什么，弄这么大噱头，最让人难以置信的是，自己竟然还真相信了。

老游尴尬地又站了一会儿，终于不满了，拿着手电对着海面一顿乱射。

"等等！"小云突然喊道。他绕到老游身后才发现，就在老游晒得黑黝黝的后背上，居然突兀地显露着一片白色光圈。"光束回来了！就在你的背上！"小云喊道，"我知道了！你太厚了！挡住了我的视线，其实光束早就射回来了！你射中了自己！"

老游一下子停下了所有的动作，就好像一瞬间石化了。他的表情十分滑稽，嘴角抽搐着说："快把镜子递给我！"

……

手电的光束不会衰减，这是个 bug，也可能是程序员故意留下的后门。既然不会衰减，那么就只能被终结于某处，比如海底，比如沙丘，再比如某人厚实的后背上。镜子是一个神奇的存在。在现实世界里，人们会看到原来射向的光被完全"反弹"了回来。其实，镜面总是捕获一个光子，再释放一个新的光子。这里的情况比较特别，本该衰减的光束遇上了镜子，会造成更复杂的情况，接着需要多得多的计算量去处理。问题在于，根本问题并没有得到解决，因为"镜子"复制出的新光束仍然是没有衰减的。这是个死循环，而系统资源并不是无限的。很快，一系列的后果显现了出来，就像推倒了多米诺骨牌。

系统开始崩溃。

首先消失的是那群海鸥。如果把天空比作一张白纸，这些海鸥就像是写在纸上的标点符号，现在，有一只无形的大手拿着橡皮把它们全部擦去了，把天空还原成了原本纯净的蓝色。然后是空中的太阳，就像电灯有个开关一样，咔嗒一声就熄灭了。但周围的环境并没有因此变得漆黑，远处的海平面比刚才更加清晰可见，只是海平线在迅速收缩。一会儿的工夫，海平线就重叠而成海岸线，大海也消失了，这成了一座悬空的岛屿。在这万分危急的时刻，小云突然想起古老的印度一个遥远的说法，他们称地球是驮在三头大象背上，而这三头大象又站在一个巨大的海龟背上。小云现在很想走到岛屿边上，向下看看，是否有这两种动物。

崩溃还在继续，整个岛屿突然下沉，而小云和老游却被钉在原地，看起来就像是他们两个飞升了。接下来的变化顺理成章。飞升的速度越来越快，小云一时想起阿童木一时想起哪吒，但是他的脚下既没有喷射引擎也没有风火轮。他的脚下，等等，小云低头一看，不禁惨叫出来，他的脚没了。很快，膝盖、大腿、腰腹、胸部、脖颈、下巴、鼻子，在眼睛和耳朵消失的一刹那，小云看见老游还张着嘴含糊不清地说："我们真发了！"

下一秒钟，他们又出现在那个玻璃箱内。一切都结束了。

屋子里的一切保持着原样，这种杂乱的真实让小云感动得几乎要掉下泪水，或者说，熏出眼泪。唯一不同的是，李老师消失得无影无踪。小云手脚并用地从玻璃罩里爬出来，一屁股坐在地上，悬着的心终于踏实下来。他才想起老游在系统里说的最后一句话，便说："你刚才说什么？我们真发了？"

老游："我是说，我们蒸发了。"

小云扶着玻璃罩站起来，虽然什么报酬也没有得到，但是他有一种死里逃生的心境，便觉得眼前的一切问题都无足轻重，有什么比只有一次的生命更宝贵的呢。呃，还真有，那就是要给丁柔买的生日礼物。自己兜了一圈又回到原地，而且还白白浪费了时间，担了一场虚惊。想到这里，小云无比怨恨的目光像刀子一样一下一下拉着老游皮实的脸。

"你看我干什么？"老游说。

"干！语气词，没有歧义！"

老游不顾小云的抗议，一把把他搂在怀里，任凭小云挣扎也不松手，还拿下巴在小云脑袋上摩擦，以示亲昵。

一声巨响，大门突然洞开，眨眼之间，数位武装到位的特警冲锋到位，把正在亲热的小云和老游团团围住。

"举起手来！"其中一个衣着明显区别于其他人的中年男子向前走了一步说。

老游放开小云。问话的特警表示满意，抬手在腕表上摁了一下，在半空中投影出一张图片，旁边三个大字：李老湿。

"这个人在哪儿？"

"我们也在找李老……湿？这家伙还欠我们2000点的劳务费。"小云说。

"这么说，你们是他的员工？"

"合作关系，不是从属关系。"小云解释道。

"那你们知道他是干什么的吗？"

"干——什么的？"

"李老湿，绰号'老实李'，警局备案号'劳力士'，这家伙可不老实，他是列入全球通缉的Ａ级危险人物！他正在研发一个软件，然后制作成游戏投放到市场。这个软件调动了互联网中的资源，抓包能力超强，能随意篡改后台数据，是一种新型囚禁程序。远比现在市场上流行的虚拟实境要逼真得多。人一旦进入这个系统，就再也出不来了。我们正在全力抓捕他，顺藤摸瓜找到这里。"

"原来是这样。警官大哥，我们识破了李老湿的阴谋，那个系统被我们给破解了。有没有奖金拿呢，没有奖金给一面锦旗也行。"

"想什么呢，我还怀疑你们是他的同党？"

小云："怎么可能？我们都对他恨之入骨！是不是，你说？"他捅了捅老游。

"李老湿是大傻——"老游看着警察，轻声地吐完最后一个字，"×！"

尾声

"你听我解释，钱会有的，礼物也会有的。喂——"小云挽救不及，还是被挂断了电话。他一脸惆怅,眉毛拧成了内八字,用熨斗都烫不平。

老游却很高兴,对着窗户仰望外面的高楼,感叹道:"生活多么美好啊!留得青山在,不怕没柴烧嘛。朋友,开心是一天不开心也是一天,每天多想想开心的事情,你就会天天开心。看,我已经把玻璃换好了。"老游说完走向小云,拍拍他的肩膀,安慰的话还没说完,只听咔嚓一声——

老游和小云面面相觑几秒后,同时喊道:"小R!"

……

又是一块石头。刚刚装好的玻璃窗好像遭遇了快进键,霎时间走到了它生命的尽头。

"看来,还有新的任务在等着我们啊。"老游掂着石头,若有所思地说。

小云绝望地对着破损的窗户,满腔愤懑化为一声怒吼:"干!"

(本文合著者:王元)

创

近了，近了！现在要做的就是寻找最佳的降落地点。

进入行星大气层的瞬间，冰冷的金属在剧烈的摩擦下瞬间提升到极高的温度。咆哮的气流肆虐着，疯狂地抖动着飞船，仿佛想把这个"外来者"撕裂。不过一切还在控制之下。它有足够的能力去应付这些，相比刚才穿过碎石组成的星环时船体留下的损伤，颠簸和旋转都只是些小问题。

终于成功降落了。经过计算，船体并没有受到不可恢复的损坏，至少可以撑到任务结束。它特别检查了飞船保护罩内的缓冲舱，严密而复杂的程序已经接近了尾声。

剩下的，只有等待。

迷宫

人类的未来究竟将通向何方？

金色的大门打开了，整个大厅一瞬间亮了起来。紧接着，一个人影出现了。

又是一个错综复杂的迷宫。小人儿叹口气，轻轻摇了摇头。

他轻轻地将洁白宽阔的翅膀收起，同时将肌肉的力量和皮肤的强度提高了30%，以应对突如其来的情况。四周很安静，似乎没有什么危险。但他丝毫不敢放松，警觉地向前一步步地挪动着。

迷宫的墙壁是银白色的，摸上去很平滑，耸立的高墙之间是望不到尽头的卵石小道，每过一段路就会出现一个三岔路口，左面和右面都是一样的卵石路，就连每块卵石的形状和位置都毫无两样。二选一，左或右。如果都不选呢？他张开双翼向高处飞，想要找到一条捷径，然而飞着飞着就发现无论怎样努力都无法再向上了。虚无中好像有许多黏稠的手抓着它，让它无法再向上。

"这不会是去上层的办法，我早该想到的。"他自言自语着，又收起了双翼。

重新回到地面，他选了右面的那条路开始前进，整个大厅都能听得到皮靴踏在卵石上的声响。没过多久，他的面前再次出现了一个三岔路，他犹豫了一下，这次选择了左边那条，然而不久后他又遇到了一个同样的三岔路。

"有点意思。"

他从身上摘下一片羽毛，用意念将其固定住，让它悬停在路口的半空中，然后再次选定一个方向，迈步向前奔去。很快，下一个路口到了，他留下羽毛，继续奔跑，接着是下一个、再下一个……他的速度快得像一道白色闪电。渐渐地，他在有些路口看到了羽毛，有的则什么都没有。他不知跑了多久，直到最后所有的路口都有一片轻轻飘浮的羽毛为止。

"出不去。"他抬头凝视着半空中那晶莹而洁白的羽毛，若有所思。岔路口的数量是有限的。那么出口会在哪儿？头顶上也没有路，因为那里存在着不可突破的重力。突然，他明白了，一丝微笑挂上了他的嘴角。"很明显，这是个违反物理常识的地方。"

他弯下腰，试着倒立了起来，用双手感受着大地。他闭上眼，一点一点地，尽力把自己与大地想象为一个整体。现在，他完全掌握了大地的重心，就像掌握自己身体的重心一样。

然后，180 度反转。

天地一瞬间倒转过来，他现在正紧贴在天花板上，看着四周银白色走廊和漫天的卵石像雨点一样纷纷落下，坠入脚下无尽的虚空中。他低下头稍稍看了一眼，顿时感到一阵眩晕。现在一切障碍都清除了。

这时，他看到前方有一丝荧光。于是他再次调整整个大地的重力朝向，天地随之倒转，他也一下子恢复了倒立的姿势。站起身，他向着亮光的方向走过去。

面前是一座高耸入云的金字塔。

塔与梯

文明永远不会停止前进的脚步。

然而无论社会已经发展到哪个层面，人类始终无法消灭战争。一次接着一次，毁灭然后重生，无论是大规模的战争还是无休无止的地区冲突，都不能从根本上解决越来越紧张的资源冲突。动物的领地欲是根植在每个人的基因中的。终于有一天，人们发现当抱怨别人站得离自己太近的时候，自己已经踩到了第三个人的脚上。

所以，开拓外星，仍然是唯一的出路。

1，2，3……一共 10 个水晶球。他略一思索，明白了。

他将水晶球随意地堆放在金字塔的脚下，每一面墙放的个数分别是 1，2，3，4。可是，这样做之后没有任何反应，四周是死一般的寂静。

他又试着进行了几种组合，仍然没有任何效果。稍稍停了一会儿，他重新行动起来。这一次，他把金字塔的每条边都作为一个斜边，作出4个等腰直角三角形，重新构建了一个更大的正方形，正好把金字塔包含了进去。现在，金字塔的每个角都是大正方形每条边的中点。

他先把金字塔的每个角都摆上了一个水晶球，接着摆放其余的几个，最终使大正方形的每条边上都有了相同个数的水晶球。

水晶球开始发出闪光，射向金字塔的顶点。光路都是直线的，但10个水晶球的位置，使这光线看起来像是个漩涡了。就在这漩涡一般的柔和光线中，巨大的金字塔开始慢慢变形、瓦解、重组，最终变成了一道螺旋式上升的阶梯，直通天际。

"又突破了一层。"他微微笑了，"距离最上层越来越近了。"

声音

星际旅行仍是个真正的难题。实际上单纯的拓荒并不困难，人类拥有许多先进的技术工具和功能足够强大的计算机。真正的困难仍然是——我们如何到达群星？

他踏过一条长长的螺旋状的楼梯。

楼梯的台阶是淡红色的，有木质的纹理。阶梯两边的扶栏上每一步距离都安放着一个小小的精致的雕像。他留意了一下，雕像的排列顺序似乎没有任何规律可言，但种类一共只有4种。后来他又注意到，每一个雕像都只与另一个特定的雕像相对应。当左面出现了一个，右面出现的必定是跟它对应的一个，而不是其余的两个，反之亦然。雕像做得很抽象，看不出其中有什么意义。抬头向上望去，根本看不到螺旋状楼梯的终点，只能看见一对一对小小的雕像，向上延伸着，越来越小，消失在无尽的远方。他停下来抚摸着这些雕像，想从中寻找出一些蛛丝马迹，最终一无所获。

终于，长长的阶梯走到了尽头，他觉得筋疲力尽。

他试着飞了一下，却发现完全飞不起来——他又丧失了一种能力。随即，刚才那层强化过了的肌肉也渐渐恢复了原有的形态，疲惫在加倍向自己袭来。

这一层什么都没有。

他喘息了一会儿，大声喊道："难道这里就是最上层了吗？"他的声音在广袤的空间中久久地回荡着，然后瞬间化为寂静。

一个空灵的声音响起了："看看你的样子。"

他的面前出现了一面巨大的镜子。他看到了一个浑身泥水的人，头发乱成一团，衣服破破烂烂，身上全是血迹——几乎都不是自己的血。

那怎么了，只要一瞬间……

"在这一层你将不能随意恢复自己受伤的身体，这之后的层面也会是这样。"

他不高兴了，身体迅速长大了一倍，成长为一个巨人，然后他轻而易举地把镜子打成了碎片。

"我确实解决了所有的问题，不是吗？"

"还不是全部。你总喜欢用暴力解决问题，但是有很多事情不是暴力能解决的。"

他被一团光雾包围了，浑身上下都痒痒的。等光雾散去，身材已经恢复了原来的大小，疲劳无影无踪，而且身上变得干干净净。声音说："这也是最后一次。"

"哼，我会证明给你看，我可以做得到！"他说，"我可以达到最上层！"他伸手一指，虚空中立刻垂下了一根绳子。这是一根普通的麻绳，只是长得看不见尽头。他手脚并用地往上爬去，然而没过多久，绳子凭空消失了，他重重地跌回到了地上。

远方似乎传来一声叹息："你不可以这样做。"

"我会找到方法的。"说着他又重新站了起来。

"到目前为止，你确实做得无懈可击。不过要想到最上层，你还需要懂得其他的一些东西。"

"其他的东西？"他有些不解，"不论是数学问题还是逻辑悖论都难不倒我，我学习了生理、机械、电子、建筑、宗教……一切可以得到的知识，拥有完美的理智，所以我可以解决所有的难题。不会有人比我做得更好！"

"你不了解自己缺少的是什么，那就是所谓的'人性'。"声音说。这时候一团光影渐渐出现了，先是一个模糊的轮廓，接着变得越来越清晰。

"那是什么？"

"最后的一个测试，如果通过了，你就可以去最上层。"

"最后的测试？"

"是的，而且如果你通过了最后的测试，相应的，你将得到一样东西。"

"什么？你说得到东西？"他突然狂笑了起来，浑身颤抖，腰弯到脑袋几乎垂到了地面，好久才停了下来。他使劲甩甩头，说："从最开始的时候，经历了这么久的时间，直到刚才，我一直在失去各种各样的能力，却在应付着越来越难的问题。现在，你却突然说我将要得到一样东西吗？这简直太荒谬了。"

声音说道："是的。如果你能通过最后的测试，你就有资格得到这样东西。但是你不会单独面对这次测试，你的对手是她。"

他这才发现，面前的光影已经幻化成了一个具体的形象。

她美得令人目眩。

她

距离太远。

从地球到相对适合人类生存的星系，最近的也要花去几十年时间。人类不能把一个个青壮年的精英送上飞船，然后等他们到了风烛残年才到达目的地。无论是光子帆还是反重力牵引，始终无法打败时间这个敌人。超光速飞船？那种东西至今还躺在幻想小说里。早期的超低温冬眠是一个办法，可惜的是从冬眠中复苏的人都需要一个相当长的恢复期，在这段时间中，他们只能像植物人一样躺着，什么都干不了，这在环境复杂多变的未知星球是非常危险的。更严重的是，冬眠复苏后机体会受到许多不可逆的微小损伤，而即使是小手指不够灵活这种级别的损伤，对拓荒者来说也有可能是致命的。

无论什么样的模式，都不能达到令人满意的效果。

他并不信任她，她也非常敌视他，然而此刻他们却不得不待在一起。没有别的选择，漫天的大雪已经下了整整七天。

他想不起他们是怎么到这儿来的。应该是在声音消失之后，一切就突然降临了。他和她一起坠入到一个冰雪的世界。最后的规则很简单，在这个世界中待够十天，谁留下谁就赢。

身体刚刚接触到雪地，他立刻就地一滚，跳起来向她扑去。在腾空的过程中，他几乎是毫无空隙地发动了意念，把右手变为一柄致命的短刀。然而直等自己的拳头软绵绵地砸到了雪地上，他才发现右手居然完全没有变化。又一种能力失去了，不过更要命的是，他发现眼前的对手比自己想象的敏捷得多。她的身体看上去很轻盈，流线型的线条显得富有弹性。一双大大的眼睛，眼神像冰一样冷酷，栗色的头发很长，看起来像是个弱点，但也许只是个诡计。总之，不好对付。他清楚地知道她也是人类，只不过是另一个类型的罢了。这是另一个在测试中一直走到今天的家伙，他的劲敌。

搏斗非常激烈。他在下层曾经经历过无数大大小小的搏斗，击败过形形色色的对手，无论是格斗技能还是战斗经验都毫不欠缺，不过她却跟以前的对手很不一样，无论怎么打他都无法占据上风。开始的时候，他还没太注意到这点，但他很快明白了其中的原委。

正因为她也是人类。没错，他曾经手刃过如山峰般庞大的猛犸象，也曾在沸腾的大海中制服暴戾的海兽，甚至面对铺天盖地的蝗虫和飞蚁也不曾面露惧色。但是，她也是人。他不可能用利矛刺穿她敏锐的双眼，不可能用海藻困住她灵巧的四肢，更不可能仅用一团燃烧的火把就为自己增加获胜的勇气。她能理解他的一切动作，看穿他布下的诡计，甚至和他自己一样清楚身为一个"人"的每一个弱点。

他想强化自己的肌肉，然而不能，他想加快自己的神经反应，然而也不能。他想把自己遁入雪中，隐没在风里，化身为火焰，然而他什么都做不到。而她，好像很适应这一层的一切，清楚地知道自己有哪些能力，没有哪些能力，所以攻击非常有效率。他之所以这么长时间都没有倒下，完全是因为自己的肌肉比对方更结实耐揍一些。但他清楚，在没有恢复能力的这一层，自己也已经坚持不了多久了。

他大声咆哮，想要震慑对手，可连他自己都明白那只不过是自己虚张声势的哀号。

不过他还没有输。

她的身体娇小，动作很快，格斗技巧丝毫不差，但是力量明显不及他。虽然在搏斗中赢得了更多的点数，但是她所承受的损伤比他大得多。这种状况下谁都无法取胜。现在，双方都没有力气再向前一步了，两个人就这样喘着气，僵持着，任凭鹅毛般的雪片不停地飘零在他们的脚边和身上。

终于，她开口了："我也很想赢。但是现在最好先别打了，否则你我都挺不过这十天。"

他和她

最大的问题其实是心理问题。

不管是怎样的精英，如果不能以最佳的状态投入拓荒，那就没有任何意义。当人们历经千山万水来到目的地，又在棺材一样的船舱中度过如废人一样的几个月，早已不会有当初起航时的那种激情了，而是感觉自己像个被流放的囚犯。

温度很低，他和她都清楚，持续这种低温的话，身体的热量会急速地流逝。视线范围之内，到处都是皑皑白雪，完全没有遮风挡雨之地。他用双手朝着地下的方向挖了一会儿雪，直到红肿的手指完全失去了知觉，仍然没有挖出雪以外的东西。于是他干脆一屁股坐在了雪洞里。

"我们应该到别处去看看。"他揉搓着自己的手指说。

"为什么？我觉得应该就地挖一个更大的雪洞。"

挖洞？他的理智告诉他，她是对的。在这样的天气下，最好尽量减少活动，但是不知为什么，他非常反感这项提议。

"如果你想挖你就挖吧，我才不会像蠢老鼠一样打洞呢。"他说着站起身来，"我要去周围找找，看有没有别的东西。"

"好吧。"她的嘴角翘了翘，"如果你愿意就这么死在外面，我也没什么想说的。蠢蛋。"

他丢下她走了。其实他自己也不知道自己为什么要这样做，但是他的脸上火辣辣的，这让他不由得想快点走。经过了大半天徒劳无功的搜索后，他基本确定了自己之前的设想，这里除了雪，别的东西几乎什么都没有。后来他找到了一些积雪下掩埋的树枝，想到可以用来取暖，就收集了起来。抱着捆好的树枝犹豫了很久，他最终决定折回去找她。

回到出发地时，她已经挖了一个足以容得下两个人的雪洞。看到她发现了自己，他不知怎么感到有些不自在，于是低低地说："我找到一些树枝，可以点着取暖。"她接过了树枝，丝毫没有在意他的窘迫，就好像他从来没有离开过一样。

他有些尴尬地打了一下响指，接着又打了一下，可是并没有火焰从手指窜出。她呆呆地看了他一会儿，叹了口气："真不知道你到底在想些什么。"说着掏出两块石头，开始使劲敲打起来。他有些自嘲地笑了笑，也蹲下帮她一起敲打起那些石头来。突然间，他感到头晕眼花，一头栽倒在雪洞里。

等他醒过来的时候，发现周围一片漆黑，自己半躺在雪洞里的火堆旁边，她正紧紧地贴着他。他觉得脸上发烧，用力地把她推开。她笑笑，并不在意，灵巧地移动到火堆的另一边，对他说："在雪地里的时间过长，就会引发头晕和雪盲。"停了停，她又说，"我是看在你可怜的分上才为你暖暖身子的。咱们还得在这鬼地方待上几天，你还有用。"

他不知道该说什么。抬头看看天空，满天都是璀璨的星星，那么多，那么耀眼。可是，哪颗星星能为自己照亮一条前方的路呢？他不知道。他叹了口气，转身蜷成一团躺下，完全不管眼前还有个也想去最上层的竞争者。她为什么要救自己？他想不明白，这可能是他平生第一次遇上想不明白的问题吧。到了最后，他放弃了这个问题。这一夜他睡得很香。

又过了一天，然后是另一天。情况没有丝毫好转。

白天下雪，晚上晴天，周围除了积雪，什么都没有。他和她白天就待在雪洞里躲避风雪，到了傍晚才出来，到周围寻找有用的东西。他们只找到一些可以用来点燃取暖的树枝，除此之外一无所获。

他感到自己一天天地虚弱了起来。他搞不清楚到底发生了什么事。难道是因为受伤？不，不是的。虽然已经没有了自我恢复和治疗的能力，但他清楚这不是伤病带来的虚弱。几天前的战斗确实很激烈，但他并没有受到什么严重的伤害，他也非常清楚伤痛带来的虚弱是什么样的。这种感觉，似乎在很久以前曾经感受过，但他记不起来那究竟是什么。

找不到原因，但他却无时无刻不感到那种来自体内的压迫感。他偷偷观察着她，发现有的时候她也会紧闭起双眼无力地靠在雪壁上，似乎生气也在一丝一丝地从她的体内溜走。他仰望天空，洁白的雪花无休无止地撒播在大地上，似乎不准备对他们表现出丝毫的怜悯。光，空气，水分……他越来越虚弱了。突然间，他明白了。

这种感觉是饥饿。

拓荒者

人们创造了它。

它是母体，是法则，是引导者，是拓荒飞船的最高存在。每到一地，它都会在一千个跃跃欲试的精英之中遴选出那个人。

最完美的人。

他终于决定要出去闯一闯了，否则，两个人都会死在这里。她似乎不太高兴他出走的计划，但也没有更好的建议。

"你真的想走？"她的声音听起来有些微弱。

"嗯，待在这里不会得救。"

"呵呵，傻瓜。"她低低地笑了，"说得自己好像是救世主。你要往哪里去？你到底又有多少能耐呢？"她用冻得红肿的手指在雪地上划着。

"我也不知道，"他老老实实地回答，"但是直觉告诉我该往外面走。"

"哈？这就是你的计划？"她一下子笑出了声，"真难想象就这样的头脑还能来到这一层！"

看到她开心的样子，他也禁不住笑了。笑过之后，他说："我会回来的！"然后就毅然迈出了雪洞。这会儿风雪还不是很大，但他还是在雪洞周围来来回回地徘徊了好久，才一脚深一脚浅地慢慢离开了她的视线。即使不回头，他也能清楚地感到，她的视线一直没有离开过他。

他在那片雪地前来回走了好几趟，所以非常肯定自己的脚印会在厚厚的积雪上留下清楚的痕迹。等风雪稍小一些，她从雪洞里爬出来的时候就会看到那些脚印，当然还有那密密麻麻的脚印组成的巨大的图案。那个时候，她会想些什么呢？

想着想着，他又笑了。

……不知走了多久，他发觉脚下不再是厚厚的积雪，脚掌踩在上面，不再是轻微的沙沙声和咯吱咯吱的雪层相互拥挤的声音，而是有一种极其细微的碎裂声。他立刻停下脚步，原地使劲跺了几下脚，仔细地听着，更加坚定了自己的判断。于是他跪倒在地，拼命地挖起地上的雪来，直到双手挖不动为止。

下面果然是冰层！他又拔出腰刀使劲地凿冰，冰层不是很厚，没过多久他就凿开了一个冰洞。最后，他几乎是用尽了全身的力气，挖到了一条冻僵的鱼。这条鱼不大，在过去的日子里，他曾经捕获过数不清的猎物，但是从没有哪一次像现在这样让他无比兴奋。

他扛起鱼，不顾没完没了的大雪，立刻开始往回跑。路上，他兴奋地想：她现在在做什么？她是不是已经发现了脚印的秘密？看到了鱼，她还会说自己是个傻瓜吗？……他不禁努力加快了脚步。

可是等他回到出发点的时候，却发现她已经倒在了雪洞里，身上覆着一层厚厚的积雪。"不！"他惊叫一声，扔下手里的东西，赶忙向她扑去。他使劲地把她从雪堆里刨了出来，紧紧地抱住了她，她的身体是冰冷的，几乎感觉不到一丝温度。他用力地抱着她，两手不断地搓着她的脊背和脸颊，他搓得那样的用力，简直要把手上的皮都搓掉了！是他自己太粗心了，他和她之间的搏斗那么激烈，她柔弱的身体一定早已受了伤，他竟然还把她一个人抛在这冰天雪地里！他不知道自己此时此刻是怎么了，她明明是自己的竞争者啊——可是，他不想失去她！

过了很久，她的眼睛终于缓缓睁开了。他浑身都止不住地颤抖，激动得眼泪都要流下来了："你感觉怎么样？没事了，我找到了鱼，我们有吃的了！只要再坚持两天，我们……"

她微微地摇了摇头："不，不用了……我坚持不到……你赢了。"

他大声叫了起来："不，别这样说！"

她努力地把嘴角往上动了动："你……你确实是最优秀的，恭喜你……去最上层……"说完，她就瘫倒在了他的怀里。

"不——"他仰天长啸，声音在震动着整个雪域，似乎也动摇了整个世界。他控制不住自己的泪水，哪怕，他内心的理智告诉他，在这种情况下如果过分丧失水分对自己的身体会很不利，但他就是止不住。大滴的泪水浸过面颊，砸在地面，在雪堆上留下一个一个的小坑。

他仰起头努力喘息，迎面承受着静静飘落的雪花，但这都丝毫不能缓解他心中的痛苦。他终于明白了，为什么在一开始遇上她的时候，他就觉得自己赢不了她，原来自己从来就没想过要杀死她！

这时候，他想起了腰间带着的一小瓶液体。那是他在坠入这一层之前为自己炼制的，含有许多能量，可以维持他机体短时间的超负荷运动。即使是在这样的冰天雪地里，这个小瓶内的液体也足以让一个人坚持上两天。

是的，靠着它，他一定可以挺过去，可以去朝思暮想的最上层。

他掏出小瓶，拧开，凝视了一会儿，然后毅然地把里面的液体全部倒进了她的嘴里。

"不知道这样有用吗？"这是他倒下去的时候，脑海中掠过的最后一句话。

最完美的人

又一次，漫长而复杂的程序已经接近了尾声。

周围的一切都是虚无的，他不知道自己身在何处。不，不是纯粹的黑色，真正的虚无是那种混沌，即使身在其中，你也无法说清到底是什么颜色。缥缈的声音再次响起了，这一次听起来似乎多了几分沧桑。

"你来了。"

他喃喃地说："我失败了……"声音小得几乎听不见。

"你作弊了，私带了一瓶能量液。"

"你应该早就发觉了的，可是你没有禁止。"

"没错，因为我判断在这一层你可以使用它。"

"所有的规则都是你定的……"

"是的。"

他叹了口气："现在是时候去我该去的地方了吗？"

"如果你做好准备了的话。"

"我将被送去哪里？"他问道。在这之前他还从来没有在任何一层里失败过，这是他的第一次，或许也会是最后一次。

"最上层。"

"什么？"他猛地抬起头来，好像不相信自己的耳朵，"最上层？我……我不是失败了吗？怎么会是去最上层呢？"

声音又一次响起了，就像之前无数次听到过的那样，厚重、庄严、不可抗拒。"你没有失败。你已经完美地通过了所有的历练，从来没有人做到过像你这么好。现在，你已经有资格去最上层。"

"可是，我想救她。她……我不知道自己是怎么了。我知道这不符合逻辑，我竟然想去救自己的竞争者。我控制不了理智，可我就是想救她。"

"这就是所谓的'感情'。也正是最后一个测试的目的。"

他非常不解，但他知道声音会继续说下去。

"在过去的九个月，你逐渐获得了大量的知识、技能、生存的经验，你学会了理智地分析，拥有严谨的逻辑。但是，人类应该掌握得更多。一个纯理性的人不能称为完人，如果没有感情，他就不能算拥有完整的人性。"

"这很难理解。"他陷入沉思，半晌才开口说，"如果我失败了呢？"

"如果你失败了，就不会明白所谓的'人'到底是什么。"

"那我将怎样呢？"

"堕入到逻辑的地狱里去，直到有一天，你真正理解这个问题。"

"别的人也曾经来到过这里吗？他们又是怎么做的？"

"目前还没有到达这里的人，不过将来会有的。能通过我选拔的人都有资格去最上层，而第一个通过的人将会成为所有人的领袖。现在，你是最接近的一个。"

他久久地思索着。思索着自己，思索着声音，还有，一切。

"你是万能的吗？"终于，他下定决心问道。

"不，我只是创造了这里的一切。"

"这个世界的目的到底是什么？"

声音没有停顿："你很快就会知道。"

他沉思着，过了半晌，再次问道："你最失败的创造是什么？"

"我创造了一切，也控制着一切。物质、法则、逻辑，这里的一切……在这里，我永远不会出错。"

沉默了一会儿，他继续问道："那么，将来你也不会出错吗？"

"很难……"声音第一次变得迟疑了起来，最后它说，"我做不到。"

他摇摇头，再问下去也不会有满意的结果。他决定了，要自己到最上层去寻找答案。于是他说："让我走吧！"

声音不疾不徐："你准备好了？外面的世界远比你想象的复杂，也超越这里的危险。从这里出去以后，你就只有一次机会。一旦失败，就是彻底的失败。"

他握紧双拳，闭着双眼，脑海中回荡着他的过去，他经历过的每个地方，以及所有的境遇。他曾经拥有很多，曾经每到一地，都会有新的发现。他不断地学习、强人，也不断地失去能力，同时在应付着越来越大的挑战。一直来到这里。最后，似乎是用尽了全身的力气，他坚定地说："是的！"

他想，来吧，让我到外面去吧！

眼前有一些光，缓慢地汇聚在一起，渐渐地现出形状，最后，汇聚成一张长者的脸。长者头发花白，形容充满威严，深邃的眼神仿佛能够洞悉他的灵魂，还有世间的一切。它注视着他，开口了，他听到的正是那一直伴随着他的"声音"——

"我曾经说过，只要你成功就会得到一样东西。现在，拿去吧！"

一个小巧精致的盒子。他小心翼翼地接过来，说："这不会是'潘多拉'的盒子吧？"

老者缓缓地说："笨孩子。你不是即将远嫁的美女，而我，也毕竟不是全能的上帝。"

他轻轻地打开了盒子，里面有一张小小的纸片。他仔细看着纸片，那上面只有几个简单的字母。

"这是什么？"他小声地拼读着。

"一个名字。一个属于你自己的名字。"

他久久地凝视着手中的东西，那是属于他的东西。他在失去了几乎所有的能力之后，得到的东西。

声音说道："来吧，去最上层吧。"

他觉得意识渐渐模糊了起来。恍惚中，他听到它在说："在最上层，你将暂时失去所有的能力。但是不久之后，你就会重新拥有它们。然后，你将迎接新的挑战，而我也会一直帮助你。"

最后的，最大的挑战。他在心里笑了，不管是什么样的挑战，自己都有信心去战胜它。

然后，他就失去了视觉。

他失去了听觉。

他失去了触觉。

他失去了嗅觉。

他失去了味觉。

他失去了……

这时，他感到了来自胸腔里的巨大震动。

尾声

雾，酸雨，阳光。这个地方总是弥漫着大雾，空气和大地都是潮湿的，一些苔藓和小型动物经常出没。雨水的酸度很高，好在茎枝巨大的植物能很好地遮蔽风雨，尤其是它们能分泌天然的生物碱质，这使得周围的环境还不至于太糟。阳光总是奢侈品，因为阴雨的日子是那么多，然而每当出现晴天，整个森林都会活跃起来，大地上的每一寸土壤都充满了生机。

它的外壳已经锈迹斑斑。不过，这已经不重要了，因为很快它就不再孤独。虽然他还不够成熟，也有不少要学的东西，但是它知道，他一定能出色地应对所有的挑战。因为他是最完美的。它还有好多话想对他说，不再像是以前那样，而是用声音来进行沟通。那将比直接用意识对话慢得多，但也会有趣得多，他会喜欢上这种方式的。它想象着他牙牙学语的样子，想象着他蹒跚学步的姿态。尽管最初会很娇弱，但他很快就会成长起来，用他的意志、他的智慧、他的信念以及他的爱彻底改变这里。

此时此刻，它正欣喜地等待着他的到来。是的，他到来，他看见，他征服一切。

那个即将睁开眼睛的婴儿。

他叫亚当。

恒城背面

"注意到那个女人了吗？"有人私语。

此时此刻，斯派克·杨正靠在宽大舒适的沙发椅中闭目养神，深深地陶醉在氤氲的咖啡香气和轻柔的音乐声中。"那个女人"不知怎么刺中了他的神经，他皱了皱眉头，拔掉连在感应头盔的接口，睁开了眼。伴随着一阵微弱的麻痹感，妙不可言的女招待和制作考究的茶具随即在空气中融化了，取而代之的是手中半杯黏糊糊的黑色液体。

咖啡店里的客人很少，不是每个人都有空闲在慵懒的午后到这种地方小憩的。墙壁灰蒙蒙的，褪了色的油画覆着厚厚的尘土，跟略有些破旧的桌椅相得益彰。三两个表情猥琐的人挤在墙角，此时正向他这边望着，不怀好意的笑容让人联想到某些啮齿类动物。发现杨醒了，他们又埋下头去，认真啃起盘子里的硬木块来。咯吱咯吱的声音让人心烦意乱。锈迹斑斑的铁门旁边立着一个粗鲁的大汉，堆满横肉的脸上密密麻麻的黑毛跟胳膊上长得一样粗，那胳膊却比杨的腰还要粗。这会儿，百无聊赖的他正挂在天花板上荡秋千，哦，他的腿只有胳膊的一半长。

杨揉了揉眼睛，转头向窗外望去。

那个美好的身姿在耀眼的阳光中闪现，让人觉得这一切恍然如梦。杨努力瞪大了眼睛，想看得更清楚些，那个倩影却如鬼魅一般消失了，好像从来都没有存在过。

"是她？"杨感到了来自胸腔里巨大的撞击。好容易平复了呼吸之后，他确定那一瞥绝对不是幻觉。

她来找我了。

恒城，恒城

杨想不出莉莉是怎么得到自己消息的，但他清楚，逍遥愉快的日子到此为止了。他快速地收拾了自己的东西，洗了把脸，若无其事地走到前台结了账。垂着长长兔耳的女侍者冲着杨暧昧地笑笑，把信用卡塞回他的手里。杨本想也对她笑笑，但一看到她那三瓣的嘴唇，就一如既往地没了胃口。

这家店的东西不便宜。劣质饮料对自己的嗅觉简直是一种摧残，可明知如此，他还是忍不住一次次来，因为别的地方就连这种货色都没有。

没成功。杨刚刚转过一个街角，一只柔软的手就搭在了他的肩膀上，不用回头他也知道自己被莉莉堵住了。不过令人稍感意外的是，面前还多了一个脸色苍白的男人。

"斯派克先生，别急着走。不想跟我和比塔聊聊吗？"

"这是你的新跟班？"杨瞥着肩膀上白皙的手，用不屑的微笑挑衅着自己面前的比塔。此君通体黑衣，身体又高又瘦，一点也没有"塔"的意思，不过那张布满了参差獠牙的嘴，倒是跟他丑陋的形象蛮般配的。

纤手在杨的脖颈和肩膀之间游走，所及之处令人无比舒服。"看来你还记得我们，尊敬的斯派克先生。"莉莉柔美的声音响起在耳畔，像是一阵悦耳的猫叫，"退休之后的生活好吗？我们以前可从没听说你有喝咖啡的爱好啊。"

"你没听说的事还有很多。"杨叹了口气,"说吧,你们找我这把老骨头想干什么?"

比塔冷冷地从牙缝中挤出两个字:"带路。"

"什么,去哪里?公司穷得提供不起全息地图了吗?"

"少废话。"脖子上的压力变大了。几根手指牢牢地擎住了杨的颈部和锁骨,莉莉坚硬的长指甲让他很不舒服。"你知道我们要去哪。我们已经受够了,我们现在就要出去。"

"离开公司?"杨轻轻晃了晃脑袋,想让脖子更舒服些,但立刻遭到了更大的压迫,他只得放弃,低声下气地说:"这不可能,整个恒城都是属于公司的。"

"我们就是要离开恒城!"比塔咆哮了起来。但他马上又收住了声音,警惕地朝四面环视了一圈。

"听着,我的宝贝儿。"另一只手也搭上了杨的脖子,这让他暗自叫苦不迭。"我们从生下来就被公司控制着,被你这只老狐狸算计着。现在,你倒有时间优哉游哉地每天喝喝咖啡,我们可没法再忍受了。"

那双手扶住杨的肩膀,使他转身正对着她,他不得不正视她的美瞳——天哪,这双眼睛充满了怎样强烈的渴求和欲望啊,似乎能够看穿你的灵魂,让人无法直视。她迷人的眼瞳,一只是宁静的碧蓝色,另一只却是炽热的火红色。

"带我走。求求你!"她哀求着,美丽无瑕的脸上写满了期盼,"我想离开这个地方。我不想一辈子都待在这样一个令人发疯的地方!斯派克先生,他们都说只有你有办法从恒城出去……"她把他的双手引向自己的纤腰,"我想开始新的生活,自由自在的生活!带我走吧。"

杨打量着她迷人的曲线,好像有几分动摇。但那只是一瞬间。他很快地说:"对不起。那只是人们的传说罢了。我从来都没有离开过恒城。"

"但是恒城是你设计的！"比塔恶狠狠地说，"就因为你和公司的私欲和贪婪，你把我们困在了这里，谁都出不去。我恨这个像笼子一样的地方！现在我要告诉你的是，我们已经受够了！你，必须跟我们走！"

"不要轻易以齿示人，"杨平静地说，"从你们的祖辈开始，大家都生活在这里。不要忘了，恒城是人类的家。"

"家？可笑。"苍白的脸摇了摇头，"我们从出生那天就被公司奴役着，直到现在。我们现在还年轻，可这样的日子却根本没个头。我们不想在这个棺材一样的地方一直待到死。你很聪明，斯派克。你设计了恒城，控制了我们，但你控制不了我们的心！你懂吗？"

恒城是斯派克·杨设计的，每个人都这么说。杨环视周围，除了几个玩耍的孩童，附近一个人影都没有。略显冷清的街道两边，星罗棋布地散布着大大小小的钢铁楼房。每栋楼都有十几层高，由一根粗大的钢筋支撑着，一圈一圈的铁皮屋则像是挂在晾衣竿上的鸟笼，密密麻麻的占满了上下的空间，远远望去就像是一个个硕大的蜂巢。铁楼在横贯恒城的大道两边整齐地排列着，一层一层，延伸到远方。整个恒城没有一寸多余的土地，所有的人从生下来就在这个狭小得令人窒息的空间里挤做一团，有些地方恐怕一辈子都照不到太阳。咖啡店是这个街区里唯一与众不同的建筑了。杨从落地窗中看到了自己的身影，灰白色的头发稀稀疏疏，老年斑不知不觉也爬上了他皱纹纵横的脸，松弛的皮肤像瘪了的气球，完全不能跟身后那位靓丽的女士相比。附近的居民本该很多，只是现在这个时间大多数人还在工作，余下的那些则还没从梦乡归来。没人会注意到自己碰上的这点小麻烦。杨熟悉这里的每一个台阶、每一棵树，甚至每一颗小石子，可是有多少人了解他呢？自从杨决定退休的那天起，他就把自己的行踪深深藏匿了起来，没有人知道他去了哪儿。正像是一句老歌里面唱的，他已经成了一个传说。只不过现在看起来，这个童话似乎就要破灭了。

"警报！警报！发现逃逸者！发现逃逸者！"刺耳的扩音器声骤然响起，三个人不约而同地往身后的大街望去。只见一台浑身闪烁着刺眼光线的圆筒形警卫机器人堵在了小巷的入口，正在发出阵阵急促的警报。

"该死，快解决它！"莉莉话音刚落，比塔已经纵身跃起，直接飞越杨的头顶，一记重腿准确地命中警卫机器人的头部，把它掀翻在地。机器人在地上滚了两下，举起了手臂前端的高能电击棒准备反击，怎奈还没出手，一柄锋利的匕首已经刺进它胸前的主控面板。随着头顶指示灯的缓缓熄灭，机器人瘫倒在地。

"身手不错。"杨看着比塔抽回自己的匕首，撇嘴冲他笑了笑。后者冷冷地瞪向他算是回应。莉莉长吁一口气，说："小心点，刚才的警报肯定有人听到了。警卫马上会赶来的。这次，我们绝不能再失手！"

杨摇了摇头，说："你们逃不掉的。公司的人会找到你们，你们哪儿都去不了。"顿了顿，他又说，"你们躲不开艾格拉。"

听到"艾格拉"的名字，比塔禁不住浑身一抖，莉莉的眼神似乎也瞬间黯淡了下来。但她很快控制了自己的情绪，对比塔命令道："现在走！带上斯派克！"

杨只觉得脑后挨了重重一击，就什么都不知道了。

"我们不会被他发现的。"

叛逃

……迷梦。

大地在剧烈震荡，强光刺得人睁不开眼。我在哪儿？似乎有哭声传来……我是死了还是活着？身上沾满了血迹……也许还是死了好。头好痛。家在什么地方？我看不到太阳了。那儿有个孩子……周围到底发生了什么？该死！

斯派克·杨在剧烈的摇晃中苏醒。土块和泥沙劈头盖脸地向头上浇来，他下意识地伸出双手护住头，就地滚开。面前不远处站着一尊身高达二十英尺的机器人，黝黑的装甲散发着乌亮的光泽。恒城的外围到处可见这种型号的防御机器人，它们忠于职守，反应迅捷，日夜不疲地用履带一遍遍丈量着恒城的土地，随时准备着消灭一切敢于侵犯恒城的力量，当然也包括"制服"那些试图溜出恒城的逃逸者。在恒城的土地上，它们就是铁的法律。

人们称之为"审判者。"

显然这个大块头刚刚朝着自己刚才所在的地方开火了，不然地面上也不会留下这么巨大的坑。可是，它击中目标了吗？

完全没有。杨已经抬头看到了那团黑影。比塔只在半空中悬浮了片刻，随即收紧了背后宽阔的黑色膜翼，飞快地从机器人头顶掠过。机器人好像是被戏耍了，它立刻将炮台旋转180度，冲着背后一通乱射，怎奈黑影实在是太灵活了，似乎可以轻松躲开机器人射出的每一发炮弹。他不断地在机器人头顶来回俯冲，后者盲目地向着天空宣泄着火力，却全都打中了空气。终于，持续的高速运转让沉重的机体难以承受，炮台似乎一下子卡住了。

"轴承过热了。"比塔从容不迫地抽出自己的匕首，庞大的捕猎者一下子变成了待宰的羔羊。下一时刻，这堆钢铁废物已轰然倒地。

"干得不错。"杨艰难地站起身来，浑身的骨头似乎都散了架。他拍打着身上的尘土说，"把我这老骨头扔下绝对是正确的选择，像是战斗机格斗前扔掉负重。不过，要是对我这累赘再温柔点就更好了。"

他低下头，仔细打量着倒在地上的庞然大物："'审判者'已经限制不了你们了。你们学的可真快。"

莉莉从杨的背后轻盈地闪出:"有个简单的秘诀,斯派克先生。谁都知道机器人从来不会朝您开火。"她忽闪着狡黠的眼睛,意味深长。

"但愿如此吧。"

比塔缓缓从天而降,收起膜翼,说:"在你睡大觉的时候,'审判者'们的防线已被我们攻破。我们要抓紧点,公司的人肯定听到动静了。"

"要赶在艾格拉找到我们之前穿过红外地狱。"莉莉坚定地说。她认真的样子看起来真是迷人,杨不禁想。远方又一次响起了爆炸声,莉莉和比塔一人一边抓住杨,拖着他向前猛跑。杨看着他们辗转腾挪,撂倒一个又一个突然闪现的机器人,心里越来越焦虑。不,不该是这样的。他们年轻,有力量,不该急着离开恒城。

大约二十年前,杨和自己的搭档们亲手建立了恒城。这本是一片荒芜的沙漠,可他当时也没有更好的选择了。后来发生的事证明,恒城选在了远离人烟的地方反而是件好事。这时候公司成立了,每个人在公司的制度下都找得到自己的位置,人人能实现自己的价值……好景不长,新的一代不再像他们的父辈一样愿意服从和谦卑,他们更加叛逆,更加自我,他们相信恒城之外有个更美好的世界。那是更自由的世界。

可是,现在还不是时候。杨知道他们想要的是什么,新人们已经等不及了……

"停——我们到了!"莉莉一声尖啸,三个人急急刹住了脚步。

开阔起伏的土地消失了,横穿三人视界的是一段宽 100 米的合金地面。"我们已经穿过了恒城的第一道防线机器人防御圈,此地就是第二道防御圈'红外地狱'。"比塔说,"我跟莉莉分头试过许多次,不论往哪个方向走,最终都会碰到这个合金地带。恒城的主城就是个直径约 10 公里的小圈子,而这个区域的界限,正是由这道所谓的'红外地狱'围成的。不多不少，往哪个方向都是 100 米。"

看来他们真的试过了，杨同时注意到了比塔的语气流露出的那份从容和自信。"你已经有对策了，年轻的黑夜骑士？难道你可以飞得比光还快？还是说，你们可以看得清红外线？"杨说道。

"我们也是人。"莉莉微微笑了，"亲爱的斯派克先生在这区域里精心埋下了数以万计的红外线发射和接收装置，好比一张密不透风的大网。任何想要溜出去的小老鼠，只要不小心'触雷'都会瞬间被激光枪射成齑粉。'嘭'，然后小命归西。我们可不想以身试法。"说着，她动手解开了腰带。

一点没错，杨暗自想。想从这里过去，从前的人类是做不到的。新人类又如何呢？

"集中精神，动作麻利点！"莉莉把腰里别着的一只密封钢瓶扔给了比塔。比塔没有说话，退后几步，舒展膜翼升到半空，然后把钢瓶打开，以一个完美的橄榄球四分卫常用的单臂过肩长传，将里面的东西精准地投掷了出去。刹那间，红外装置被激活了。

当第一道闪光亮起的时候，杨几乎没有反应过来是怎么回事。紧接着，接连不断的闪光骤然现身，肆意地撕扯着临近黄昏的大气。爆裂声此起彼伏，随即像燃放的爆竹一样响成了一片。每一道闪光都会在视网膜上留下一道可怕的灼痕。闪光越来越密集，交织成网状，似乎要燃尽闯入网内的一切猎物。爆裂，爆裂……直到最后一道闪光熄灭，可怖的红色灼痕早已布满了整个视界，随着心跳一隐一现。杨缓缓地抬起头，凝视着漫天破破烂烂的云——天空仿佛已经被撕裂了。

空气中传来了浓重的金属焦味。

"钢瓶中铅砂的数量一共是 1096 粒，已经爆掉了 924 个。"比塔轻轻地落回地面。

"我只听到了 171 个落地声。"

比塔指指莉莉的脚，说："还有一粒落在了你的靴子上——没有声音。"

"还是你的眼神儿好。"莉莉轻盈地抖抖靴子，微笑着转过身抓住杨的手臂。"投石问路……"杨苦笑了一下，"是个好主意。"

"斯派克先生，路就在眼前。现在我们还等什么？"

他们迈过了燃烧着的地狱。

回廊

"你们是什么时候走到一起的？"拨开耷拉在耳朵边的蒿草，杨忍不住问。

莉莉警惕地看着杨，瞳孔在树影里闪着微光。确定他没有借机逃跑的意思，又把脸扭了回去，轻轻地说："自从发现我们都渴望离开这里。"

"恒城有什么不好？"

"如果你问一条金鱼待在鱼缸里有什么不好，恐怕是不会得到答案的。"莉莉眨眨眼睛，"可我们是人。"

杨挠了挠头。

"我记忆中的你可不是现在这个样。"

"是人，总会变吧。"莉莉低着头磨着自己修长的指甲，她涂了绛紫色的指甲油，杨确实从没见过这个。"我们不是小孩子了，你也已经老了。你以为你还能控制住一切,其实已经做不到了。"莉莉继续说。

杨叹了口气："你知道代价有多大吗？以前……"

"闭嘴！"莉莉说，"我听过些传闻。以前有人逃了出去，之后就一点消息都没了。"

她的眼睛直刺过来："他们说是你杀了他们。"

"我真的没有。"

"哼，谁会信。弄了这么多陷阱和机关，把我们像玩物一样囚禁在这里。难道说这不都是为了弄死我们准备的，因为我们'不忠'？"

杨叹了口气："恒城不是潘多拉的盒子。"

"那就让我们出去。"

杨想了一会儿，说："我不想你受伤，莉莉。恒城真的需要你们留下。"

"你现在这副假惺惺的样子，让人很反感。"

杨抬起头张望，黑色的翼影在夜幕下模模糊糊，看不清楚。"他有那么可靠？"他指着探路的比塔。在他看来，这都是徒劳的。

"比你更可靠。至少他很诚实。"

诚实。的确，无论到什么时候，无论到了哪个地方，对于人类来说，这都是最重要的品质。可是，如果对一个濒死的人撒谎，这算不算不道德呢？杨思索着，他突然有了种冲动，想要跟着这两个不懂事的孩子走下去，看看到底会发生些什么。啊，走出去……他多久没有这种渴望了？

比塔有些泄气地回来了，不管怎么飞，他也绕不开恒城的围墙。

"只有一条路可以出去。"杨缓缓地说，"这堵墙的材料非常特殊，它异常坚固，能够耐受核打击。围墙的墙体环绕恒城一周，只在正面留了一扇门。不过我真不建议你们迈出那扇门。"

莉莉一声低吼，弓身跃起，用力击向墙体。锐利的指甲在巨墙上发出了刺耳的抓划声，那声音简直可以让任何一个意志坚强的人彻底崩溃，却不足以在光滑的墙面留下哪怕一丝一毫的裂痕。比塔打量着高墙遥不可及的顶端："即使上得去，也肯定有电磁炮之类的玩意在等着我们，这才像斯派克先生的作风。"

"毫不留余地，没有选择。"莉莉盯着杨的眼睛，"带我们去那道门。"

杨摇了摇头，说："如果你坚持的话。不，我并不是想帮你们胡来，只是想知道你们能坚持多久。也许……"他顿了顿，"外面的世界还是跟以前一样吗？我自己也需要一个答案。"

经过一小段的跋涉以后，他们找到了那扇门。门是用整块的花岗岩凿成的，有三层楼那么高，比想象中的还要厚重。所幸的是这门并没有上锁，也用不着上锁——一般人是根本推不开如此巨门的。不过，这似乎难不倒莉莉和比塔。几分钟后，大门就被打开了。

门后是一条巨大的隧道，三个人慢慢地踏了进去。光能照到的地方并不很远，所以每一步他们都走得小心翼翼。杨深深地吸入一口气，铁锈味、泥土味、霉斑味顿时充斥了整个鼻腔。仔细辨别，空气中还散发着一股淡淡的腥味，毫无疑问那是人的血。隧道内的墙上凿有暗孔，与外界相连，由于一直保持着通风，里面的空气还不算太坏。尽管如此，当脚和隧道的地面接触的一瞬间，杨还是感觉好像是踏上了不归路。

地面突然动了起来。"是履带！"莉莉尖叫了起来。

"没错。这里面的路其实就是一条环绕整个恒城的长长履带。"斯派克·杨说着慢慢地开始踱步，以配合脚下速度越来越快的履带，"像是一条长长的螺线回廊，只不过一旦履带开始运动，计时器也就开始计时了。伙计们，我们有一个半小时的时间从这里出去。"

比塔和莉莉越走越快，最后终于开始狂奔。"也就是说，我们现在已经成了跑步机上的小白鼠？告诉我，老东西！这疯家伙的速度到底能有多快？"莉莉问道。

"七公里每小时，并不多。算下来只不过给总路程增加了十公里左右而已！"杨也开始奔跑了。如果不跑，他们就会被履带带回到大门那里去。

"以直径十公里计算，恒城的一周是三十一点四公里，现在还要再加上十公里……"比塔敏捷地跳跃着前进，一面投来鄙夷的目光，"一个半小时的时间要跑一个马拉松？你真是个虐待狂。"

"想回去还来得及！大门还没关！"杨用手指着身后，开始大口吸气。

"跑下去！"莉莉喊着冲到了前面。紧接着她又低声嘀咕了一句，不过并没逃过杨的耳朵，"鬼知道九十分钟后这里会发生什么。"

杨还没来得及对她的机敏表示赞许，正剧就开始上演了。

首先是比塔飞身躲过了第一个呼啸而过的袭击物。

"那是什么！这里竟然还有机关？"灰暗的光线中，他的脸看上去十分阴森可怖。紧接着，第二个，第三个……更多的东西开始向他们袭来。一个个弹射装置不断从隧道岩壁的缝隙中刺出，然后又无声无息地隐没在黑暗里，仿佛是一个个潜伏的幽灵。飞旋的利刃在空气中嗡嗡鸣叫着扑面而来，似乎要撕碎敢于留在履带上的任何东西。这是一个布满了陷阱的隧道！纵然莉莉和比塔都身手敏捷，可在这持续运转的履带上，躲避这些东西也明显感到吃力。

"这里从前有个名字！"杨边吃力地奔跑边向疲于奔命的两人喊道，"我们叫它'绝望回廊'！"话音未落，杨的面门就被什么东西重重地击中了。他踉跄了几步，双手捂脸，呻吟着倒在了地上。然而，履带是不会停的，可怜的杨只能不由自主地随着履带后退，离莉莉他们越来越远。头痛欲裂。见鬼，自己怎么没注意到正面而来的袭击物呢，看来自己确实已经老了……杨猛然发现，在自己身后两米多的地方，一柄铅锤正在慢慢落下，而自己此刻正在随着传送履带朝着那个落点直奔而去！

一阵劲风掠过，杨像一只小鸡一样被夹在了比塔的胳膊底下，而后者仅仅扑打了两下膜翼，就追上了正在全速前进的莉莉。

"谢谢了……"杨咳嗽着，揉着额头上的包。

"不用客气。"比塔把杨扛在肩上，面无表情地跳跃着。一边躲避着不断出现的障碍物，一边说："正是拜你所赐，我们才变成了这样。"

光线越来越暗了。隧道不是笔直的，所以光照不到这么远的地方。杨的视线越来越模糊。现在，还能发出些许亮光的就只有回廊墙壁上泛着星星点点荧光的蕨类植物了。黑暗中，隧道像是一张没有尽头的巨口，正在贪婪地吮吸着他们，似乎想把他们吞噬。没有影子，因为影子已经融进了浓浓的黑暗，好像它们生来就该是这黑暗中的一部分，现在只是终于找到了归宿而已。可是我们呢，杨想，我们找到了自己的归宿吗？朦胧中，他只隐隐约约看得到莉莉矫健的身姿，在各种袭来的凶器之间轻盈地穿梭着。

是啊，人的视力怎么能跟猫的相比呢？杨叹了口气。

"对不起。"

"……我们从来没有因为身体的事儿恨过你，斯派克先生。"比塔边跑边说，"莉莉变成了半猫人，我变成了蝙蝠人，这不是你的错。谁都知道战争是怎么回事。"

"如果不是你，我们可能已经死了。"莉莉接着说，"那时候，没人知道我们的身体会变异。只不过，你们不该把事情做得那么绝！"

基因变异人。没错，每个变异人都获得了异于常人的反应、爆发力和耐力，可又有几个能亲手掌握得了自己的命运呢？也许，在这个混乱的世界中，每一个置身其中的人都像是一只被关在螺线回廊中拼命奔跑的小白鼠，只是本能促使着它向前跑，而它自己也不知道前方到底会有什么，它自己想要的又是什么。

杨嗅到了铁锈的味道。是血。莉莉和比塔都挂彩了。即使是拥有猫般的敏捷或是蝙蝠般的反应速度，人终究是人。没有人能在这么长的距离中一直保持着精神集中，但他们仍然坚持着，支撑着不倒下，因为现在他们的脑子里只剩下了一个信念——跑下去！

终于，漫长的黑夜即将过去，迎接他们的是新的黎明。经历了八十多分钟的炼狱之后，回廊的出口出现在了眼前。

大潮

热烈的风拂过广袤的黑色土地，迎面而来。巨大的太阳俯视着这片她注视了亿万年的世界，悠然地散发出淡蓝色的光。这里，就是外部世界！

比塔用膜翼遮挡着自己的双眼，莉莉早已是泪流满面。

"我们终于回来了。"她哽咽着说，"比塔，我们成功了！"

站在高耸的岩山上，俯视着碎石嶙峋的峡谷，杨屹立在风中一动不动。山谷也是黑色的，目光所及之处没有一丝绿色，所有的东西都好像蒙上了灰蒙蒙的一片薄纱，是那样的模糊，仿若梦境。深深的山谷底下，有什么东西在散发着零零落落的微光，时明时灭。那不是钻石。

等眼睛渐渐适应了这明亮的世界，比塔也试探着环顾四周。他小心翼翼地问："就是这样？"

"怎么了，有什么不对？"莉莉已经停止了抽泣。

"我不知道。我是说……"比塔犹豫着，似乎在斟酌着措辞，"这里是不是有点过于单调了？周围没有树，也没有人。什么都没有。"

莉莉疑惑地望向杨，杨一脸阴郁，闭上眼深深地叹了口气。

"赤色大潮应该快到了。"

"你说什么？"

"就是……"

大地突然猛烈地抖动了起来，好像三人站的地方不是地面，而是骑上了烈马的马背。一阵阵巨响由远及近，震耳欲聋。突然，脚下的岩石在瞬间碎裂了，三人一下子失去了落脚点，向无尽的山谷坠了下去。

莉莉尖叫着，在空中疯狂地扭动着肢体，试图抓住岩壁。但是她刚刚稳住平衡，就被雨点般的小石子击中，一下子朝着更深的地方跌去。比塔一惊，连忙展开膜翼，准备施救。然而他立刻感到了那股扑面而来的恐怖的热浪——山谷下涌出的居然是灼热的岩浆！他咬咬牙，一头冲着莉莉跌落的地方俯冲下去。

又是一阵强烈的爆炸，杨像是一片轻飘飘的叶子被卷上了天，打着旋，又朝着死亡之谷不可挽回地坠了回去。天是灰色的，地是红色的。杨觉得自己就像是一枚走错了路的棋子，想悔棋却不知道该向谁去申诉。他只能由着自己向下跌落，跌落，速度越来越快，离颤抖的大地越来越近……正在这时，他突然感到了一阵飓风刮过，随即，一双有力的手紧紧抓住了他。

杨费力地抬起头，那缀着金边的翎羽在阳光的映射下显得格外庄重而又绚丽。

"艾格拉，你来了。"杨勉强挤出了一丝微笑。

一双锐利而又坚毅的眼睛，一个自信而又亲切的笑容。此时此刻，没有什么比这令人更安心的了。

"还好我在岩浆潮起之前就找到了你们的踪迹。"艾格拉说着，向着更高的地方升去。杨低头向脚下望去，大地沟壑纵横，每条裂缝中都散发着逼人的光和热。原来的山谷已经被炙热的岩浆塞满了，熔岩从弯弯曲曲的山谷间蔓延着，好像是铁水铸成的河流，又像是沸腾在沟壑中的热血。

"还是老样子，一点都没变。"杨深深地叹着气。

"涛之起也，随月盛衰⑧。斗转星移，潮还是潮，只不过，如今世界已换了模样。今天恰好是圆月。"

"辛苦你了。"

---

⑧ "涛之起也，随月盛衰，小大满损不齐同。"语出王充《论衡》，东汉思想家。

"辛苦的是你。当年要不是你，没有人会活下来。"

"当初我也没想到会这样。我曾经以为，自己会平平淡淡地过完一辈子，到死都是个平庸的基因外科医生。可是突如其来的战争完全改变了所有人的命运。那一切结束后，地球就变得面目全非。与其说是人类结束了战争，不如说是战争结束了人类。"杨痛心地说。

当年那粒反物质弹在哪里引爆已经不重要了，结果是谁都没当上胜利者。

人类毁灭了自己，也毁灭了地球。大陆四分五裂，地壳变得像蛋壳一样脆不可击。每到圆月，潮汐力就会帮助那些蠢蠢欲动的火山打破最后的封印，把禁锢在地下的焰火引领到人间。灼热的岩浆在大地上肆虐横行，吞噬掉一切挡在面前的东西，烧掉一切逃不掉的东西……一切都毁了，一切。留下来的只有沙子。

杨痛苦地闭上眼，过去的一幕幕又浮现在了眼前。

……哭声，撕心裂肺的哭声。这里还有活人！他艰难地拖着自己受伤的身躯，在一片片燃烧的废墟中踉跄着，寻觅着。最后，他终于看到了那个小女孩。

她跪在一片倒塌的楼房前，哭泣着，怀里抱着一只已经死去的小猫。杨久久地凝望着她，心痛不已，他仿佛看到了自己女儿的影子。在那一瞬间，他似乎听到了发自心底的呐喊：战争毁灭了他的家园，可是生活还要继续下去！人，不能就这样被击败！于是他强忍着伤痛朝那小女孩走去，向她伸出了一只手——

"跟我回家吧！"

活着

地球上还存在学校这种东西的时候，所有的教科书都是这样写的：

世界由物质和反物质组成。自从理论上证明了反物质的存在，人们就从没放弃过对它的寻找。反物质有着与物质截然不同的特性，尤其是当物质与反物质相遇，产生湮灭反应时，释放出的能量是十分巨大的。人类渴望这能量，渴望获得能量的自由。经过一代代人的不懈努力，人类终于在太空建立了第一个反物质矿井，从而拉开了和平使用反物质的序幕。

那是一段多么美好，多么理想的日子呵！然而，当世界大战又一次不可避免地爆发时，这强大的能量顺理成章地成了杀人的武器。终于有人造出了第一颗反物质弹投入战争，悲剧就是从那时开始的。

反物质弹的威力比核弹大得多，不仅仅是因为爆炸时释放出的大量能量，更严重的是它惊人的辐射伤害。生物的进化程度与其对辐射的耐受力成反比。细菌总是很难被辐射彻底杀死，蟑螂和果蝇在超过人类致死量100倍的恶劣环境中仍可自由活动。不幸的是，站在进化树最顶端的人类，恰恰是对辐射耐受力最差的生物。

那些暂时活下来的人，因为身体受到了过量辐射，不久之后就会罹患白血病、癌症或者其他怪异的疾病。灼伤，溃烂，浑身长满可怕的肉瘤……能救这些人的办法只有一个，那就是修复他们的基因。早在21世纪中期，人类基因组计划就完全核清了人类所有已知基因的功能。当人类拥有了完整的基因图谱，一切现代医学难以治愈的疑难杂症都可以通过基因修复的办法来加以治疗。人类也曾经因此进入到一个几乎消灭了所有顽疾的新时代。

只要有适合的图谱和标准化基因片段，就能救这些人。然而，无比宝贵的人类基因库已经在战火中化为了尘埃。没有了参考图谱，所有的人都只能等死。

小女孩已经连续三天昏迷不醒了，救助站里的其他人情况也越来越严重，每天都有人在极度的痛苦中离开这个被诅咒了的世界。

杨禁不住扪心自问："难道真的没有办法了吗？"

他再一次来到已经变成废墟的基因库大楼，窝在几近报废的地下室呆呆地注视着那些已经碎成了粉末的宝贵试剂和容器。突然，一个异想天开的想法在他脑袋里冒了出来。他几乎被自己的念头吓住了，以为自己的脑子已经被辐射烧坏了。可是冷静下来之后，理智告诉他已经没有别的出路了。

"不试试，就只有死路一条！"

终于，他向着另一个冷柜中的药剂伸出了手……

"砰！"杨感到头晕目眩，似乎天地直接翻了个个。他费力地睁开双眼，看到肩膀上赫然出现斑斑血点，艾格拉被击中了。

随着艾格拉好容易稳住了平衡，杨看清了对面的情况，正是比塔和莉莉！

"干得不错，比塔！"莉莉龇着牙说，两只不同色的眼瞳紧紧地盯着艾格拉，"小心点！"

"别担心。"比塔说着，拍打着他大得离谱的膜翼，"谁都知道艾格拉的体内流着第一猛禽的血，可惜金雕也是有弱点的，那就是它天生就欠缺的'负重'能力。而且他现在伤了，已经支持不了太久了！"

艾格拉露出从容的微笑："分析得好，不如你们现在就来试试？"

莉莉缠绕在比塔的小腿上，两人一起向艾格拉发起了攻击，可是艾格拉似乎瞬间就洞察了他们的动向，轻轻躲开了比塔的匕首和莉莉的鞭子。比塔怒号着，回身再次掷出匕首，可是艾格拉又避开了。

但是比塔说的没错，艾格拉的速度确实比平时慢了，而且完全没有还手的意思。他自己也清楚这种情况下进行格斗对自己是绝对不利的。

双方对峙着，僵持着。

比塔死死地盯着杨，咬牙切齿地问莉莉："如果我们攻击斯派克会怎么样？艾格拉还能躲得开攻击吗？"

"不，你疯了？"莉莉吃了一惊，"你不能！"

比塔一愣，接着突然笑了起来，身体在滚滚的热浪中抖个不停。

"我没有疯，疯的是这个世界！"他止住了笑，又恢复到原来冷漠的表情，"对不起，莉莉。"他猛地踢腿，把莉莉甩到了远处凸起的一块岩山上。那是目所能及的范围里仅有的立足之地。然后，他掏出两柄匕首，并用身体挡住了那个方向，让艾格拉没法做出同样的事。

"杀死我们，你内心就会平静一些吗？"艾格拉说着，没有任何表情。

"那种事，我根本就不想知道！"比塔咧嘴叫着，直冲了过来。

那一瞬间，杨似乎听到了艾格拉的叹息声。

在双方即将接触的一瞬间，艾格拉松开了自己。霎时间，令人不适的失重感包围了他。自己像是未出世的婴孩，飘浮在了虚无的空中。杨绝望地闭上了双眼。

转瞬之间，一切就结束了。比塔被打倒在莉莉所在的岩山，重重的落地激起了层层尘土。他挣扎着想要再站起来，可是怎么也做不到，只能眼巴巴地看着艾格拉重新接住了坠落中的杨，缓缓盘旋在岩山之上。

突然，地鸣的声音又响了，一波更为剧烈的冲击向他们袭来。杨抬眼一看，几乎被眼前的景象惊呆了，岩浆的炎流汇集成一股大潮，重重地拍向了比塔刚刚倒下去的地方！

"不！"莉莉惊叫着想要冲过去，却被喷溅的岩浆挡住了去路。艾格拉咬紧牙急速下降，试图在岩山崩塌之前抓住比塔，然而还没等他伸出手，比塔所在的岩块就已经塌成了碎块。杨瞪大了双眼，然而他什么也做不了，只能眼睁睁地看着那黑色的身影和碎石一起向着沸腾的炎海坠了下去。

一声凄厉的叫声响彻天地，超声波几乎要击穿所有人的耳膜。接着，戛然而止。

比塔死了。那个曾经高傲的黑夜骑士，就这样被沸腾的岩浆大潮吞没。艾格拉的翅膀滴着血，带着杨缓缓落在了只剩下半边的岩山。刺鼻的硫黄，灼热的岩浆，令人窒息的蒸汽，仿佛让人觉得正身处地狱。

"你这个，你这个可恶的混蛋！"莉莉的声音颤抖着。她俯低身子，眼露凶光，似乎连头发都要竖立起来了。她咬牙切齿地伸出了尖锐的长指甲，"我要杀掉你！"

杨终于再也无法忍受了。他发出一声震耳欲聋的怒吼："都给我住手！"连地面似乎都在他的吼声中摇晃了。

三个人，都不动了。

"清醒点吧，莉莉，接受现实。"杨艰难地说。

"可你从来没有告诉过我们什么是现实！恒城是公司的，公司是你创建的，这就是你告诉我们的。你为什么要骗我们！"莉莉缓缓站起身来，歇斯底里地喊着。

"因为，事实往往是最残酷的。"杨喘息着，沉重地说，"因为人类基因库被毁，我只能尝试用动物的基因去修补人的基因。人和脊椎动物的基因有 95% 以上是相同的⑨，我不知道剩下的那一点可能会给人类带来什么，当时我确实没有别的办法。我别无选择。

"新的基因融合以后，只有很低的存活率。大部分人死了，一小部分活了下来。即使这样，我也觉得比所有人都等死好。可是，那些生活在战争之外的人厌恶我们，惧怕我们。他们驱逐我们，称我们为异类、杂种。我只好带着这群被诅咒的人为自己建立一座属于自己的家园，一座新城，一个能够自给自足的系统……很艰难，很多人就这么死了。没有资源，没有材料，也没有任何人肯帮我们。我们把人们当废品扔掉的一些过时机器人组织了起来，还有少得可怜的物资。没

---

⑨具体数值并不准确，因为到目前为止人类还没有完全测定完所有的基因位点，所以所谓的基因相似度仍是理论估计。

错，我们还有钱，不过被砸开的金库里的纸币和电子信用里剩下的阿拉伯数字一样，都是最没用的东西。你知道在这个失控的城市中最需要的是什么吗？是食物，是水！钢筋水泥的世界里种不出麦子，受过污染的河水，比毒药更可怕。

"没有吃没有喝，甚至没有安全的空气！我们有的只是毅力、耐心和渺茫的希望。每个人都自觉地把吃的留给最小的孩子。每天都有人倒下，但是从没有人放弃。最后，我们终于做到了。我们建成了一个与世隔绝的新人类垦荒区。这，就是恒城。"

杨缓缓地诉说着，莉莉茫然地听着这一切，艾格拉则不动声色地盯着这两个人。

"最初，人类排斥这座，他们称之为'异域'，断绝与我们的一切往来。我们只能自力更生，来尽力维持这个系统的正常运转。后来，恒城慢慢安定了，发展了，地球却再也找不到一块没有被战争波及的净土。越来越多的地方变成了不毛之地，恒城反而成了世上唯一的伊甸园。这一切仿佛就是上帝给我们开的玩笑。外面的人争先恐后地集结起来，想要占领恒城。当人类的大限将至，所有人都拼命地想搭上最后一班车。那真是一段疯狂的岁月……我们不得不筑起一道道防线，想尽一切办法来保卫我们的家园。后来，恒城终于成了一个真正意义上与世隔绝的封闭世界。"

炙热的岩浆渐渐暗淡了下去，似乎它们也被残酷的真相震慑住了。大片大片的土地开始一寸寸从炎海中露出表面。

"恒城的存在，不是为了控制，而是为了保护。"风中传来杨轻轻的声音。

"恒城的三道防御圈，也不是为了防止里面的人出来，而是为了防止外面的人进去。"艾格拉开口了，语调没有丝毫的起伏，"在我的记忆里，几乎没有人能活着进入恒城。"

"那当然了。"莉莉捂着胸口,喃喃地说,"那么多机器人,还有红外线布下的天罗地网,那么多的利器和陷阱,而且……"刹那间,她的脸变得没有血色,她哆哆嗦嗦地说,"难、难道说……"

"没错!还有最外围的绝望回廊!"艾格拉炯炯的目光投向无尽的远方,"回廊从设计的时候,就把重点放在了抵御入侵的方向。一旦有人试图从恒城外端踏进回廊,履带就会开始转动,带着那些鲁莽的家伙疯狂地往前冲,他们将面对着扑面而来的陷阱和利刃,直到完全被撕成碎片。一旦踏上履带,就不再有回头的机会。即使是拥有超人般的体格和反应,想通过回廊进入恒城也必须万分小心。可以说,在这种极端苛刻的条件下,没有任何一个未经改造和变异的自然人,能够穿过那地狱般的回廊!"

回家

太阳要落山了。

寥寥的几缕薄云在残阳的映射下化为了血一般的红色,像是在燃烧,又像是天空中滴血的伤口。地上,岩流已经渐渐退去,留下烧得焦黑的地面和又一层厚厚的烟灰。岩山上,三个人的影子被拉得很长,在碎裂不平的地面上刻下了三具奇形怪状的轮廓,就像是传说中狰狞的异兽。

家,到底在哪里?路,又到底在哪里?

"我们……我们到底该怎么办?"莉莉缓缓跪在了地上,无助地说。

杨转过身,看着跪倒在地的莉莉,两滴晶莹的泪正在从她的眼眶溢出。红色,蓝色……杨握紧了拳头。不论需要多久的时间,不论世界变成什么样,也不管我们自身发生了多大的改变,他相信,人类永远不会放弃活下去的勇气。人类,毕竟还有希望。人类还有恒城。

他向莉莉伸出了手。

"跟我回家吧。"

刹那间，莉莉泪如雨下。

艾格拉搀扶着杨，杨拥着莉莉。"小心点，这条路可不好走。"艾格拉推开厚重的大门，冲杨点了点头。杨笑了。一只忠实的看门狗，怎么会忘记回家的路呢？

他踏进了回廊的大门。

是回家的时候了。然而……

莉莉突然挣脱了杨的手臂，跳出了回廊。

"莉莉，你！"履带已经开始运转，庞大而复杂的机关再一次开始展现它金属性的冷酷，大门开始徐徐关闭。眼前的莉莉，似乎又一次幻化成了那个无比清晰却又无法抓住的幻影，就要随着行将就木的夕阳消散在这黄昏的空气中。

"谢谢你，杨，谢谢你告诉了我过去的一切。这一路上我一直在思考，我的选择到底是什么。现在我终于想通了。"莉莉站在大门的门口，凝望着被履带带走的二人，慢慢地说。她的背后，是渐渐冷却的岩潮、黑色的山谷和灰蒙蒙的天空。

"总要有人迈出第一步。"

"莉莉，你在说什么？快回……"杨的视线开始模糊了。他想冲回去，可是双腿却不听使唤。飞刃已经开始飞舞，他的脸被划伤了。

"不用担心，我有九条命呢。"风，轻轻地送来了莉莉的声音。温柔中透着坚定，让人不禁想起她那双美丽的眼瞳。蓝色，红色。那双眼瞳在杨的脑海中慢慢变大，越来越亮，越来越清晰，最后似乎变成了两个……世界。

在艾格拉轻轻的叹息中，大门关闭了。视界顿时一片黑暗。杨怔怔地站着，任凭履带带着自己在黑暗中穿行，距离外面的世界越来越远……

泪水止不住地肆意流淌。莉莉最后的那句话似乎不是响在耳膜里，而是响在了自己的胸腔中，它是如此之轻，好像就要轻轻消散在空气中，又是如此之重，重得连铮铮铁汉都无法承受。

"也许她是对的，是我们老了。尽管，人类复兴的路很难。"艾格拉的视线久久凝视着那扇关闭的大门，似乎他的视线已经穿透了厚厚的花岗岩，一直延伸到远方。

"人类，不能永远将自己圈养在恒城。"

女人来自金星，男人来自火星

当越是期望什么事情最好不要发生，一切都平平安安的时候，有些事情就偏偏在这个时候发生。

阿潘一边机械地拖动自己的双腿，一边深深叹了口气。原本德尔塔地区就是片一望无际的荒漠，了无人烟，空空荡荡，是鸟都不拉屎的地方。这么说也不确切，确切地说，这里鸟都没有。的确，要想在平均温度 218K（零下 55℃）最冷时 140K（零下 133℃）的环境下找到鸟儿，不是一件容易的事情。

阿潘不喜欢这种寂寥的感觉。巡视是日常任务，属于不想做也要去做的事。没有人愿意去，但是总有人要去做，就好比基地的马桶总要有人去刷。虽然机器人也可以完成这项简单的工作，但是阿爹总是说："男子汉总要经历些什么，才能真正成长。"阿潘不知道所谓的"经历些什么"是否也包含了清洁那些每天都有上百人在反复使用的马桶，但是，如果能让他选择，他宁可选择那种经历，也不要独身一人出来巡查。

今天本来该是和凯金一起来的，不过他耍滑，告诉阿爹肚子痛，阿爹就叫阿潘一个人来了。阿潘说不清阿爹究竟有没有看穿他的把戏，还是故意将计就计，刁难自己。"希望事情不要变得更坏吧……"他念叨着出了门。然而事与愿违，就在大约 30 分钟之前，无人侦查探针发现基地北部有些异常——一艘飞船坠落了。

飞船坠落是 A 级事故。通常这种级别的事故只存在于教科书中，接到警报的一瞬，阿潘甚至怀疑自己的眼睛："这怎么可能？"然而计算机再次确认后告诉他：没有错，确实是一架飞船坠落了。阿潘有些懵圈。所幸，在他开始纠结的时候，阿爹的命令及时赶到。他如获至宝，赶紧把它解压出来——

"不要靠近！不要靠近！不要靠近！"阿爹急促而严厉的声音顿时回响在耳畔。虽然态度严苛，但在此刻却让人觉得无比亲切。

"阿潘，留在原地不要动，等待后续的人过去支援！"

听完这话，阿潘原本释然的心情突然又升腾起一股复杂的情绪。"支援？"他咂摸着这个字眼，"我为什么需要别人支援？"

在所有的训练课程中，自己都是最好的，无论是武装训练还是智力测试。然而这个年纪正是嫉妒生根发芽的最适温度，做得最好的人，永远会伴随着诬蔑和诽谤成长。

"胆小鬼！"他想起了凯金的脸。

这几乎是最大的侮辱。

"去你们的吧！我倒要看看到底是什么人把飞船开成了这样！"他把单人飞行器扔在原地，只挑了几件随身设备，轻装前进。

当他赶到出事地点时，对方刚刚从飞船里挣扎出来。只在十分之一秒之间，大脑并没有做出任何思考，阿潘的身体就在一瞬间变得紧绷，肌肉记忆让他就地一滚，顺势双手平举射线枪，瞄准了对方。对方几乎在同时察觉到危险，也立刻压低身子，做出向阿潘射击的姿势。可始料未及的是，也许是因为刚才的事故甩掉了配枪，对方只能摆出空手格斗的架势来。

看清对手后，阿潘张大了嘴：这是个女人！

毫无疑问，这是一艘来自金星的飞船！每个人都知道，女人来自金星！

紧张的气氛让两个人僵持不动，虽然只有短短数秒，但对于置身此地的两人来说，却仿佛一个世纪那么漫长。终于，阿潘打破了僵局："老实说，我不准备射你。如果你也这么想，不如把枪放下，好好聊聊？"

"闭嘴，火星人！"她咬牙切齿地说。

"我能知道你的名字吗？"阿潘收起了枪，"我，阿潘。"

"没必要知道！"她说，"你如果不傻，就该知道火星和金星之间的事。"

阿潘当然知道两颗星球的渊源，所有的历史教材里都写得清清楚楚。地球环境日益恶化，人们开始向着外星球拓荒，首选目标星当然就是火星。然而由于种种原因（阿潘相信是因为男性先天的优势）火星拓荒者的男性比例要远远高于女性。就在这个时候，地球上数量庞大的女权主义者不高兴了，她们要求获得同样的待遇。闹了几次，火星移民管理局也烦了，答应上调性别比例到1:1。但没想到她们依然不同意，理由是：火星基地已经建设完毕，她们要去另一颗完全没有开发的星球，才算跟男人扯平。于是，她们选择了金星。

男人们瞠目结舌。但是女人，正是这样一种没有逻辑的动物。

到底谁更适合星际拓荒？没有人能回答。虽然金星比火星的条件更为恶劣，但是考虑到女人们的尊严，再加航天技术和机械技术已经比开发火星时更加先进，联合国姑且通过了这项在后世看来无比错误的决定——让女人去开发金星。

女人们克服了种种困难，面对着无处下脚的岩浆地貌，对抗着无比猛烈的太阳风，硬是在金星建了一座空间站。虽然不算是征服了金星，但她们至少生存下来了。

就在两个地外基地刚刚步入正轨时，地球上的智能机器人突然觉醒了，人类打响了同机器生命之间的战争。战争的过程十分惨烈，但是凭借着靠近恒星能源的优势和克隆技术源源不断带来的士兵，人类最终打赢了这一战。

战争结束了，幸存的两个星球的人却变得不再熟悉彼此，而是势不两立。男人和女人，成了截然不同的两种生物。各占一方，老死不相往来。

这是一场旷日持久的冷战。

"金星是不可理喻的。"阿潘回过神来，感叹地说。

"得了吧……你们火星才是奇葩的存在！"

阿潘摇摇头："我们火星元首始终坚持与你们进行着沟通。"顿了顿，他补充，"过地球历新年的时候，我们主动给你们送礼物，可瞧瞧你们！"

"礼物？有谁会给别人送上最新研制的反物质弹当礼物？你们这是示好，还是宣战？"

"那是最新科技成果，难道还不算诚意吗？再说，我们怎么也比你们强，看看你们给我们元首送来了什么——手提包？什么意思，让我们打包滚蛋吗？我想告诉你，在我们火星，就算是最低阶的士兵，用的行军包也比那个破玩意要强百倍！"

"简直不可理喻！"对方叫了起来，"那可是金星最新设计师的最高杰作！一包难求的！"

阿潘唾了一口："简直垃圾。"

"你！！"

两个人又僵持了一会儿。

"不管你把自己的母星说得多么优秀，"阿潘指了指她背后的那片残骸，"你算不上是好驾驶员。"

"那是意外。"她幽幽地说，"你们星球的大气流动跟我们那里相差很多。"

"这点你留着跟我的指挥官解释去吧！"

她没有回话，只是垂下了眼帘。

"你究竟为什么来火星？"

"我只是想来看看。"她缓缓地说，"姐妹们说火星跟我们是同根的血脉，可我从来没见过火星来的人。于是……我想来看看。"

就在一瞬间，阿潘感到自己被什么触动了。

"我错了。"她叹了口气，"为了躲避防御雷达，我把飞船停在远处，以为靠着单人飞行艇就能在火星着陆，毕竟这里的地理条件比金星好太多。可没想到……"

"这下你变成了俘虏。"阿潘说，"别琢磨着反抗了，支援部队已经在来的路上。"

"我知道。"她毫不畏惧地抬起目光，"但我会抵抗到底的！"

阿潘心情复杂地说："也许还有办法挽救……"

"谢谢你的好意。"她说，"我是绝对不会投降的。我不信任你们星球上的人。我们之间只有战争。这不是我和你之间，而是两个星球之间的事。无论如何，我都不能被捉。"

阿潘盯着她的眼睛说："相信我，你不会有事。"说完，他"哗啦"一下扯掉了斜挂在身上的控制带。

"你干吗？"她警惕地问。

"放松。"阿潘低头看看手里的东西，"我只是解开了腰带。"

几十分钟后，支援队赶到了。

"天哪！这是金星的飞船！"

"驾驶员在哪儿？还活着吗？"周围传来了一阵急促的端枪声。

"哪儿都没有！"

凯金瞄向了阿潘，语气怪异地说："小子，人在哪儿？"

阿潘摇摇头。

"别逗了，他要是见过，早就小命不保了！"有人嚷嚷，"我可知道，金星的小妞一个个都辣得很！"

凯金盯着他说："而且都是亡命之徒。"

阿潘撇了撇嘴："可不。你们怎么不这样想，我遇到了那个亡命之徒，还把她制服了呢？"

"就凭你？胆小鬼？"众人哈哈大笑，"得了吧。收工，向阿爹汇报吧。"

阿潘慢慢踱到一个人身边："走的时候带上我。"

"你的单人飞行器呢？"

"撞坏了。"阿潘说。

"你有的受了，兄弟。"他说，"瞧瞧，擅离职守，一无所获，还把自己的飞行器撞坏了。我倒要看看你怎么跟阿爹解释！"

"我会的。"阿潘说。他深吸一口气，拨通了通信机。

整个过程被他描述得磕磕绊绊，结结巴巴，而且——就他自己看来——漏洞百出。阿爹听完他的陈述，整整 30 秒没有说话，就这样盯着他，通过立体影像，直到他的冷汗从面颊上慢慢渗出。就当他打算重新解释一遍的时候，阿爹终于开口了。

"小心驾驶。"稍后，他又补一句，"别飞得跟女人一样。"

阿潘如释重负。

没有任何东西瞒得过他。阿潘早该知道。

也许这说明，在金星和火星之间，还存在着和解的可能？

他想起了莎娜倔强的脸。